# 白巖研詩集

姜思賢 著

㈜이화문화출판사

# 清潭公親教箴文

天生萬物天道之常
삼라만상의 생성사멸은 하늘이 할 일이요

人生斯世以學爲本
사람은 학문의 탐구로 만물의 영장이 되니 더욱 열심히 배워야 한다

父子有親百行之源
부자유친은 오륜과 천륜의 근원이니 모든 행실의 근원으로

一動一靜以孝爲本
항상 극진한 효도를 근본으로 잠시도 잊어서는 안된다

君臣有義國家大義
임금과 신하는 의리가 있어야하니 만사에 대의를 위하여 항시 공명정직을 근본으로 하라

於千萬事以直爲本
매사에 사리사욕을 버리고 근본으로 하라

夫婦有別天尊地卑
부부는 음양의 이치와 같이 서로 책무가 다르니 서로 분별이 있어야하고

夫和婦順以和爲本
만물이 생성하듯 상호협조 조화를 이룸을 근본으로 하라

長幼有序禮別尊貴
장유유서는 예의와 질서를 위하여 가장 중요한 것이니

出門入閭以敬爲本
가정이나 사회에서나 항상 어른을 공경함을 근본으로 하라

朋友有信社會之交
친구를 사귐에는 신의가 중요하니 사회생활에 필요불가결의 신용을 지켜야한다

事事言行以信爲本
매사의 언행에 신의가 없이는 이루어질 수가 없으니 신용을 근본으로하라

安貧樂道君子所爲
안빈낙도란 가난하면 서도 즐겁게 산다는 뜻이니 이는 군자의 일이요

修身齊家以勤爲本
서민들은 수신제가하고 부지런함을 생활근본으로 해야한다

一勤天下無難事云
근면성실하면 매사에 어려움없이 이루어지는 것이니

一日一時何不勤哉
잠시라도 근면함을 잊어서야 되겠는가?

# 家庭敎育十訓(白巖)

年計在春日計必晨

幼而不學老無所知

春不耕種秋無所望

不顧父母子亦不孝

親族疏遠難事必孤

일년 동안 해야할 일은 초봄에 계획하고 오늘 할 일은 새벽에 계획하여 일에 차질이 없도록 하라

어려서 배우지 않으면 늙어서 아는 바가 없으니 열심히 배워서 후회가 없도록 하라

봄에 씨앗을 심지 않으면 가을에 추수할 것이 없다. 모든 일에 시기를 놓치면 나중에 후회하게 된다.

내가 부모님께 불효를 하면 자식 역시 나에게 불효를 한다. 아이들은 어르신이 하는 것을 보고 본을 받는다

일가 친척간에 소홀히 하면 어려운 일을 당할 때 곤경에 처하게 된다. 항상 상부상조를 유지하라

修身仁義保家勤儉

人交禮信爲政德讓

過勞身疲過慾損福

積善有慶積惡必禍

百忍堂中必有泰和

처세는 항상 인자하고 정의롭게 하며 가정은 근면하고 검소함을 생활화 하라

사람을 사귐에는 예의와 신의로 하고 정치는 도덕과 겸양으로 하여야 한다

과로하면 몸이 피로하여 병을 얻게되고 욕심이 지나치면 오히려 손해를 보게 된다

좋은 일을 많이 하면 경사스러운 일이 생기고 악한 짓을 많이 하면 반드시 화가 돌아온다

백번 참는 가정에는 반드시 화목이 이루어지고 참지 못하면 재앙이 닥쳐오므로 명심하라

# 目次

先祖考 및 舍兄詩

曾祖 養默齋公

# 自作詩

## 吟風篇

## 頌祝篇

이번에 出版되는 白巖硏詩集에 대한 動機와 전말에 관해 간단히 말씀 드리고자 합니다. 筆者는 어려서부터 書藝를 좋아하여、 韓國動亂 당시 학교수업이 잠시 중단되면서 漢文受學과 겸하여、 書藝를 시작하게 되었으며 複雜한 생활 속에서도 餘暇만 있으면 書藝를 研磨하여 斯界에 인정을 받아 書藝指導者로 활약을 하게 되었습니다

그러나 늘 아쉽게 생각해온 점은 많은 서예작품들을 하면서 남의 文章을 筆寫 하였을 뿐、 자신의 意思를 표현하지 못함을 안타깝고 부끄럽게 생각하여 오던 중 때는 2001년 가을 나도 漢詩를 배우면 자신의 感懷를 마음껏 표현할 수 있을 것으로 믿고 漢詩受學을 시작하였으나 생각처럼 쉽지 않았다.

孔子께서는 詩參百이 思無邪라 하였고、 佛家에서는 一切唯心造라 하였으며 書에는 詩는 言志요 歌는 永言이라 하였으니 言出於口요 思出而文卽詩로만 생각했던 것이 무리였다. 韻字를 조화롭게 맞추기와 平仄의 均配、 蜂腰와 鶴膝 疊字와 疊意、 起、 承、 轉、 結、 二四不同 二

六同 數譜 色譜 相替 低俗語 對不合、犯題 頭皆平仄、下三連 기타 등

등 너무 제약이 많아 마음속에 있는 감정을 마음대로 표현할 수가 없

었다.

淺學菲才임을 痛感하면서 처음엔 農山 鄭充洛先生의 강의를 잠시

듣던 중 선생의 身病으로 인하여 中斷되고 獨自的 研磨로 2006年

古稀展 圖錄에 拙作 十餘首를 登載한 바 있다. 그 후 2009년 可樂

洞 眞墨書院에서 可樂漢詩學會를 개설하고 당시 大韓漢詩學會長 兢齋

尹烈相先生을 招聘하여 指導를 받으면서 차츰 開眼을 하게 되었다.

세월이 如流하여 어언 13년이 경과되었으나 아직도 걸음마 단계

로 생각된다. 어느덧 80대 중반을 넘으면서 정신도 흐려지고 눈은

어둡고 기력도 쇠약해져 모든 것이 뜻대로 되지 않는다. 벌써 漢詩를

시작한지도 20여년, 그동안 모아둔 詩紙를 헤아려보니 500餘首가

되었다. 아무리 보잘 것 없는 拙作이지만 500餘首를 그대로 버리려

니 좀 아쉬운 생각이 들어 부끄러움을 무릅쓰고 용기를 내어 製冊을

하려고 하니 先祖考께서 남겨주신 遺稿를 외면하고、自作詩集만을 발

간한다는 것이 너무 죄송한 감이 들어 曾祖父 養默齋公과 祖父님 陽

軒公 樵當公 桂林公 삼형제분과 아버님의 遺詩 中 各 十餘首씩 발췌

하여 앞면에 수록하였고、 다음으로 同門修學한 舍兄 硏齋先生 詩도

10首를 빌려 수록하였다。 한 가지 안타까운 일은 從祖 桂林(侍從院

侍御)公의 藏書를 亂中에 분실하여、 斷髮令反對 獄中詩外 3首밖에

재하지 못하였다。

시집순서로는 → ①目次 ②인사말씀 ③祝辭、祝詩 ④先祖考兄詩 ⑤

吟風、敍情、頌祝、壽筵、追慕、挽詩、跋文 等의 순으로 하였다。 그

동안 漢詩를 지도해주신 兢霽先生님과 祝辭 祝詩를 보내주신분께 깊

은 감사를 드리며、 본책 내용에 誤字나 脫字 해석에 未備한 점 등에

질정을 바라며、 필자처럼 처음으로 漢詩를 修學하는 분들께 혹 참고

가 되기를 바라면서 본 詩集發刊을 맡아주신 (주)이화문화출판사 회장

李洪淵외 관계자 여러분께 감사드립니다。

本 序文은 白巖 姜思賢先生 詩稿集序文也라 白巖翁은 以韓末大儒

華西 李恒老先生之門弟後裔요 繼世以文翰으로 爲家業以來也라. 我國

이 當庚戌國恥하여 掠奪國政하고 國破君亡之際에 欲免困窮而習新舊

學兼備하고 又就商業展開 而事業繁昌하여 可免家內貧寒하고 所持大廈

中一間喜捨하여 設置書畵室하고 不忘先世之遺業하여 在家門則以孝友

爲先하고 在鄉里則以謙讓爲崇하니 賢者稱其德하고 愚者尊其範이라.

其造詣之淺深과 著述之豊約은 縱末得以周詳이나 交流書畵家하여 能通書

道하고 敎誨後裔하여 以承傳統하며 同筵詩書文儒하여 誦讀經傳하고

吟詠詩文에 或用餘暇하여 吟風與敍情之律이 500餘首라. 散稿蒐輯

하여 登梓頒帙에 責余於弁卷之文하니 余以菲才淺學으로 不敢當也나

誼在同鄉이요 又有世交之親하며 與我同席而誦詩讀書가 十有餘載矣라.

講讀之際에 或有疑問難解則 相隨問隨答하여 不失一句하니 其誼若此에

豈以不文으로 固辭而已哉아?

如是而略舒己意하여 助言後讀者也라.

夫詩者는 人聲之精者를 謂之言이요 言之精者를 謂之詩니 詩必正其

趣向하여 不入煩音이라야 方可謂之正詩矣리라。 故로 詩者는 感發人之

善心하고 懲創人之逸志하여 樂而不淫하고 哀而不傷하니 如是則 人心

이 淳厚하고 風俗이 正淸하여 崇文之心과 向學之熱이 倍加하고 尙仁

之情과 行義之氣가 漸增하여 養育人材하고 交流學德하니 世俗敎化에

豈可少輔云爾리요

是故로 孔子曰 不學詩면 無以言이라 하시고 詩 三百篇에 一言以蔽

之하니 曰思毋邪라 하시며 興於詩하고 立於禮하고 成於樂이라 하시니

不問可知矣로다。 至于今世하여 廢止漢文하고 專用國文하며 道德解弛

是故로 古昔盛世에 人材登用을 以詩選拔이라。 於斯에 詩之重且大者를

하고 綱常杜絶하며 西風已盛하고 東俗墜地하니 物質文明이 澎湃于世

하고 禮儀文明이 頹弊於世하여 賢者隱遁하고 愚者集來라 此豈謂天命

之正道耶哉아? 智者不禁恨歎이라。

　幸而 近者에 特起漢詩白日場之新風하여 各市郡이 以地方 文化行

事로 開催漢詩白日場하니 昔時에 受學漢文者는 皆知漢詩故로 擧皆參

與나 幾無靑壯하고 以老衰之士로 國內 不過千餘名이라。 此則 吾儒林

이 尤勉漢文敎育하여 以備後日이 可也라。嗚呼라 白巖翁之禀性이 仁

慈敦厚하고 聰明過人하며 氣宇剛直하고 處身勤儉하며 臨事堅確하고 事

理分明하며 會遇之際에 常爲模楷하여 能爲師表하니 鄰里仰視하고 朋

友稱德이라。詩稿亦如其意氣하여 一篇一句도 無不纖細하고 一言半句

도 無不充實하여 若珠玉而娟娟하고 似群芳而灼灼하니 後之讀者 宜其

玩味하면 必有興感哉인저。不佞이 平素聞見之辭를 無頭緖而敍之如右

하니 惟恐浼卷之首하여 不勝悚惶之情이라。讀者 惠諒을 仰望하노라。

檀紀 4355 (2022) 壬寅年 正月 4日 立春日

漢詩協會 名譽會長 兢齋 尹 烈 相 謹序

본 서문은 백암 강사현 선생 시고집 서문이라. 백암옹은 한말에 대유 이신 화서 이항로 선생의 문제자 후예 요 문한가로서 대를 이어 가업으로 삼아 왔다. 우리나라가 경술구치를 당하여 국정을 약탈당하므로 나라가 파하고 임금이 죽는 때를 당하여 집의 고구을 면하고자 하여 신 구학을 겸비하여 익혔고 또 상업을 전개하여 사업이 번창하므로 가히 집의 빈한을 면하였으며 소지하고 있는 빌딩 한 간을 희사하여 서실을 설치하고 선세의 유업을 이어왔으며 가문에 있으므로 효우로 선봉 삼고 향리에 있으면 겸양으로 숭상하니 현자는 그 덕을 칭송하고 우자는 그 법도를 따르며 그 조예의 천심과 저술의 풍약은 비록 자상하게 얻어듣지 못했으나 서예가와 교류하여 능히 서도를 통달하고 후예를 교육하여 전통을 잇게 하며 시서하는 文儒들과 자리를 같이 하여 경전을 송독하고 시문을 음영함에 혹 여가를 내어 음풍과 또 서정의 율시가 모여 500여 수라 그 산고를 수집하여 출판하여 반질을 하는데 나에게 서문을 요구하니 내가 비재하고 천학하여 감당하지 못

하나 의가 동향이요 또 세교로
친분이 있으며 나와 같이 동석하여 송시 독서 한지. 십여 년이 지
났다. 송독할 때에 혹 의문이나 난해함이 있으면 서로 수문 수답하여
한 구절도 잃치 않으니 그 의가 이와 같음에 어찌 불문으로써 고사하
고 말겠는가?

이와 같아서 대략 내 뜻을 펴서 뒤 讀者들에게 조언하노라.

대저 시라는 것은 사람의 소리의 정한 자를 말이라 하고 말의 정
한 자를 시라 하니 시는 반드시 그 취향을 발라서 번잡한 음이 들어
가지 않아야 바야흐로 바른 시라고 이르는 것이다. 그런고로 시는 사
람의 착한 마음을 감발하고 사람의 방탕한 뜻을 징계하며 즐거워도
음탕하지 않고 슬퍼도 상처받지 않으니 이와 같아 인심이 순후해지고
풍속이 정청해지며 문을 숭상하는 마음과 학문을 향하는 熱情이 倍加
하고 인을 숭상하는 정과 의를 행하는 기가 점점 더하여 인재를 양육
하고 학덕을 교류하게 되니 세속을 교화시킴에 있어 어찌 조금 돕는
다고 이르랴? 이런고로 공자가 말씀하시되 시를 배우지 않으면 말을
할 줄 모른다고 하시고 시경 삼백 편에 한마디로 말하자면 생각이 빗

뜨러 짐이없다 하시고 시에서 흥하고 예에서 서고 악에서 이룬다고 하시니 이런고로 옛날 성세에는 인재를 등용하는데 시로서 인재선발을 하였던 것이다. 여기에서 시가 중하고 또 큰 것을 물지 않아도 가히 알리로다. 금세에 이르러서 한문을 폐지하고 구문을 전용하며 도덕이 해이해지고 綱常이 두절 되었으며 서양풍속이 이미 성하고 동양풍속이 땅에 떨어지고 물질문명이 세상에 팽배하고 예의 문명이 세상에 퇴폐하여서 현명한자는 은둔하고 어리석은 자는 모여오니 이것이 어찌 하늘이 명한 정도라고 이를 수 있겠는가? 지혜로운 자는 한탄을 금치 못하노라.

다행히 근자에 특이하게 한시백일장의 새바람이 일어나서 각 시군이 지방의 문화행사로서 한시백일장을 개최하니 옛날에 한문을 수학한 사람은 한시를 배웠기에 다들 참여하지만 거의 청장년은 없고 노쇠한 선비들로 국내에서 일 천여 명에 지나지 않음이라. 이러한 즉 우리 유림이 한문 교육을 더욱 힘써서 후일을 대비 함이 옳다고 본다.

아! 백암 옹의 품성이 인자하며 돈후하고 총명이 과인 하며 기우가 강직하고 처신이 근검하며 일에 임함에 견확 하고 사리가 분명하며 모이는 때에 항상 모범이 되어 능히 사표가 되니 이웃이 仰視하고 붕우들이 稱頌을 하니 시고도 또 그 의기와 같아서 일편일구도 섬세하지 않음이 없고 일언반구도 충실하지 않음이 없어서 주옥과 같이 연연하고 군방과 같이 灼灼하니 후일에 읽는 자가 그것을 玩味하면 반드시 흥감이 있을 것이다. 不佞이 평소의 듣고 본 것들을 두서없이 서술하니 책머리를 더럽힐까 두려워서 송구한 마음을 견디지 못하겠으니 독자의 양해를 앙망 하노라.

단기 4355 (2022) 임인 정월 초사일 입춘일

(사) 한시협회 명예회장 긍재 윤 열 상 근서

祝刊辭

먼저 白巖詩集出版을 진심으로 慶賀드립니다. 白巖 姜思賢 先生은 韓國書畫文化 발전에 크게 이바지 하신 書藝界의 큰 별이십니다. 筆者가 1980년대에 한국 書畫作家協會 三代 會長으로 취임해서 활동할 때 副會長으로서 항상 든든한 동반자가 되어 큰 힘이 되었습니다. 그 때부터 지금까지 40여년의 세월을 서예문화 발전이라는 한 길을 같이 걸어 왔습니다. 韓國 書畫作家協會가 尹相在 회장의 갑작스런 別世로 위기에 처했을 때 白巖先生은 後任會長職을 맡아서 위기를 곧 복하고 會勢를 크게 확장시킴으로서 전국회원들에게 기쁨을 안겨주었습니다.

본인이 회장취임 후 많은 업적을 남긴 후 代表顧問職을 지켜오면서 白巖會長과 함께 重大事를 자주 논의해왔습니다. 그러므로 나는 白巖先生의 인품과 書畫藝術의 力量은 물론 일상생활면에서도 잘 알고 있다고 생각합니다. 먼저 孝悌敦睦으로 가정에 화목을 이루었고, 탁월한 경영능력으로 사업을 크게 번창시켰으며 信義誠實의 투철한

책임의 식과 엄격한 예의범절로 사회생활의 모범이 되어 왔으므로 항

상 존경해 왔습니다.

서예는 단아하고 온화하면서도 활기가 넘치는 君子의 姿態요、書

風 또한 雄渾하면서도 평화로워 대중의 호감을 얻고 있으며、新舊學

問을 고루 갖춘 學者로는 알고 있었지만 詩文에까지 능통한 줄은 이

제야 알게 되었습니다. 시집 내용을 대략 살펴보니 韻律이 정연하고

간결하며 심오하면서도 다정다감한 표현으로 독자의 정감을 사로잡

을만 하다고 思料됩니다.

白巖은 오랜 세월 眞墨書院을 운영하면서 많은 後進을 양성하는 한

편 각 書體의 深奧한 연구로 五體에 능통함은 물론 經書와 詩、書、畵

를 硏磨하여 現世에 보기 드문 三節의 학자로 萬人에 존경을 받고 있

는 분으로 우리 한국 詩、書、畵、문화발전에 선도적 역할을 기대합

니다.

예술과 문학은 끝없는 未完의 작업이라고 생각합니다. 선생은 겸

손하고 친화적인 모습으로 선비의 眞面貌를 지녀 왔습니다. 그동안

서가협회、서도협회、서화작가협회、서예문인화、원로총연합회、국제

서예단체 등에 중책을 맡아 큰 업적을 남기셨습니다.

이제 九旬을 앞둔 원숙한 詩、書、畫 界의 元老로서 이제부터 시

작이라는 마음으로 百歲時代를 향해 계속 전진하시기 바랍니다. 이것

이 전국의 詩、書、畫、예술인들의 소망임을 명심하소서

끝으로 白巖先生의 가정에 건강과 행운이 충만하시길 기원합니다.

2022年 4月 日

한국서화작가협회 대표고문、한국차인연합회 회장

전국회의원、명예 정치학박사 朴權欽

우리나라 書藝界에서 높은 名聲을 받고 있으면서 漢學에도 造詣가 깊으신 白巖 姜思賢 선생께서 코로나19 여파로 여러 가지 어려운 시기에 脚光받을 만한 「白巖研詩集」을 출간하게 된 것을 진심으로 축하드립니다.

漢詩는 漢字文化圈에서 음과 뜻과 直譯으로 표현하고 있는 定型詩로서 너무나 어려워 누구나 접하기가 쉽지 않다는 고정관념을 깨고 이번에 출간한 「研詩集」에는 일상생활 속에서 느끼고 터득한 音韻을 담백하게 표현한 自作詩 500여편을 비롯한 名文佳句의 詩 600여편이 수록되어 있어 漢詩教本으로서도 손색이 없을 만큼 아주 훌륭한 시집을 출간하게 되었음으로 높이 평가 드리지 않을 수 없습니다. 이와 같이 훌륭한 研詩集이 출간되기 까지는 평소 白巖先生님의 漢學에 대한 풍부한 지식과 漢詩에 대한 깊은 관심, 그리고 학구열의 토대가 갖추어져 있기 때문이라고 감히 말씀드릴 수 있습니다.

著者 白巖先生께서는 忠北 提川에서 출생하여 釜山 東亞大學校 法學科를 졸업(法學士 경영학 석사)하시고 탁월한 경영마인드를 토대로 40여년간 여러 회사를 설립 경영하여 왔으며, 특히 서예는 물론 漢

學에도 造詣가 깊어 1994년도부터 眞墨書院을 開院하고 지금까지

후진 양성에 盡力해 오셨습니다.

또한 白巖先生께서는 60여 년간 서예 활동을 통하여 대한민국서예

전람회 대한민국서화예술대전、 한국문화미술대전 등에서 수많은 수상

경력이 있을 뿐만 아니라 한국서가협회 理事 및 監事、 한국서도협회

副會長 및 顧問 대한민국서예문인화원로총연합회 常任會長、 한국서화

작가협회 회장 등 주요 요직을 두루 맡아 오셨으며、 현재는 한국서화

작가협회 總裁職을 맡고 계십니다.

이번 「白巖研詩集」 출간을 계기로 漢詩人들은 물론 일반인들도 漢

詩만이 갖고 있는 깊은 맛과 오묘한 매력에 쉽게 접근하여 한시문화

가 널리 확산되기를 희망하고 있으며、 특히 漢詩는 서예공부를 하고

있는 모든 분들에게 더 없이 큰 도움이 될 것으로 크게 기대하고 있

습니다. 다시 한 번 「白巖研詩集」 출간을 축하드리며、 白巖 선생님의

앞날에 건강과 축복이 항상 충만하시기를 기원합니다.

2022년 월 일

社團法人 韓國書畵作家協會 會長 鄭 英 源

白巖 姜思賢 會長님의 詩集出版을 祝賀드립니다。

會長님께서는 古稀展과 傘壽展 圖錄과 『墨場敎本』을 發刊하시고

연이어 이번 漢詩集 출판을 하신 勞苦와 집념에 대하여 다시 敬意를

표하지 않을 수 없습니다。 白巖會長님은 日帝强占期 우리나라 언어사

용도 통제받는 시기에 성장하셨고 解放後에는 교육제도도 제대로 定

立될 사이도 없이 6·25戰亂으로 모든 교육기관은 휴학상태에서 남

다른 向學熱을 가지고 서당을 찾아 漢學工夫를 하였으니 유년기부터

남다른 先覺的 지혜를 가지고 출생 하셨습니다。

불우한 환경에서 新舊學文을 修學하여 좋은 성적으로 대학원에서

석사학위까지 받고 어렵고 힘든 세무사자격까지 취득하셨으니 그 피

눈물 나는 노력은 超人的이라 할 수 있을 것입니다。 도전정신으로 창

업을 하시어 新都娟織工業社와 京都産業社 등 모범적인 경영으로 대

성하여 자손에 넘기고 현재 백암빌딩을 운영 하시지만 寸陰을

아껴서 詩書畫藝術分野에 韓國書畫藝術大殿에 特選優秀賞、종합대상、

韓國文化大賞展大賞 등 수많은 書畫大賞을 수상하셨으며 그 學德으로

書道의 一元老로서 韓國書藝文化元老總聯合會 常任會長、韓國書畫作家

協會總裁、한국서화예술대전 執行委員長 및 審査委員長 등 수 많은

직책으로 韓國書畫發展에 많은 足跡을 남기셨다. 현재까지도 眞墨齋

書院에서 後學指導를 하고 계십니다.

白巖會長의 살아오신 과정을 보면 어느 하나 흠결이 없고 그 성품

은 항시 온화하고 윤리적이며 도덕적이며 愛他心으로 전통적인 선비

정신으로 살아 오셨다. 晉州姜門社會에서도 인품이 존경을 받아 50

대 중반에 晉州姜氏殷烈公派大宗會長으로 推戴되시었다. 氏族社會에

宗會長은 학식과 덕망이 높고 사회의 推仰을 받는 원로의 名譽尊職인

데 白巖 思賢會長님은 50대에 유일무이한 宗會長이었다.

在任中 宗門和合에 큰 기여를 하였으며 契丹軍을 殲滅한 先代 姜

邯贊 墓所 淨化事業과 당시 都元帥 姜邯贊 副元帥 姜民瞻 事蹟碑를

세웠고 晉州姜氏中央宗會 常任顧問으로 중앙회관(종로5가)건립시 거

액을 獻誠 하셨으며 또한 晉州姜氏殷烈公派 서울宗會事務室(종로3가)

구입시에도 많은 獻誠金을 쾌척해 주시어 남다른 崇祖心에 전국 宗員

들로부터 많은 찬사를 받고 계신다.

우리 姜姓에 詩、書、畵 三絶의 두 분의 先代가 계시는데 世宗二
十三年 中樞院副使 仁齊 姜希顔(1417~1464)이 계셨고 一九四年
後 金弘道의 스승인 豹菴 姜世晃(1713~1791) 戶曹參判이 계셨
고、224년 후 白巖 思賢會長님이 또 三絶 班列에 맥을 이었으니 현
재 姜門에 세 분의 三絶로 후대에 기록될 것이니 晉州姜姓의 慶事가
아닐 수 없습니다。인간 도리가 실종된 혼탁한 사회에 師道의 表象으
로 존경받고 계시니 더욱 건강 하시기를 기원 드리며 全姜門의 뜻을
모아 오늘 漢詩集 출판을 진심으로 축하드립니다。

西紀 2022년 월 일
晉州姜氏中央宗會 常任顧問 峯泉 姜 泰 成

白巖詩集始成篇
初作研磨二十年
才拙文章難免劣
志愚韻律未明全
賢師善教誠聞覺
學友相論互問詮
不顧羞心艱出版
枉臨叱正厚情宣

백암시집이 비로소 책으로 이루어지니
처음 연마 저작하기 이십년이 되었네
재주없어 문장이 졸렬함을 면하기 어렵고
지우하여 운율를에 온전하지 못하였네
현사께서 선교하니 성문하여 깨달았고
학우들과 상론하여 서로의문 깨우쳤네
부끄러움 무릅쓰고 어렵게 출판하였으니
왕림하여 질정하고 후정을 베풀어주소서

次白巖詩集出版感懷吟
兢齋 尹烈相(漢詩協名譽會長)

白巖詩稿祝成篇
珠玉吟間度廿年
語句猗猗稽古篤
文章赫赫省今全
綱常固守精神範
翰墨傳承藝術詮
世遠人亡儒脈絶
欲扶道統懇心宣

백암선생 시고모아 시편이룸 축하하니
주옥같이 읊는 사이 이십년이 지내셨네
어구가 매우 아름다워 계고함이 돈독하고
문장 또한 혁혁하여 이제를 반성이 온전하네
강상을 고수하니 그 정신이 모범이요
한묵을 전승하니 예술의 규율이라
성세멀고 현인없어 유학맥이 끊어지니
도통을 붙들려고 간곡한 심정 베푸네

次白巖研詩集出版感懷吟
文學博士 如泉 曹校煥（漢詩協會會長）

巖翁卓犖得珠篇
玉樹磋磨二十年
寫畫咸精疑實體
作詩刻勵擬能全
待儒稟性開誠信
居世無攀有妙詮
冊造是人人造冊
不慳財智善書宣

백암선생 높은 위치 좋은 책 만들어 냄은
긴긴 세월 갈고 닦아 귀중함을 지녔음이네
그림그림에 정성다해 실물인 듯 의아해 하고
힘써 만든 시의 품격은 모두가 능숙한 느낌이라
선비 대우 본래 품성은 신실함을 이어가고
세상살이 안온함은 오묘한 진리 있음이라
책은 올바른 이 길러 내고 사람은 또 책을 내나니
재물과 지혜 많이 써서 좋은 글 배포하소서

祝白巖先生詩集出版
晚齋 李在雨（漢詩協諮問委員）

白巖出版寶瓊篇
交契於焉四十年
書畫兼珍皆感歎
律文卓越總和全
恒時最善攄先得
每度雍容主導詮
謹祝佳篇風化補
長傳普遍啓行宣

백암선생이 보경을 출판하는데
사귀어 온지는 어언 사십년이 되었네
서화를 겸하여 진기하니 모두가 감탄하고
시와 문장이 탁월하여 총화를 이루었네
항상 최선을 다하여 먼저 터득하고
매번 옹용하여 주도적으로 설명하네
가편이 풍속을 교화할 것을 삼가 축원하며
오래도록 넓게 퍼져 사람을 깨닫게 할 것이네

※ 刻勵：힘써 노력함 無攀：攀緣〈공명을 얻으려는 생각이나 행동〉함이 없음

白巖研詩集出版感懷吟
研齋 姜思國 (作協顧問)

白巖詩集祝成篇
夜讀朝耕數十年
語句清淳心爽快
文章秀麗意安全
詩經學習精神範
書畫傳承藝術詮
兄弟誠援敦友愛
仁慈至孝善行宣

사제 백암이 시집을 편찬한다니 축하하는 물론
감개무량하며
낮에는 사업에 열중하고 밤에는 시행을 기울여
시집을 쓰니 어구가 청순하여 마음이 상쾌하고
문장이 수려하여 뜻이 편안하고 즐거우며
시경을 학습하는 정신이 모범이 되고
서화를 전승하여 예술을 승화시켰으며
형제자매를 정성껏 도왔으니 우애도 돈독하고
인자하고 효성도 지극하여 선행을 베풀었네

謹賀白巖詩集出版
滄海 池載熙 (漢詩協副會長)

已讀荊山璞玉篇
豈圖晚接有斯年
王顏筆法千秋範
李杜文章萬代全
萍水相逢先誼重
瓊琚方賞慕懷詮
白翁懿績俱昆季
警世名家福慶宣

형산에 박옥편은 이미 읽어 보았지만
늦게 이런해 있을을 줄 어찌 기약하였으리오
왕희지 안진경 필법은 천추에 모범이요
이백 두보 문장은 만대에 전실했네
고향어른 객지서 만나니 선대고의 소중하고
웅문을 감상하니 사모의 정 규어지네
백암선생 빛난 업적 형제분이 함께하니
경세 명가에 복경이 펼쳐지네

祝白巖研詩集出版感懷吟次韻
春農 朴相炫(作協顧問)

白巖出版詠詩篇
屈指同途過冊年
翰墨圖書王藝達
文章句節杜風全
神通智慧多財積
天稟才能萬事詮
不顧老齡成若此
作吟祝賀友情宣

백암께서 명시 편을 출판하시니
함께한 길 손꼽으니 사십여 년일세
한묵의 도서는 왕희지 법을 통달하고
문장은 구절마다 두보풍이 온전하네
신통한 지혜는 많은 재물 쌓았고
천품의 재능은 만사를 깨우쳤네
불고 노령에도 이와 같이 이루니
시로써 축하하며 우정을 펴네

祝白巖先生詩集出版
松谷 李平熙(漢詩協諮問委員)

白巖出版玉詩篇
俱契於焉二十年
秀逸筆鋒皆讚歎
深奧文質衆驚全
後生教育殫誠篤
學友相論傑氣詮
遠慮深慈成雅道
發刊祝賀厚情宣

백암선생이 옥시 편을 출판함에
우정을 나눈지도 이십년이 지났네
수일한 필봉은 모두가 찬탄하였고
심오한 문질은 많은 사람을 놀라게 하네
후진 교육에는 정성을 돈독히 하고
학우와 상론하면서 뛰어난 기운을 남기네
멀리 생각하고 깊은 사랑으로 바른 길을 걷고
후한 정을 베풀며 책 발간을 축하합니다

白巖先生研詩集出版感懷吟
每泉 李光善(作協副會長)

白巖祝賀出刊篇
玉屑心懷積卄年
四友肇基書顯達
三蘇熟讀詠兼全
騷壇赫赫聲名陟
善句洋洋識見詮
韻律順調高尚得
爾吾詩伯羨望宣

백암선생 시집 출간을 축하드리니
옥설의 회포 이십년을 쌓은 거라네
문방사우를 바로잡아 서예를 현달하고
삼소의 문장 익어 영시를 겸전하셨네
시단에 혁혁히 성명을 올리고
선구 양양해 식견을 깨우치고
운율이 순조하고 고상함을 얻어
다투어 시백들이 부러움을 밝히네

白巖先生研詩集出版感懷吟
曉山 梁在春(作協常任副會長)

白翁誠盡作佳篇
翰墨身遊二十年
道統能承鄒魯聖
儒風可效洛閩賢
子孫繞砌班衣舞
琴瑟偕床景福生
積德之家餘慶滿
高門和氣永悠全

백암선생께서 정성을 다하여 아름다운 책을 펴시니
한묵에서 놀으신지 이십년이라
도통은 능히 추노의 성을 이으셨고
유풍은 가히 락민의 어짐을 본받으셨네
자손은 뜰위에서 반의로 춤추고
금슬은 상과 함께하니 큰 복이로세
덕적지가에 경사가 가득하니
고문 화기가 오래도록 온전하리라

耳江 韓翊煥(作協諮問委員)

先生詩集發頌篇
祝賀歡呼互永年
珠玉連連崇古篤
文章赫赫顯今全
筆書繪畫皆通達
言語形容總覺詮
師傅智能爲感嘆
不虧偉德萬方宣

선생 시집 큰책을 발행하심에
축하하고 환호를 오래오래 보냅니다
주옥연연이오 예를 숭상함이 도타웁고
문장 혁혁함이 여기에 전부 나타났네
필서는 물론 회화까지도 모두 통달하셨고
시어 형용으론 잘 설명되어 모든 것 깨닫고
선생님의 지혜로움에 크게 감탄하며
위대한 덕은 오래오래 만방에 떨치리라

次白巖先生詩集刊
深蓮 朴相勳

白巖詩集祝刊篇
修業研磨半百年
會社孜孜成傑出
書筵惱惱遂完全
秀優繪畫千尋格
卓越吟詩麗藻詮
賢傅才能三絶足
健康技藝後生宣

백암선생님의 시집 발간을 축하드립니다
선생님께서는 반백년동안 배우고 익히시어
사업은 성실하여 걸출하게 성공했고
서예는 성실하여 완전함을 이루셨네
산수화는 우수하여 높고 깊은 격이 있으며
시심은 탁월하여 아름다운 시문을 뽑으셨네
선생님의 재능은 삼절에 족하시니
더욱 건강하시고 그 기예 후생에게 베풀어 주소서

次白巖先生詩集出版吟
青苑 李承玹

白翁出版漢詩篇
後學洪模亘百年
赫赫文章新世篤
彬彬語意舊風全
能通筆墨儒林本
可達經書社會詮
次韻傾誠呈一律
不充叱正願情宣

백암선생께서 한시편을 출판한다 하오니
후학들의 흠모되어 백년을 뻗어나가리
혁혁한 문장들은 신세대를 도타이하고
빈빈한 어의들은 옛 풍속이 온전하네
필묵을 능통하니 유림의 표본이요
경서를 통달하니 사회의 모범이라
차운에 정성들여 일률을 바치오니
불충이은 질정해주고 정을 베풀기 원합니다

# 先祖考叟 舍兄詩

曾祖養默齋公詩

祖父陽軒公詩

生庭祖樵堂公詩

從祖桂林公詩

父親清潭公詩

舍兄研齋公詩

## 餞春

最人難別是東君
來有光輝去不聞
着雨殘花無息落
翻風輩蝶與情分
浮輕柳絮飛飄雪
寂寞桃園捲瑞雲
還憶餞春春更遇
年年上帝信為勤

사람들이 가장 아쉬워함은 봄이 가는 것인데
이미 온 봄빛이 지나갈 땐 소리도 들리지 않네
비 내리니 남은 꽃들 소식없이 떨어지고
부는 바람에 나비떼 정만 남기고 흩어지네
가볍게 떠있는 버들솜 백설이 날리는 듯
적막한 도원에는 서운이 걷혀간 듯
금년 봄 지나가니 내년봄 다시올 것 생각하고
해마다 상제님의 근면한 공만 믿고있네

## 述懷

有樹根盤太古巖
幾為廈屋幾為帆
魚苗只識川源淡
龍子渾忘海性鹹
腔裏至今先傅訓
身邊如昨母慈衫
萬端懷緒解難鬱
碌碌顏前視總凡

태고적 바위를 기반으로 자라난 나무들로
얼마나 큰집과 얼마나 많은 배를 지었는가
물고기 새끼들은 물의 근원이 맑음을 알고
용의 새끼들은 해수의 짠 것을 잊어버리네
지금 마음을 비우고 옛 스승의 가르침을 받으니
어머님의 옷 지어주시든 그 모습이 어제 같구나
만 가지 품은 뜻은 풀지 못해 답답한데
눈 앞에 보이는 것은 모두가 돌과 같아 무심하구나

碌—돌모양 록, 자갈땅 록 / 萬端—모두다 / 衫—적삼 삼, 의복 삼

風說常山小湧泉
人稱藥水會成圓
病痊自到臨經驗
地闢以來得所緣
活潑淵源生石谷
澄清性味送醫天
一盃輒飲通諸滯
聞達非求此世傳

길에서 듣기를 상산에서 샘물이 솟아나오는데
사람들이 약수라 칭하고 모여 든다네
병을 고치려니 스스로 찾아와 경험을 하고
땅이 개벽된 이래로 처음 인연 얻었다네
활발한 못의 근원은 석곡에서 생성되고
맑고 맑은 그 성분은 하늘에서 병 고치려 보냈다네
문득 한잔 마셔보니 모든 체정 다 통하니
입신출세 그만두고 이것이나 세상에 전하리라

鴬子

飛飛鴬子向人低
不遠江南萬里蹊
穩討新情何所語
尋來古宅不曾迷
一眠一食同家族
時坐時行並子妻
相對主翁知亦己
綠陰活潑友鸎携

제비들이 날고 날아 사람 향해 내려오니
만리 강남 길을 멀지않게 지름길로 찾아오네
평온 찾아 새로운 정 어느 곳에 가서 말할고
전에 살던 옛 집을 주저없이 찾아오네
함께 먹고 함께 자니 이는 곧 한 가족이요
함께 날고 함께 앉으니 처와 자식 분명하네
옛 주인을 상대하니 역시 자기를 알아주고
녹음이 활발하니 꾀꼬리와 벗을 하네

## 示兒曹

聖賢有路勸諸君<br>
仁義中間習見聞<br>
忠孝元非千里遠<br>
興亡只是一毫分<br>
區區人爵在培地<br>
正正天官似片雲<br>
入室升堂何至日<br>
初年盡力每精勤

성현됨에 길 있음을 그대들에 권하노니<br>
仁義를 보고 듣고 실천하는 그 가운데 있네<br>
忠과 孝의 원리는 천리 밖 멀리 있는 것이 아니고<br>
흥하고 망함은 털끝을 하나 차이로 나누인다네<br>
구구한 인작은 땅을 가꾸는데 있고<br>
정정한 天官은 한 조각 구름 같네<br>
입실하여 당에 오름 언제나 이루어질까?<br>
초년부터 진력하여 매사를 정은케 해야 하네

## 次幽居卽事

白雲深處鶴爲隣<br>
流水高山二樂身<br>
擊壤歌中能稼足<br>
採桑洞裏養蠶均<br>
他年宰相詩書老<br>
今日神仙嗜酒人<br>
叔姪多情俱篤枕<br>
文爭筆畫味尤新

백운이 깊은 곳에서 학을 이웃하며<br>
고산수목 벽계수에 二樂에 빠져있네<br>
격양가 노래 속에 수확함이 즐겁고<br>
뽕잎 따서 누에기름 온 동네 함께하네<br>
그 전에는 재상처럼 詩와 書로 늙었고<br>
요즘에는 신선같이 술 즐기는 사람일세<br>
숙질간에 다정하게 잠자리를 함께하며<br>
필화와 문장다툼 그 맛 더욱 새롭네

## 自歎不遇

海東如掌少心交
故與耕夫擧酒匏
昔日衣冠鄰犬吠
老年絃誦野花嘲
欲追陳跡徒爲夢
已覺來頭不問爻
聞道山中春事晚
數聲布穀下前郊

우리나라는 손바닥 보듯이 소심의 사귐 같아
예부터 농부들과 포주를 함께 하네
예전 입던 의관하니 이웃집 개가 짖어대고
노년에 책 읽고 거문고 타니 들꽃들이 비웃누나
품은 뜻 자취 찾아 꿈을 이루고자 하나
이미 내 형편에 맞지 않음으로 깨달았네
산중에서 도를 듣다 봄 농사만 늦었으니
몇 마디 뻐꾸기 소리 들으며 들로 내려오네

## 續自歎不遇

半臥塘頭萬里霄
臨深往往似危橋
五車蠹帙多羞面
一幅繰藏禪犢腰
客味如風觴後軟
人情異石本初料
有誰可解遊方外
無翼終難苦海超

못 둑에 반은 누워 만리하늘 바라보니
깊은 곳을 지나려니 위험한 다리 건너는 듯
五車 장서가 좀먹도록 방치하니 부끄러움 그지없고
송아지 잠뱅이 걸치듯 겨우 허리만 감추었네
나그네 느끼는 정찬 바람 같아 한잔술에 마음 풀리고
인정은 돌과 달라 근본을 헤아려주네
누가 있어 풀어주나 밖의 세상 놀든 정을
날개 없이 바다를 건너는 고통일세

五車—다섯 수레의 장서 / 禪—잠뱅이 곤 / 料—헤아릴 료 / 蠹—좀 두

## 七月十四夜 (旅程)

秋聲蟋蟀古今同
催老浮生逆旅中
萬里銀河庭畔月
三更玉露樹間風
白雲屋裏仙緣結
黃卷床頭世慮空
二百里程春夏去
出門往往望鄉東

가을에 귀뚜라미 소리는 예나 지금이나 같고
여관 속에 묻혀있으니 부생의 늙음만 재촉하네
만리 밖의 은하수는 집뜰에 달과 함께 비치고
밤중에 옥로는 나무 사이에서 바람에 나부끼네
백운 속에 쌓인 집은 신선과 인연을 맺고
상머리서 책을 보니 세상의 모든 생각 잊어지네
이백리를 지나는 동안 봄여름 다 지나가고
문을 나와 가고 또 가다 바라보니 고향은 동쪽이네

## 客中逢秋

一年春夏度羈窓
此地寥寥客狨
露草迎秋虫語萬
蓮花浮水蝶飛雙
閑情枕上詩三軸
滋味床頭酒一缸
黍稷稻梁前後野
啾啾黃雀忌人跫

일 년의 계절흐름 창문에서 헤아리고
이 고장의 쓸쓸함이 나그네보고 개만 짖네
가을 맞은 풀이슬에 벌레 소리만 요란한데
물에 뜬 연꽃에는 나비 한 쌍만 날고있네
한가로운 책상에서 詩 삼축을 쓰고
상머리서 술 한통을 드니 그 맛이 더해지네
앞뒤의 들녘에는 오곡이 가득한데
새 소리 벌레 소리도 사람자취 꺼리누나

蓼-쓸쓸할 요 / 黍-기장서 / 稷-기장직 / 稻-벼 도 / 梁-조、수수 량 / 啾-벌레소리 추 / 黃雀-참새 / 跫-발자국소리 공

蝶夢-莊子의 호접몽에 꿈속에서 꽃밭에서 나비와 노닐다가 생각하니 자기가 나비인지 나비가 자기인지 분간하기 어려운 무아지경지를 말한 것임. / 鶖-기를 환 / 芻-꼴 추

## 幽居卽事

青松爲友白雲隣
無一塵埃卽我身
蝶夢三春紅雨過
鶯歌四月綠陰均
三杯酒後無愁老
五十年來守分人
兼有書中芻蔘味
兒曹問答日爭新

청소으을 친구삼고 백운을 이웃하니
티끌하나 없는 곳에 내 몸이 살고있네
삼춘의 호우속에 호접몽 속을 노닐다가
사월에 녹음이 번성하니 꾀꼬리가 노래하네
삼배술 취한 후에 근심 잊은 이 늙은이
오십년을 지내오니 이제 분수 알겠구나
겸하여 책 속에서 가축 기르는 맛 얻었으니
아이들과 문답함에 날로 새로움이 얻어지네

細君-부인 / 閱月-한달이 경과 / 涯角-궁벽하고 먼 곳 / 仁里-풍속이 아름다운 지방 / 峽-골짜기 협(산골짜기)

## 懷鄕偶題

家事扶兒及細君
別離閱月杏難聞
春風一度花開落
客枕幾宵夢合分
涯角西村無信字
暮朝東峽有歸雲
何時仁里成團聚
三子同筵勸讀勤

집안일과 아이들은 모두 부인에게 맡기고
떠나온지 달포가 지나니 소식 조차 아득하네
춘풍이 한번 불어오니 꽃이 피었다 떨어지고
객지에서 몇 밤을 지나니 꿈조차 어수선하네
서촌 궁벽한 곳 소식조차 들을 수 없고
조석으로 동쪽 골짜기엔 구름만 오고가네
어느때나 인리에서 단란하게 모여살며
세 아들과 한자리에 모여 군독을 권하려나

金骨—①쇠와 뼈로 견고함을 이름 ②신선의 모습 / 太玄經—책이름 / 玄은 천지만물의 근원을 뜻하고 太는 그 공덕이 지대함을 뜻함 / 한楊雄이 주역을 모사하여 지은 책 10권 /

## 山家卽事

地僻吾東一片靑
人閑啼鳥下山庭
稱心快似方晴日
知己疎於欲曉星
糊口非輕誰鼎擲
立身未易我金銘
不聞洗耳世塵事
靜讀雲中太玄經

해동의 후미진 곳 숲 푸른 산골에서
한가로이 새소리 들으며 집으로 내려오네
바야흐로 날씨가 개이니 마음이 상쾌해지고
자신이 효성처럼 멀리 떨어져있음 알겠네
먹고살기 비경한데 누가 솥을 던지고
입신하기 쉽지 않은데 나는 금명을 새기고 있네
세상에 혼탁한 일 귀를 씻고 안들으려
백운산 속에서 태현경을 읽고있네

## 偶吟

一塵無處是吾居
種樹裁花補洞虛
時俗人交時俗染
聖賢書讀聖賢如
小泉枕下淸心水
薄供床頭着味蔬
愼獨平生兼四勿
前程晚覺復其初

티끌하나 없는 곳에 내가 살고 있으니
나무 심고 꽃을 길러 빈 고을을 채우며
시속 따라 교류하며 시속 따라 적응하고
성현님들 책 읽으니 나 역시 성현갈네
베개 밑에 냇물 소리에 내 마음은 물 같이 맑아지고
소박한 상머리에 채소찬이 별미로세
평생을 신독하며 四勿을 지켰으니
늦게서야 갈길알아 처음으로 돌아가네

四勿—①非禮勿視 ②非禮勿聽 ③非禮勿言 ④非禮勿動

年年三月最辰良
探景偸閒卽事常
萬水萬山元有本
一觴一詠亦無疆
疎狂處世逢人笑
衰老看書掩卷忘
十里耽花兼訪友
梧村眸席日長長

해마다 삼월은 가장 좋은 계절이라
한가한 겨를에 탐경함이 일상생활이네
만산만수에 으뜸가는 근본이 있는데
한수 읊고 한잔 함이 끝이 없구나
덜렁대는 처세에 사람들은 빙긋 웃지만
쇠잔한 늙은이 책을 읽다 덮으면 잊혀지네
십리길 늘어선 꽃을 보며 친구를 찾아가니
오촌의 眸席에는 해도 길구나

自遣

平生疎闊爲身謀
月下花前任去留
富貴無私天地付
聖賢有路畫宵求
寶鑑記錄舜堯性
現在浮榮帝道州
絃誦教兒兼酒樂
詩筵暇日物風收

평생 동안 정밀한 계획 없이 살아오다
월하의 꽃 앞에서 소일을 생각하네
부귀와 사심없이 자연에 붙여 살다
성현의 길이있어 주야로 구하였네
요순의 품성이 보감에 전해오는데
덧없는 영화속에 제왕주에 머물렀네
고아하고 현송하며 주락을 겸하니
시연하다 여가에는 풍물들을 거두리다

眸席-돌잔치 생일잔치 (수)

秋懷(持)

蛬音蟬語亦知時
況是遊人風物宜
早稻誰家能釀酒
拙才此地敢爲詩
相逢以慰三年別
同住須言九世期
二百里內白雲下
幽風七月倍神奇

귀뚜라미 매미 소리는 역시 때를 알고
때 맞추어 노는 사람 경치와 악기가 어울리네
벼가 일찍 익으니 어느 집에서 술을 빚을고
재주 없이 이 곳에서 감히 시를 읊조리네
서로 만나 위로하고 삼년만에 또 이별하니
함께 살며 의논하던 대대로 내려온터
이백리 앞에 쌓여있는 백운 하에서
숨 막히는 칠월 바람 정신이 배로 기이해지네

初秋

緣雨羈窓信宿吾
津津詩話幾篇呼
淸風洒落三間屋
秋水平鋪百里途
豐樂千家新稻酒
光陰一葉小庭梧
藥城別業誠非偶
花樹重重興爾俱

비로 인해 객지에서 이틀을 묵게 되니
얼마나 책을 읽었던지 詩話가 넘치네
맑은 바람에 비 쏟아지니 상쾌한 삼간 옥에서
가을 물처럼 평탄하게 펼쳐진 백리길
천가에 풍년드니 새로 술을 만들고
계절 따라 정원에는 오동잎이 떨어지네
약성은 별업이라 내 마음에 떨어지지않고
화수가 중중하니 이 흥취 너와 함께 하리라

風物-경치와 악기

羈窓-객지 / 信宿-이틀을 묵음 / 津津-넘칠 정도로 가득한 모양 / 洒落-비가 쏟아짐, 마음이 상쾌함 / 重重-겹치다, 거듭되다

## 旱中甘雨

白雲山關翠松扉
滿樹鳴蟬解我歸
地接天光雲木逈
野登秋色稻梁肥
三宵壁月君同枕
百里萍津我攝衣
今雨早餘恩澤注
渾然民物却忘非

백운산에 집을 짓고 푸른 솔로 울을 하니
나무마다 매미소리 마음 풀려 돌아오네
햇빛이 땅에 이르니 구름이 멀어지고
들로 나오니 가을빛에 오곡이 살찌네
밤중에 두순 달을 그대 함께 잠이루고
백리 평진에서 나의 옷을 여미네
가뭄 끝에 비 내리니 하늘의 은택이요
사람과 만물들이 이 은혜 못 잊겠네

## 白雲山廬(齊韻)

神仙平地有誰携
登白雲山我始題
蘊籍如人平遠岀
淵源通海細流溪
早朝惜別聽蟬語
前路輕飛走馬蹄
似解詩書爲活計
應無惡歲硯田畦

신선이 평지에 누구와 함께 있을까?
백운산에 오르니 내가 비로서 만나겠네
온자한 사람처럼 평탄하고 먼 산 봉우리
연원이 바다까지 통하는 세류의 맑은 시내
아침 일찍 작별을 아쉬워하는 매미소리 들리고
앞길에는 나는 듯한 주마의 발굽소리
시서에서 알려주는 듯한 생활의 방법을
응당 부끄럽지 않으리라 책 읽고 농사지음이

蘊籍-너그럽고 온화함 / 惡-부끄러울 뉵

闢-열 벽 개간 벽 / 澤-못 택 / 逈-멀 형

## 蘭

繞砌芳蘭潤屋資
芭蕉三丈左邊垂
每疑馥播傾醪處
頗得芽長霽雨時
園藥非朋冷春寂寂
澗松爲友日遲遲
當令九畹花應在
爛漫韶光不待期

서돌을 둘러싼 난초는 집을 윤택하게 하고
삼장의 키 큰 파초는 좌변에 드리웠네
볼때마다 퍼지는 향기는 술잔을 들게하고
비 개이니 어느새 새싹들이 자라나네
동산에 핀 꽃은 화려하지 않아 봄은 고요하니
간소을 친구하려니 봄날이 길구나
구원에선 당연히 이 꽃이 자라나서
소광을 기다리지 않고 난만하게 피어있네

繞-둘러쌀 요 / 砌-섬돌 체 / 畹-밭면적 단위인 밭두둑 / 韶光-화창한 봄빛 / 爛漫-꽃이 만발한 모습 / 日遲遲-날씨가 길다, 해가 길다 / 寂寂-고요하다

## 竹

虛心直節徹青天
時立威儀齊後前
材木元非長者折
騎行馬用少兒牽
猗猗毅彩如君子
赫赫精神配聖賢
淇澳瀟湘猶許地
其名不改萬千年

속 비우고 곧은 절조 하늘까지 통하고
사계절 당당한 위의는 앞뒤가 의젓하네
재목으론 으뜸이 아니나 자라면 꺾이지 않고
어린 아이들의 말놀이에도 많이 쓰였다네
아름답고 굳건한 풍채 군자와 같고
혁혁한 정신은 성현을 짝하네
기욱과 소상 강역에선 자생을 인정한 듯
그 이름 고침 없이 천만년 지켜가네

猗猗-아름다울 의, 욱어질 의 / 淇澳-강 이름(황하리류) / 瀟湘-강 이름(동정호 지류)

聊爾-잠시, 한때 / 不敢-감히 하지 못함 / 須-모름지기 수, 바라다, 기다리다 / 蝶-나비 접 / 漠-사막 막, 쓸쓸한 막

## 梅

疎藥氷姿自得眞
數枝先發漠濱春
淡緣與老屏間月
嬌態宛如閨裡人
蝶舞未湏乘節氣
蜂軍不敢動風塵
堪憐世故炎涼異
聊爾淸香喜接隣

성긴 꽃술 맑은 자태 참 뜻을 자득했고
몇 가지에 꽃이 피니 쓸쓸한 물가에도 봄이 오네
담백함을 인연해서 함께 늙으니 병풍 속에 달과 같고
교태가 완연하니 규문안에 미인같네
나비의 춤을 바라지 않음은 절기를 탄 것 같고
벌떼가 접근하지 못함은 풍진이 날리기 때문일세
예쁨을 간직하고자 하나 세고의 염량이 다르니
잠시나마 한 때의 맑은 향기 이웃을 기쁘게 하네

## 白雲山廬(二)

白雲山下白雲廬
平地神仙讀古書
喬木成村棲是鳥
鳴泉入戶活如魚
靑春舊面松俱友
高節中心竹與虛
此路觀親兼迓弟
萍湖百里乘興余

백운산 아래에 흰 구름에 쌓인 집
평지에서 신선이 고서를 읽고 있는 듯
교목 속에 마을 이루니 새들 함께 살아가고
벗물 소리 들으며 집에 오는 중 물고기가 활기차네
구면 같은 푸른 봄 소나무와 함께 벗을 하고
반듯하고 높은 절조 대(竹)와 함께 속 비우네
이 길에서 부모님 뵙고 또 아우도 만나니
백리 평호에서 함께 배를 탄 듯 기쁜 마음 일어나네

喬木-크고 울창한 나무 / 觀-봐올 근, 만날 근 / 中心-마음이 바름

盧山瀑布

高掛長川百丈清
應知銀漢半空晴
激波能翼鳳翻意
壯雨急春龍得情
千尺楷梯懸月色
一峯斗量動雷聲
文章此在溫公賦
瀑布盧山偉反輕

높고 길게 펼쳐져 백장이나 맑게 흐르니
마치 은하수가 개인 반공을 흐르는 것 같네
물결이 내려치니 봉황이 날개를 펄럭이는 듯
소낙비가 퍼붓는 것 같으니 용의 뜻을 얻은 듯
천척의 사다리로 달빛을 매어단 듯 하고
산봉우리를 뒤흔드는 우뢰소리 같네
사마 온공의 문장이 여기에 있는 것 같고
여산의 위대한 폭포소리 오히려 경쾌하네

次盧山瀑布

從天降地一心清
恰似雲虹雨始晴
疑是張騫槎着界
尚餘李白詠詩情
懸流太半猶瓴勢
散落三分碎玉聲
此瀑如令施渴霈
人間快闊價非輕

하늘에서 땅으로 쏟아지는 한 줄기 맑은 물
흡사 비 개인 뒤에 무지개 같구나
의시 장건이 나무배어 경계를 만든 듯
오히려 이태백의 시정이 돋보이네
내달려 흐르는 태반이 물동이로 퍼붓는 기세요
흩어져 떨어지는 삼분은 옥이 부숴지는 소리일세
마치 이 폭포가 목마를 때 쏟아진다면
인간에게 쾌활한 가치가 가볍지 않으리라

張騫=前漢때사람 字=子文 / 槎=①떼 사 ②나무벨 사 ③엇찍을 사 / 瓴=동이 그릇 영 / 霈=비 쏟아질 패 / 着=著

舂=찧을 용 / 梯=사다리 제 / 廬=초막 려

# 生庭祖 樵堂公

白隱金友炳璜華甲韻(三月初三日癸巳)

寶白雲仍遠降生
壽星昨夜最光明
晨昏奉老能殫志
詩禮呼兒每教名
久奠鳳城多別業
僑居冠峽捻閒情
吹籟湛樂兼調瑟
皓首無憂晚福清

보백께선 운이을이 선대부터 내려왔고
어제 밤에 수성이 가장 밝게 빛났네
조석으로 어른 봉양 능히 정성 다했고
자손들에 시례 교육 항상 철저 하셨네
봉성에 구전함도 모두가 한 때였고
협관으로 타향살이 모두가 한가한 정이로세
피리를 즐기고 겸하여 시조와 비파를 타니
백발이 되도록 근심 걱정없이 늦도록 천복을 누리소서

其二

高人風致却忘寒
雪景晶晶出戶看
重賦詩便清興足
更將樽酒蘊恢寬
新年消息披紅曆
感國衣遺儀着安
冠半月橫梢敬屐
晚鍾聲屢報夜闌

고인의 풍채에 취해 도리어 추위를 잊고
눈빛이 반짝반짝 빛나니 문 밖을 나가 구경하네
거듭되는 부와 시편을 보니 맑은 흥취가 만족하고
다시 주준가 마련되니 이상하게 마음이 너그러워지네
새해의 소식은 홍력에 확실히 나타나고
옷을 내려주심 구은에 감사하며 편안히 사네
달이 빗겨 관에 비치니 나무 그림자가 신에 어리고
밤 늦게 종소리 이어지니 밤잠을 가로막네

壽星ㅡ남극성, 노인성 / 鳳城ㅡ궁성대궐 / 峽ㅡ골짜기 협 / 僑居ㅡ남에 집에 임시로 삶, 타향에서 잠시 거주함 / 湛ㅡ필 잠, 맑을 잠, 깊을 잠, 편안할 잠

風致ㅡ훌륭하고 멋스러운 경치, 격에 어울리는 멋(운치) / 晶晶ㅡ맑고 깨끗함 반짝반짝 빛나는 모양 / 闌ㅡ가로막을 란

48

攀龍附鳳-용을 끌어잡고 봉황에 붙음 / *훌륭한 인재에 의지하여 붓 쫓으려 함 / 黃鐘-음 11월의 이칭 / 동방음악12음 中 陽律에 속하는 8律의 하나

## 同月下弦諸益會于徽庵書巢

黃鐘雖發尚玄冬
高士多因翰墨從
白首堪憐爭吐鳳
青春虛負遠攀龍
百年雅契琴聲動
半夜豪情酒氣濃
咫尺溪南山北地
論情不必寄書封

비록 土月이 되었으나 아직 추운 겨울 멀리 있고
고사들이 많음으로 한 무을 따라하네
흰 머리 감당하기 어려워 다투어 봉황을 일컬으며
청춘을 헛되이 보냈으니 멀리 있는 용을 끌어 안으려 하네
백년의 계모임에 琴聲이 동하고
밤중에 호탕한 정은 술에 취해서일세
북쪽 산과 남쪽 시내 지척간에 있는데
논정이 필요없이 글로 써서 붙이네

## 小春下弦與諸益又集共吟

青燈詩話勝論金
只許冰壺一片心
竹塢侵霜天漸冷
蕉牕窺月夜將深
銷愁自有盃中酒
憂興須彈匣裡琴
無事山莊成雅會
四隣寂寂復長吟

청등 아래 시화하니 천금을 논하는 것 보다 낫고
다만 빙호 같이 맑고 깨끗한 일편심을 허락하네
죽오에 서리가 스며드니 날씨는 점점 차가워지고
초창에 달빛이니 밤은 장차 깊어지네
마음 내켜 술잔드니 근심 절로 사라지고
흥이 나서 거문고 꺼내 타니 반주를 함께하네
일 없이 산장에서 아회를 성대히 이루니
적적하던 사방이웃 다시 시 읊는 소리 들리네

斝—옥으로 만든 술잔 가(신에게 복을 빌다) / 津—나루 진, 윤택해지다, 전해주다, ※후학에게 건네주다 / 嘉平—음력 선달의 異稱 / 重及—무겁다, 크다, 입다 / 朝霞—아침노을 요염하다. ※의복의 밝음을 비유함

次武陵里趙友海左華甲韻(十二月一八日)

嘉平重及射弧辰
梅發床前壽斝陳
庭秀五芝應却老
架藏千卷不憂貧
何求榮祿煩汚志
每服朝霞靜養津
子孝孫仁由種德
親知多賀武陵春

선달이 벌써 깊어 사호를 하는 이 때에
매화 피는 상 앞에서 장수를 비네
뜰 앞에는 빼어난 五芝는 오히려 노숙하고
서가에는 천권의 책 있으니 가난을 근심하지 않네
어찌 천박하고 번거롭게 榮祿이나 구하리
항상 깨끗한 의복에 맑은 정신 전해주니
효자와 어진 손자들이 깊은 덕을 심어주니
친지들의 많은 축하로 무릉리에 봄이로세

與下村金詞伯愚醒共吟

高閣迎賓不掩扉
茶烟梅月共霏微
座中豪氣裕春酒
林下清談盡布衣
志介常同癯鶴立
襟期須學大鵬飛
攄懷又賞無窮景
疑是山陰訪戴歸

고각에 손님을 맞고자 사립문을 열어 놓고
다연함께 유월 장마철 부슬비가 함께 오네
좌중에 호탕한 기운은 춘주가 많이 있기 때문이요
임하에서 청담하는 분들 모두가 포의를 다했네
모두들 의지와 절개는 같으니 여윈 학처럼 서있고
옷깃을 여미고 학문을 결심함에 대붕이 나르려는 듯
무궁한 경치감상 회포를 털어 놓으니
의시 산음에서 대우받고 돌아오는 것 같네

癯—여윌 구, 옹이 구 / 衿—옷깃 금, 메다, 두르다 / 攄—펼 터, 말을 늘어 놓다 / 戴—대, 머리에 이다, 떠받들다, 공경하여 모시다 / 梅月—음력 유월 / 志介—의지와 절개

50

## 李友石居招請益午會(九日)

銀海繞經復玉臺
攀登爲是好懷開
詞傳白傅曾吟調
酒進青蓮不盡盃
竹館猗猗高士臥
梅窓歷歷美人來
清遊願但恒如此
莫使羲鞭歲月催

은해처럼 높은 정경 옥대가 지어졌고
위를 잡고 이 곳에 이르니 좋은 회포가 열리네
시와 경전을 스스과 노하니 일찍이 음조가 이뤄지고
청련에서 베푼 주연 끝이 없구나
죽관이 의의하니 고사가 누워있고
매창에 매화가 역력하니 미인이 찾아오네
원천대 청아한 놀이 항상 이와 같으니
인생을 채찍하며 세월을 재촉말게

## 贈李碩士大承之次子餻喜之筵(前五日)

玉山鍾出玉如人
餻喜床前却任眞
先執形弧功必大
更披黃卷業將新
箕箒非獨爲庭實
瑚璉從茲做國珍
嶷嶷儀容兼壽福
雪窓楙綻際良辰

옥산에서 종출하니 옥 같은 사람이 나고
아름다운 돌잔치에 상 앞에 맡겨 놓으니
먼저 활을 잡으니 반드시 큰 공 이루고
다음에 책을 잡으니 장차 새 업을 이루리라
왕대는 홀로 있지 않으니 가정이 건실하며
묘당에 법도 따라 나라에 보배되리
억억한 그 용자에 수와 복을 겸했으니
설창에 매화 꽃 피어 좋은 때를 만났도다

攀-잡아 당길 반 / 白-흰색 백, 작위이름 백, 말한 자 / 猗猗-아름답고 성한 모양 / 歷歷-분명하다

簧-왕대 운 / 簹-왕대 당 / 嶷-산 이름의 산모양 억 / 璉 泰稷을 담는 제기 / 彤-붉을 칠 동 / 餻-꾸밀 희

## 其二

各因詩癖訪山家
幽賞徘徊別徑斜
松礩風生鳴瑟籟
梅盆月入弄珠花
芝蘭共臭情常近
鷄犬相聞境不遐
推戶景光清似洗
一觴一詠興難加

시벽이 서로 달라 산가를 방문하여
경치감상 배회하니 경사가 심하구나
송간에 바람소리 겹치니 비파와 퉁소소리 같고
매화 화분에 달 비치니 꽃이 구슬을 희롱하는 듯
지란의 같은 향취 정이 항상 가깝고(친구)
계견 소리 서로 들리니 멀리 떨어져 있지 않네
집 주위 경치맑아 씻어 놓은 듯 깨끗하여
한 잔 하고 한 수 읊으니 흥취가 더할 나위 없구나

## 其三

通宵綺話聽晨鷄
遠岫蒼茫月在西
野色旋平流水邈
村容深邃碧山低
床頭靑史有才子
厨下黃梁任老妻
愧我曾年無所讀
強吟數句末端題

밤을 통해 속삭이다 새벽에 닭 우는 소리 듣고
먼 산은 창망한데 달은 벌써 서쪽에 있구나
들 빛은 선명한데 유수는 멀리있고
촌락의 모양 깊숙한데 푸른 산은 낮게 보이네
상머리엔 史書를 보는 재주 있는 아들이 있고
주방에선 밥 짓는 것은 늙은 부인의 책임이네
내가 일찍이 글을 읽지 못함을 부끄럽게 생각하며
억지로 시 몇 수를 말단으로 지었다네

梁-들보 양, 기장 수수양, 다리 양 / 黃粱夢-메조밥을 짓는 동안의 꿈 / 靑史-역사 대나무로 쓴 쪼개진 책

## 書生野會

綠陰深域會書生
爲暢幽懷却任情
擧網求魚臨水碧
把樽覓句坐沙明
藏名孰識留邱壑
處世還宜遠市城
謾興竟因天雨戲
醉筇斜日也縱橫

녹음이 깊은 곳에 서생들이 모였으니
임정을 버려두고 깊은 회포 펼쳐지네
그물 들어 고기를 잡으려니 물이 맑고 푸르르며
술잔잡고 시를 읊으니 앉아있는 백사장이 밝구나
이름을 감추니 누가 알고 구학에 머물러 있음을
처세는 멀리 도성으로 돌아감이 마땅한데
늦도록 흥에 취해 있으니 하늘이 비내려 희롱하고
석양에 지팡이 잡고 돌아오니 취한 몸 비틀거리네

## 李胄承參奉丈壽筵吟

定省萱闈六十年
迴庚令復設弧筵
稱觥永日津津樂
友瑟和風曲曲傳
恩命已承楓陛外
嘉謀常守玉山前
隣比余亦朋家伴
滿祝鴻禧二月天

지극한 효성으로 어머님 모신 지 육십년
회갑이 돌아오니 다시 돌잔치를 열었네
잔치술로 긴긴 하루 오손도손을 즐겼으니
친구들 즐기는 풍유소리 굽이굽이 전해지네
은명을을 계승받아 풍폐의 밖에 있고
가모를 지켜옴이 옥산의 앞에 있네
나 역시 이웃에서 친구와 짝을 하니
경복의 축하소리 이월 하늘에 가득하네

## 謹贈李寬承慈庭華甲韻

君家稱董在年年
遐祝萱闈壽福全
勤儉家風稱一里
溫良婦德捧中筵
斟香黃酒眞甘美
屬序黃鍾禮俗然
花樹親朋爭賀處
翩翩彩服耀前庭

그대의 집안은 의좋기로 소문났고
귀문에 수복이 온전하길 멀리서 비네
근검한 가풍은 사방에서 칭송하고
온량한 부덕을 추앙하는 자리이네
청주를 따르니 맛과 향기 아름답고
운율과 예도에 알맞게 살아가네
일가 친지들이 다투어 축배를 올리니
고운 옷에 나르는 듯 빛나는 자리로세

## 壺溪李友露圍精舍 與鄭丈隷窩共吟

(初八日)

茶南硯北且梅東
歲暮遊人會一同
詩話灯深晨已白
情緣酒進數盃紅
憂愁擲盡山雲外
雅興偏多雪月中
林壑狂歌餘慷慨
如非樵客是漁翁

차집은 남쪽 서원은 북쪽 또 매화는 동쪽에 있는데
세모가 되니 모두 한 자리에 모여 노네
시와 대화로 밤이 깊어 새벽으로 밝아오고
정을 인연 주석마련 몇 잔 술에 흥 안됐네
근심과 격정은 모두 산 구름 밖으로 던져버리고
우아한 흥취에 노니는 중 눈 위에 달이 비취오네
숲속에서 광가함은 강개가 남아있기 때문이고
산골 나그네는 고기 잡는 어옹과는 다름을 알겠네

崝-산 높고 험할 공 / 躅-자취 탁, 머뭇거릴 촉 / 蛻-허물 세 / 泉石-산수의 자연 경치 / 別業-별장 다른 사업 / 樗櫟-가죽나무 상수리 나무 *쓸모없는 나무 사람

南至月初旬與李詞伯尤堂

崝山南畔好堂隣
數尺巖松尚帶春
高躅眞同蟬蛻殼
皓衣還似鶴翻身
種桃別業臨泉石
揮筆清談遠世塵
慚愧疎材同樗櫟
無聞五十一癡人

강산 남쪽 기슭에 좋은 집을 이웃하니
울창한 소나무와 암벽들이 봄빛을 띠고 있네
고상한 행적은 매미가 허물을 벗은 껍질과 같고
흰 옷 자락은 학이 펄럭이는 날개 짓과 같네
별장에 도화심어 자연 경치 즐기고
휘필 속에 맑은 대화 오히려 세진을 멀리 함일세
특별한 재질 없이 쓸모없는 사람으로 부끄럽게 생각되고
五十一年 되도록 배운 것 없어 어리석은 사람이 되었네

丁卯小春(十二日甲辰)時值小雨 雅集
于李詞伯(相翼)精舍

穫稻君家歲已成
剩賖樽酒喚書生
水流僻谷人方靜
木落天高雨乍晴
牢坐田廬還有事
肯從墨壘最閑情
林樊屛跡囂塵少
自愛瓊琚擲地聲

그대 집에 벼를 베니 한 해가 벌써 다 가고
술통에 남은 술로 글 친구를 부르네
후미진 계류 벽촌 인적은 고요하고
낙엽 지는 높은 하늘 비오다 다시 개이네
우리 같은 오두막집에 앉았으니 일이 다시 생겨나고
무릇에 긍 종하니 가장 마음 한가롭네
나무 숲 병풍처럼 둘러 쌓여 걱정 번뇌 적어지니
자애하던 옥구슬을 땅에 던지는 소리 같네

逸民河錫煥 譔

荒凉天地一河生
克孝克忠警物情
嚴拒課金倭政日
特書門木大韓名
新山泣杖三年蹟
多士揮毫百世馨
東國雖貧賢以寶
環球無敵是家聲

세상에 적이 없는 이 집안의 칭송소리
우리나라 비록 가난하나 어진 행실이 보배요
많은 선비들의 휘호가 백세토록 향기롭네
신산에 읍장하며 삼년을 시묘하니
문패에 특서로 대한명을 썼다네
왜정시대 과금을 엄격하게 거절하고
극진한 충효와 물정을 경계하니
황량한 천지에 하씨 한 분이 있으니

泣杖-효성이 지극함 / 環球-온 세상

李胄承參奉丈壽筵吟

人人何事愛公年
慶賀衣斑養志筵
言行皆當編簡出
林泉可以畵圖傳
蘭將結實垂庭下
梅已弄珠笑檻前
知是槿花君子域
壽康奚羨杞憂天

수강은 부러워할 뿐 杞人처럼 어찌 하늘을 근심하랴
무궁화 꽃 피는 곳은 군자가 사는 곳이니
매화의 롱주는 난간 앞에 웃음일세
난초의 결실은 뜰 아래까지 드리움이요
임천의 가경을 그림으로 전하네
언행이 합당하니 책으로 엮어 냈고
반의 입고 경하드림 효도하는 자리일세
사람마다 무슨 일로 갑년을 사랑하는지

蘭과 梅는 子孫을 칭함 / 林泉-군자가 사는 곳 / 杞憂天-고대 기나라 사람 중에 하늘이 무너짐을 근심했다는 고사를 인용

晩春感懷

相逢此日更何求
爾愛書緣敎客留
片金四月鸎成陣
飛絮東風柳脫裘
奇兵有酒千愁掃
元師因詩百世遊
又得新晴田事促
蒲原芳草放青牛

이날 서로 만났으니 또 다시 무엇을 구할까?
서교를 인연하여 그대를 사랑하며 객지에 머무르네
사월에는 편금같이 꾀꼬리떼 모여들고
동풍에 솜 날리니 버드나무가 갖옷을 벗은 듯
기병에 술 있으니 천가지 근심 쓸어내고
원사께선 시로 인해 백세를 즐기시네
날씨가 새로 개이니 농사일이 재촉되고
포원의 방초에는 소들이 놀고있네

亡國恨(壬午春 侍從院侍御 桂林公 獄中詩)

浩洪天地難容髮
飜覆江山豈避身
有人問我眞消息
不變朝鮮舊國民

넓고 넓은 이 천지에 모발 하나 용납이 어렵고
강산이 번복되는데 몸둘 어찌 피하리오
나를 아는 사람이 있어 진실로 소식을 묻거든
변하지 않는 조선의 옛 구민 그대로라고

田事—농사짓는 일 / 奇兵—기이한 꾀로 기습하는 병사

# 父親清潭公詩

籌―셈한 주 / 塤―나팔 훈 / 篪―피러 지 / 調度―균형유지

## 慶賀源谷壽筵

人間五福壽爲先
海閣添籌六一年
老去安閒居廣宅
生來調度有良田
子孫克孝多餘慶
家屋和宜有舊緣
更把塤篪歌又笑
德門此席世相傳

인간의 오복 중엔 장수함이 으뜸이니
해각의 첨주로 수연을 맞이했네
늙어가며 편안하게 광택에서 살아가며
사는 동안 균형 맞춰 양전을 유지하네
자손들이 극효하니 많은 경사 일어나고
가정이 화의하니 세습을 이룸일세
다시 훈지를 잡고 노래와 웃음꽃이 피니
덕문의 이 자리가 세상에 서로 전해지리

## 仲秋朗月有感

皎潔圓輪出自東
乾坤滿照快迎同
風清四野登豊樂
探景江山氣爽隆
閑聽砧聲來睡裏
靜看菊發播香中
斯宵誦讀勸杯酒
白髮蕭蕭醉面紅

맑고 깨끗한 둥근 달이 동쪽에서 솟아올라
건곤에 가득 비추니 모두가 즐겁게 맞이하네
사방들에 바람 맑으니 풍년들이 즐겁고
강산을 탐경하니 상쾌한 기운이 융융하네
한가로이 다듬이 소리 들으니 저절로 잠이 오는 속에
고요히 구화꽃을 바라보니 향기가 퍼져 나오네
이 밤에 소독하다 친구가 와서 술을 권하니
백발에 쓸쓸하던 몸 취하여 얼굴이 붉어지네

## 忠湖四散 思鄉吟 (先韻)

因別忠湖幾歷年
親知四散絕聞宣
望鄉懷抱詠觴切
憶昔交情夜夢然
積水津津心易惱
雲山疊疊雁難傳
天空路隔東風慰
客地何忘舊日緣

충주호로 인해 작별한지 몇 년이 지났는가?
친지들이 四散하여 소식조차 끊어졌네
망향의 회포는 영상할 때 더욱 간절하고
예전에 사귀던 그 정이 꿈속에도 나타나네
적수가 진진하면 마음 더욱 괴로워지고
운산이 첩첩하니 소식조차 전할 길 없네
하늘 틔였으나 길이 막히니 동풍이 위로하고
객지에서 어찌 잊으리 옛날 고향의 인연을

## 忠孝倫綱之本

自古相生互協先
聖賢教訓學隨然
忠誠報國民興確
孝悌承家族睦堅
踐義身邊常信起
施仁社會厚情連
首題百行無違本
勤勉倫綱守道全

예부터 상생함엔 서로 협조 선행되고
성현들의 교훈을 배우고 따라야하네
충성하여 보국하면 민족흥망 확립되고
효제로 승가되면 겨레화목 굳건하네
천의하면 신변에는 항상 신의 일어나고
시인하는 사회에는 두터운 정 이어지네
머리 제목은 백행에 어김없는 근본이니
윤강에 근면하면 도를 지킴 온전하리

三一萬歲民族精神

三一精神振動天
宣言獨立總民聯
億旗蔽昊家街覆
萬歲喊聲四野連
義士尋權流血溢
忠臣救國魄魂捐
生存抗訴當然事
世界諸邦善者偏

삼일 운동 정신은 천하를 진동하였으니
전 국민이 연대하여 독립을 선언했네
억만의 함성은 사야에 이어졌고
만세의 태극기는 하늘과 시가를 덮었고
의사들은 권리찾아 유혈이 낭자했고
충신들은 구국위해 혼백을 버렸다네
생존을 항소함은 당연한 처사이니
세계의 모든 나라는 선자편 되어주길

光復歡喜

光復歡聲振我東
五千萬族感懷同
倭軍敗戰狂紛走
義士歸鄉快樂逢
花發無窮山野滿
旗揚太極市街充
被侵恥辱心身苦
覺醒殫忠護國功

광복의 환성이 우리나라에 진동하니
오천만 겨레의 감회는 하나같네
왜구들은 패전하여 미친 듯이 달아나고
의사들은 귀향하여 쾌락하게 상봉하네
무궁화는 만발하여 산야에 가득하고
태극기는 시가에 가득히 펄럭이네
침략당한 치욕과 심신의 고통을
각성하고 충성다해 호국에 공헌하세

李承晚大統領就任所望

我東國運更生年
元首新任祝賀連
昔歲倭侵光復近
今時政府構成全
施仁統治安民篤
布德廉官禮俗宣
南北分疆應合裏
子孫萬代盛昌堅

우리나라 국운이 갱생하는 해를 맞아
국가 원수가 신임하니 축하가 이어지네
과거에 왜침에서 광복을 맞이하며
이제는 새 정부가 완전히 구성됐네
시인으로 통치하면 안민이 돈독하고
포덕과 염관하면 예속이 베풀어지네
남북의 분강이 응당 통합되는 속에
자손이 만대토록 성창이 견고하리라

願國泰民安

人類安生善道成
大同團結盡衷情
孝誠竭力家和着
忠義傾心國勢榮
產業隆興經濟盛
文明發展智能明
施仁布德良風起
民健邦強永泰平

인류의 안생에는 선도가 이뤄져서
대동단결로서 충정을 다해야하네
효성에 갈력하면 가정화목 정착되고
충의에 경심하면 국세가 번영되네
산업이 융흥되면 경제가 창성되고
문명이 발전되면 지능이 밝아지네
시인하고 포덕하면 양풍이 일어나느니
국민건강 나라부강 태평이 영원하리

國魂掠奪幾經年
光復尋時鬪爭連
義士賢人皆合席
忠臣學者共參筵
三權鼎立構成篤
民主平和憲法全
政府誕生歡迎裏
大韓萬代盛昌堅

국혼이 약탈된지 몇 해가 되었는가
광복을 찾을 때 까지 투쟁이 이어졌네
의사와 현인들이 모두 한 자리에 모이고
충신과 학자들도 함께 자리 참석했네
삼권 정립의 구성이 돈독하고
민주평화 헌법이 완전하게 이뤄졌네
정부 탄생을 환영해 맞이하는 중에
대한민국 만대토록 번창이 굳건하리

領首新任活氣盈
精神制度改良情
爲民竭力家和睦
治政殫誠國威榮
經濟隆興貧困逐
倫綱確立禮儀生
美風善俗從仁起
計劃成功富彊成

국가원수 신임임하니 활기가 가득하고
정신과 제도를 개량할 뜻이 있네
백성 위해 갈력하면 가정이 화목하고
정치에 탄성하면 국위가 번영되네
경제가 융흥하면 빈곤이 축출되고
윤강이 확립되면 예의가 회생되고
미풍과 선속은 인을 따라 일어나고
경제계획 성공하면 부국강병 달성되리

## 三峰鄭道傳先生宣揚

先生偉績海東明
建國遷都盡熱誠
排佛崇儒弘業遂
築城立闕大功成
刷新政治安民策
改革紀綱救世情
天下太平堯舜效
忠勳燦爛仰欽迎

선생의 큰 업적 동아시아를 밝혔으며
나라를 세우고 도읍을 옮기는데 열성을 다하고
불교를 배척하고 유학을 숭상하는데 큰 업적을 이루었으며
성을 쌓고 구궐월을 세우는데 큰 공을 이루었고
정치를 쇄신함은 안민의 계책이며
기강을 개혁함은 피폐한 나라를 구제하려는 뜻이고
천하가 태평한 요순시대를 본받고자 함이니
충성스러운 공 찬란함을 앙모해 맞이하고자 하네

## 千萬朶菊花祝祭

晚秋艶色美華年
霜菊清香噴出鮮
滿野黃禾天澤畓
大豊五穀地恩田
景觀秀麗詩情發
燦爛楓光錦繡連
祝祭新開盛況裏
雲屯賞客感銘傳

늦가을 고운 빛 아름답고 화려한 해
국화에서 뿜어내는 맑은 향기 신선하고
들 가득 노란 벼 논 하늘의 혜택이며
오곡이 풍등한 밭 땅의 은혜인가 하네
경관이 수려하니 시정이 절로 나고
찬란한 풍광은 금수를 펴 놓은 것 같으며
축제를 새로 열어 성황을 이룬 속에
구름 같이 모인 손님 감명을 전하네

靈巖勝地別開天
燦爛櫻花馥聖川
賞客觀光臺浦近
人波探訪竹林連
雲橋架路佳香滿
九井奇峯月影全
絶景題詩觴詠樂
王師遺蹟萬方傳

영암 승지에 별천지가 열렸네
앵화가 찬란하게 피었으니 성천이 향기롭고
관광 온 손님들은 상대포에 이르러서
탐방하는 인파가 죽림까지 이어졌네
구름같이 떠 있는 시렁길 아름다운 향기 가득하고
구정 기봉엔 달빛이 화창하게 밝으니
이 좋은 절경 시를 지어 읊고 마시는 즐거움
왕선생의 유적지가 만방에 널리 전해지길

農革東軍起古城
匪徒彈劾義兵誠
稅金掠奪憂勞暗
苛斂誅求暴惡明
土峴黃山交戰勝
名村井邑偉人生
雖然未遂莊嚴志
全將精神讚頌聲

농민혁명 동학군은 고부성에서 일어났고
비도군수 탄핵하려고 동학 의병이 전어성을 모았네
백성들은 과도한 세금으로 근심 걱정 암울하고
관리들은 가렴주구 포악함을 드러내니
드디어 황토현에서 일어난 싸움 크게 이겼네
이름난 정읍에서 큰 인물이 많이 나서
비록 이루지는 못했지만 장엄한 기개
전장우의 숭고한 정신 찬조하는 소리 길이 전해지리라

追慕愚潭丁時翰先生

先生道學冠群賢
代代簪纓出仕連
謝讓官途勤教導
好耽隱遁勉書篇
寒家巨擘儒林育
勳閥名門潔士遷
優老陞階通政列
偉功懿德燦然全

선생의 도학이 여러 현인 중에도 으뜸이며
대대로 높은 벼슬 출사를 이어 왔는데
벼슬길 사양하고 부지런히 가르치고 지도하시며
향촌에 은둔함을 즐기고 많은 책글 쓰시는데 힘쓰시고
한미한 집이지만 뛰어난 부유시라 훌륭한 유림을 양육하시며
훈벌 명문에서 청렴한 선비가 되셨네
우로로 승계하여 통정대부 반열에 서시니
위대한 공 아름다운 덕 찬연함이 전일하리라

愛親敬長

教育兒孫始幼辰
愛親敬長自求仁
智能志士行三道
有德賢師訓五倫
尊重翁姑夫婦共
孝忠耋老女男均
溫恭敏捷銘心誠
扶養殫誠子職伸

자손교육은 어릴 때부터 시작해야 하고
애친경장은 스스로 인을 찾아 해야하며
지혜로운 지사는 삼도를 행하고
덕 있는 어진 스승은 오륜을 가르치시며
옹고를 존중하는 것은 부부가 함께해야 하고
노인에게 효충함은 남녀 같이 해야하며
온공하고 민첩하게 할 것을 명심하고 조심하여
정성다해 봉양하여 자식의 도리를 펼치리라

子年同族合心團
經濟隆興國力桓
產業繁昌民富裕
文明發展政仁寬
迎新慶福諸家樂
送舊災殃世上安
南北分疆成統一
三千槿域泰平歡

경자년 새해에는 우리 민족이 합심 단결하여
경제를 융흥하여 국력을 굳세게 하고
산업도 번창하여 전 국민을 부유하게 하며
문명이 발전하니 정치도 어질고 관대해지고
새해에 경복을 맞이하니 집집마다 즐거우며
지난해 재앙을 다 보내버리니 세상이 다 편안해지고
부단된 남북이 통일이 이루어지면
삼천리 근역이 태평하고 기쁘지 않겠는가

餞春

無情歲月速如流
花盡江山綠漸幽
旭日蒼空晨舞鶴
煙波海上暮飛鷗
農夫播種豐年願
賞客探光勝地遊
可樂書樓觴詠樂
騷朋會坐妙詩求

무정한 세월은 빠르게 흘러가서
꽃이 진 강산에는 푸른 빛이 깊어가네
아침 햇빛 푸른 하늘 백학이 춤을 추고
연파 낀 해상에는 갈매기가 날으네
농부들은 파종하며 풍년을 기원하고
상객들은 탐광하며 명승지를 찾아 노네
즐거운 서실에는 시와 술을 즐기며
소붕들은 모여 앉아 좋은 시를 구하네

太和滿乾坤

氣候溫暄啓首春
森羅萬象復生新
陰陽轉迭能明世
晝夜安居可樂民
學習詩書模聖道
勤行禮義守人倫
太和旺運乾坤滿
文化繁榮慶福伸

기후가 따뜻해지니 첫 봄이 열리고
삼라만상이 다시 새롭게 솟아나며
음양이 순환하여 세상을 환하게 밝히고
밤낮 편히 지날 수 있으면 백성들이은 즐거워 하리라
시서를 배우고 익혀서 성인의 도를 본받고
여의를 부지런히 행하여 인륜의 도리를 지키면
평화와 왕성한 구운이 천지에 가득하고
문화가 번영하여 경복이 펼쳐지리라

祝 朴槿惠 大統領 就任

吾邦最始女君生
經濟伸張望願聲
先考撫民施善政
令娘愛國固干城
商工發展財源足
科技優良戰力明
南北平和成統一
應誇世界振芳名

우리나라 최초로 여성 대통령이 되셨네
경제가 신장되길 바라고 원하는 소리가 높으며
선친께서는 백성을 위해 어진 정치 하셨고
새로운 대통령께서는 이 나라를 굳게 지키는 간성이 되시길 바라며
상공업 발전하여 재원이 풍족하고
과학 기술 우수하니 구력도 강해져서
남북이 평화롭게 통일이 이루어 질 것이니
응당 세계에 과시하고 아름다운 이름을 남기시리라

# 自 作 詩

吟風篇

敍情篇

頌祝篇

壽筵篇

追慕篇

挽詩篇

可樂詩會 吟

可樂吟詩可樂來
白巖大廈錦筵開
文章泣鬼江東秀
玉句驚人槿域魁
書畫兼全專力習
禮儀竝進盡心培
熱情凌駕古詞伯
不遠騷壇繁盛回

가락시회 읊으러 가락동에 오니
백암빌딩에 시연을 열었도다
문장은 귀신울려 강동에서 빼어났고
옥구는 사람을 놀래니 근역에서 으뜸일세
서화를 겸전함은 힘을 다해 습작했고
예의를 병진함은 마음 다해 복돋웠네
열정은 옛사백들을 능가하였으니
머지않아 시단에는 번성함이 돌아오리

謹賀壬寅萬事亨通

謹賀壬寅吉運均
天災退出解氷春
兒孫盡孝祈親壽
父母傾慈教子仁
産業隆興成富國
文明發展化安民
恒時萬事亨通裏
仰祝高堂慶福伸

임인 새해 축하하며 길운균평 바라오며
봄철 해빙하듯이 천재가 퇴출되길 바라네
아손들이 진효하며 부모장수 기원하고
부모는 경자하며 자식어짐 가르치네
산업이 융흥하면 나라부강 이뤄지고
문명이 발전하면 백성 삶이 편안하네
항시 만사가 형통하는 속에서
고당에 경복이 펼쳐지길 앙축하네

壬寅正月初四日立春吟

東君布德立春來
新歲高堂慶福回
大地陽生消白雪
朝光屋照發紅梅
蒼松耐冷增青色
綠竹經寒現翠腮
疫疾尤繁親友絕
老身不出動心催

동군이 덕을 펴니 입춘이 돌아오고
새해에는 고당에 경복이 돌아오리
대지에 양생하니 백설이 해소되고
아침햇빛 집에 비치니 홍매화가 피어나네
창송은 추위 견뎌 푸른색이 더해지고
록죽으은 추위 지나니 푸른 뺨을 나타내네
역질 더욱 번성하니 친구들 다 끊어지고
늙은 몸 출입 못하니 동심만 제촉되네

大雪節吟

節當大雪雪無曇
近日溫和槿域覃
勝冷蒼松姿態活
凌霜綠竹壯凱含
漁翁靜坐操魚待
騷客周行索句探
蕭瑟寒風尋息處
故朋共席詠觴酣

절기가 대설인데 눈은 없고 흐리기만 하고
근일에 온화함이 근역에 뻗쳐있네
추위 이긴 푸른 솔은 자태가 활기차고
눈상하는 푸른대는 장엄한 기개를 머금었네
어옹은 조용히 앉아 고기잡히기 기다리고
소객은 두루 다니며 색구를 더듬네
소슬한 함풍에 쉴 곳을 찾아서
옛친구와 함께 모여 시와 술을 즐기네

昨過小雪感懷吟

節當小雪早晨曇
掩襲寒波槿域覃
鬱鬱蒼松持活氣
猗猗綠竹保青藍
農夫收穀身休逸
主婦沈沮手急探
香菊姸楓華貌隱
艷花茂葉翌年酣

소설절을 맞이하여 새벽부터 흐리더니
한파가 엄습하여 근역겨울 이르렀네
울창한 푸른 솔은 활기를 지녔고
활달한 푸른 대는 청람색을 보존했네
농부들은 수고하고 몸을 편히 쉬고 있고
주부들은 김장하기 손이 매우 바쁘구나
향국과 고운 단풍 화려모습 감췄으니
고운 꽃과 무성한 잎 내년에나 즐기겠네

立冬感懷吟

乾坤瀟瑟立冬來
雁陣高飛叫聞臺
露菊飄香千野滿
霜楓艷色萬山培
農夫收穀勞休樂
賞客探光興勸杯
疫疾尤繁憂慮甚
何時脫病自由開

건곤이 소슬하더니 입동절이 되었고
기러기 떼 날아오는 소리 집까지 들리네
로국의 향기 날려 모든 들에 가득하고
상풍의 고운 빛이 만산경치 북돋우네
농부들 추수하고 피로를 쉬니 즐겁고
상객을 탐광하고 감흥하여 권배하네
역질 더욱 번성하여 우려가 극심하니
어느 때나 병을 벗고 자유활동 열리려나

節序循環氣爽清
秋天白雁故歸程
霜楓艶色騷人感
露菊濃香賞客驚
五穀登豐佳野景
農家收穫快歡聲
鶯羣惜別君飛至
汝迎蒼空照月明

절서가 수환되니 기후가 상쾌하고
가을 하늘 흰기러기 연고찾아 돌아오네
상풍의 고운 빛에 시인들은 감동하고
로국의 짙은 향기에 상객들은 경탄하네
오곡이 풍년드니 들 경치 아름답고
농가에선 수확하며 쾌재를 부르누나
앵군이 석별하니 그대들이 날아오네
너희들을 환영코자 창공엔 달밝게 비치네

循環節序起寒風
變服山河美飾隆
萬野飄香妍露菊
千峯錦繡麗霜楓
北來雁陣閑休樂
南去鴻羣作別忽
賞客探光連感歎
吟觴興趣永無窮

질서가 수환되니 찬바람이 일어나고
산하가 변복되니 미식이 융흥하네
만야에 향기가 날리니 예쁜국화에서 나오고
천봉이 금수처럼 아름다우니 고운 단풍 빛이네
북에서 온 기러기떼 편히 쉬어 즐겁고
남으로 가는 제비떼는 작별하기 바쁘네
상객들이 탐광하며 감탄소리 이어지고
시 읊으며 한잔하니 흥취 길이 무궁하네

金秋感興

循環節序迀金秋
五穀登豊興不收
露菊清風香滿閣
霜楓映日艶盈樓
農夫出野鳶飛樂
釣客尋湖鯉躍遊
錦繡江山眞絶景
一觴一詠洗塵愁

절서가 수환되어 황금빛 가을을 맞이하니
오곡이 풍년들어 기쁜마음 거둘 수 없네
로국은 맑은 바람에 집에 향기 가득하고
상풍에 해 빛치니 루대에 고운 빛이 가득하네
농부가 들을 나가니 수리가 즐겁게 날으고
조객이 호수를 찾으니 잉어들이 뛰어노네
비단에 수놓은 듯 빼어난 절경에
한잔하고 한 수 읊으니 찌들은 근심 다 씻기네

疫疾裏仲秋節有感

年中最好仲秋陽
五穀登豊喜色長
客地兒孫難省墓
離居故友不尋鄉
廟堂獻拜非參苦
父母親迎共飲障
疫疾尤繁規制甚
何時退治自由張

일년 중 가장 좋은 주옥추절인데
오곡이 풍년들어 기쁜 빛이 길구나
객지에 있는는 자손들은 성묘하기도 어렵고
떠나사는 옛친구들 고향찾지 못하네
사당헌배 참여 못해 마음이 고통스럽고
부모님 직접 모시고 함께 음식도 막는구나
역질이 더욱 번성하여 규제가 극심하니
언제 병이 퇴치되어 자유로움 펼쳐지나

荷風送香氣

荷風爽起逐炎陽
滿發芙蓉秀美芳
莖直無枝花出濕
幹長不蔓葉敷塘
農夫洗汗清香醉
騷客探觀卓味觴
未染泥中君子態
濂翁此景愛吟望

하풍이 상기하니 염양을 쫓아주고
연꽃이 만발하니 빼어나게 아름답네
곧은 줄기 가지없이 습지에서 꽃이 피고
긴 줄기 넝쿨 않고 잎은 못을 다 덮었네
농부는 땀을 씻다 맑은 향기에 취하였고
소객은 탐관하며 탁미의 잔을 드네
진흙 속에 물들지 않음으은 군자의 자태이니
렴옹은은 이를 사랑 바라보며 읊었으리

伏中疫疾尤甚憂慮

初庚已過迂中庚
赤帝威嚴鑠石驚
避暑登山行客踵
尋涼到海泳人盈
學徒閒講溪遊樂
農老耘培熱汗烹
疫疾尤繁生活苦
官民總力豫防誠

초복이 이미 지나 중복을 맞이하니
적제의 위엄으로 삭석더위 놀랐네
더위 피해 등산하는 행객이 이어졌고
시원한 바다 찾아 수영인파 가득하네
학생들 폐강으로 물놀이가 즐겁고
농노들 농사일로 열한에 씸기네
역질 더욱 번성하여 생활이 고통되니
관민이 총력하여 예방에 경성하세

名節端陽祝祭開
麥秋果穀味眞魁
鞦韆婦女修心座
角戲男丁養氣財
艾餠强身親睦篤
菖蒲洗髮淑貞培
隣朋賜扇吟觴樂
善俗良風美德堆

단오명절에는 축제가 열리고
맥추의 과실 곡식 그 맛이 뛰어나네
부녀들의 그네뜀은 마음닦는 자리요
남정들의 씨름축제 힘기르는 재원일세
쑥떡은 몸 건강과 가정친목 돈독하고
창포로 세발함은 수절을 복돋우네
이웃간에 부채선물 음상으로 즐기니
양풍선속에 미덕이 쌓이누나

夏至臨來漸熱期
晝長夜短活昌知
收藏大麥倉盈積
茂盛嘉禾屋富貽
杏李熟成甘味溢
諸瓜採穫腹充滋
綠陰似海無窮展
騷客吟祈萬事熹

하지절이 돌아오니 차츰 날씨 더워지고
주장야단하니 만물이 활창함을 알겠네
보리거둬 수장하니 창고가 가득하고
벼싹들이 무성하니 부자가 될 것 같네
살구오야 잘 익으니 감미가 넘치고
오이감자 수확하니 배가 절로 불러지네
나무숲이 바다같이 말없이 펼쳐지니
소객들 시 읊으며 만사가 왕성하길 기원하네

丑年旭日滿郊紅
布德東君活氣東
疫疾完消忘國患
民心定着起家風
農工發展成安樂
政局殫誠得盛隆
仁義倫綱應實踐
唐虞聖世治無窮

신축년 해 떠오르니 붉은 빛이 들에 가득하고
동군이 덕을 펴니 동방에 활기가 일어나네
역질이 소멸하니 나라근심 잊혀지고
민심이 정착되니 가풍이 일어나네
농공이 발전하면 안락함이 이뤄지고
정국이 탄성하니 융성함이 얻어지네
인의와 윤강을 마땅히 실천하면
당우의 성세같이 다스림이 무궁하리라

庚子諸人疫戰年
殘餘除夕暫時前
每逢此際懷思整
丑迓明朝所願禪
臘尾無成心覺省
正初計劃水泡鞭
多忙歲月身衰弱
雖老殫誠效聖賢

경자년엔 모든 사람 역병과 싸운 해였고
제석의 남은 시간도 몇시간 전일세
매년 이 때되면 품었던 생각 정리하고
맞이할 신축명조 소원을 좌선하네
납미까지 못한 일을 마음 깊이 각성하고
정초에 세운 계획 수포됨을 자편하네
다망했던 세월 속에 몸이 이미 쇠약하니
수노나 정성다해 성현을 본받으리

小寒已過酷寒家
雪滿乾坤銀世譁
黑帝施功裝玉閣
東君布德孕梅花
此時慢動災殃起
何處三思慶福加
江水結氷歡滑走
騷人探景詠觴嘉

소한이 이미 지나니 집에 혹한이 오고
건곤은 설만하니 은세계라 떠들고 있네
흑제의 베푼 공으로 옥각으로 장식했고
동군이 덕을 펴니 매화가 잉태했네
이럴 때에 만동하면 재앙이 일어나고
어느 곳에서나 신중하면 경복이 더해지네
강수가 결빙하니 활주하기 기쁘고
소인이 탐경하니 영상하기 아름답네

萬壑千峰錦繡光
霜風蕭瑟葦芍芳
妖娟赤葉裝山岳
爽馥黃花播廣場
雁陣飛來尋故水
農夫收穫迓朝陽
騷人探景吟觴樂
月白姸楓戲戲防

만학천봉이 금수처럼 빛나고
상풍이 소슬하니 갈대꽃도 아름답네
요염한 붉은 단풍 산악을 장식하고
상쾌한 국화향기 광장에 퍼지네
기러기떼 날아와서 놀던 물을 다시 찾고
농부들 수확 중에 아침 햇빛 맞이하네
시인들 탐경하며 음상이 즐겁고
밝은 달밤 예쁜 단풍 누가 놀이 방해하나

秋色滿乾坤

山河錦繡晚秋良
廣闊乾坤滿月光
紅葉千林彰艷色
黃花萬朵吐香芳
柿檎已赤裝瓊玉
松竹常青勝雪霜
四野登豊收穫樂
騷人探賞作詩昌

산하가 금수같이 아름다운 만추절
광활한 건곤에는 달빛이 가득하네
붉은 단풍 나무마다 곱게 물들었고
황국화는 만발하여 향기 함께 아름답네
감과 사과 이미 붉어 경옥을 장식한 듯
소나무 설상이겨 사계절 푸르르네
사야에 풍년들어 수확하기 즐겁고
시인들 탐상하니 작시가 왕창하네

送仲夏五月

赤帝施權盛夏留
綠陰五月碧溪流
繞過大暑長霖績
已到初庚炎熱優
農老烝炎行野畝
騷人避疾陟山樓
集團活動嚴規制
患者尤增不勝愁

적제가 시원하니 성하가 머무르고
녹음의 오월에 계류가 시원하네
대서가 지나가니 장마가 이어지고
초복이 이르르니 열기가 대단하네
농노는 증염에도 들녘 밭에 나가고
소인들은 질병피해 산루에 오르네
집단적 활동은 엄격히 규제해도
환자가 늘어나니 걱정을 이기지 못하네

循環節序至端陽
䴵麥豊登夏果香
淑女鞦韆姸美溢
壯丁脚戲氣才昌
菖蒲沐浴心安整
亭樹吟觴體爽浪
現世文明名日變
良風善俗願承行

절서가 수환되어 단오절이 이르니
모맥들은 풍년이고 여름과일 향기롭네
그네뛰는 숙녀들 연미가 넘치고
씨름하는 장정들 기와 재가 창성하네
창포에 목욕하니 마음이 안정되고
정수에서 음상하니 몸이 물결처럼 상쾌하네
현세의 문명은 명일이 변했는데
양풍과 선속은 이어가길 원하네

寒食偶吟

寒食乾坤日暖陽
春花滿發噴佳香
農家播種心身急
賞客探光目足忙
介子焚山終跡遁
文公還國索何藏
昔人禁火因如此
今世無關嗜舞觴

한식되어 건곤의 날씨가 따뜻하니
봄꽃이 만발하여 향기를 뿜어내네
농가에선 파종에 심신이 급하고
상객들은 탐광에 눈과 발이 바쁘네
개자추는 분산 속에 종적을 감추었고
문공 환국 찾았으나 어찌 자취 감추었나
옛사람의 한식금화 이와 같이 이유인데
요즈음엔 관계없이 춤과 술을 즐기누나

春分已到

三月韶光射矢過
春分已到氣溫和
農夫迂節耕田畓
婦女求蔬往野坡
屋外梅花香臭滿
溪邊細柳綠芽多
晝宵時共景佳際
賞客探觀興舞歌

삼월의 소광이 쏜살같이 지나가니
춘분절이 벌써 되어 기온이 화창하네
농부는 계절맞아 전답을 갈고
부녀들은 나물캐러 야외로 가네
집밖에 매화는 향취가 가득하고
시냇가에 버드나무 푸른 싹이 돋아나네
밤과 낮의 시간이 같은 아름다운 이때에
상객들 탐관하며 흥이 넘쳐 가무하네

庚子新年所望

庚子迎新吉運團
我民氣體健康桓
國營正道天心順
家孝傾誠父意寬
經濟伸張衣食足
文明發展自生安
平和統一完成裏
謹祝檀孫萬歲歡

경자신년 맞이하여 길운이 모여드니
우리민족 기체가 건강 더욱 굳세지리
국가경영 정도로만 하면 천심이 순해지고
가정효도 경성되면 부모마음 관후하네
경제가 신장되면 의식이 풍족하고
문명이 발전되면 편한 삶이 이뤄지네
평화통일이 완성되는 속에
단구군의 후손들 만세토록 기쁨을 이루소서

## 謹賀新年(先韻)

送舊迎新庚子年
東君布德善人先
仁慈父母成家睦
忠孝兒孫興國全
世界平和千歲績
文明發展萬邦宣
自由統一眞心願
謹賀高堂壽福連

기해년가고 경자년 새해를 맞이하니
동군이 포덕하니 선인가에 먼저오리
부모님이 인자하니 집안이 화목하고
자손들이 충효하니 흥국이 온전하네
세계의 평화가 천년을 이어지고
문명의 발전이 만방에 베풀어지네
자유통일을 진심으로 원하면서
삼가 바라건데 고당에 수복이 이어지소서

## 冬至次杜工部韻

冬至陽生次歲催
畫宵長短換而來
酷寒賞客迎風雪
勝冷樵童起火灰
洞口凌霜含翠竹
墻前守節隱香梅
獻祠豆粥子孫孝
年暮虛心酬慰盃

동지에 陽이 생하니 다음해를 재촉하고
밤과 낮의 길고 짧음이 바뀌어 돌아오네
상객은 혹한에 풍설을 맞이하고
초동은 승냉코자 불과 재를 일으키네
동구에 대나무는 능상하며 함취하고
담장 앞에 매화나무 수으은 향기 지키누나
팔주국을 헌사함은 자손의 효행이요
해가 가니 허탈감에 자위의 잔을 드네

菊秋佳節吟

天高候爽氣生時
弄月吟風誦讀宜
露菊幽香凌麝妙
霜楓艶色勝花奇
蔬柔綠葉肥培促
稻熟金波收穫期
賞客探光歡醉樂
陶翁此際滿囊詩

하늘 높고 서늘한 날씨 기운솟는 이때에
롱월 음풍하며 독서에 적합하고
로국의 그윽한 향기는 사향을 능가하고
상풍의 고운 빛은 꽃보다 더 기이하네
채소의 유연한 푸른 잎 비배를 촉진하고
벼익은 금물결은 수확할 시기로다
람광하는 상객은 기쁨취해 즐겁고
도옹은 이때면 주머니에 詩가 가득하리.

仲秋佳節吟

仲秋佳節最清和
五穀新生百果多
明月高天懸燦燭
爽風廣野展金羅
廟堂薦祭陳松餅
先墓誠盃伐草莎
儒俗殘存承禮道
嘉俳至樂昔無他

중추가절은 가장 청화한 때요
오곡이 새로나고 백곡가 풍성하네
밝은 달은 고천에 달려있는 촛불같고
광야는 상풍에 금비단이 펼쳐진듯
묘당에 송편 진설 제사를 모시고
선묘에 벌초하고 정성껏 잔올리네
유속이 남아있어 예도를 이어가니
가배절에 즐거움은 예나 다름 없구나

初庚在邇

初庚在邇早災時
蒸熱曾來甚苦施
企業經營難遇際
農家稼育汗流期
騷人探句園中集
政客公憑海外離
百事排除行避暑
共生原理即天規

초복이 가까운데 한재까지 심한 이때
찌는 더위 일찍오니 심한 고통 이뤄지네
기업의 경영에 어려움을 맞이하고
농가의 가육에 땀이 흐르는 때일세
시인들은 탐구코자 원중에 모여들고
정객들은 공무빙자 해외로 떠나가네
백사를 배제하고 피서를 가니
공생의 원리가 곧 천칙인 것을

夏至吟

夏至年中晝最長
蒸炎漸甚衆尋凉
農夫莒採身全汗
婦女瓜嘗口滿香
打麥收藏能積庫
苗禾茂育可歡堂
綠陰艷草如花際
騷客吟觴氣益昌

하지는 일년 중에 낮이 가장 길고
찌는 더위 점차 심해 모두가 서늘한 곳 찾네
농부는 감자캐기 몸 전신에 땀이 나고
부녀들은 오이를 먹으니 입에 가득 향기롭네
보리털어 수장하니 능히 창고에 가득하고
모심은 벼 무성하니 집에 기쁨을 이루겠네
녹음과 염초가 꽃처럼 아름다운 이때
소객들 음상하니 기운 더욱 융창하네

## 賞春

日煖和風景色明
花香滿地賞春迎
京人保氣尋山岳
鄉客觀光踏古城
北閣簷巢遊黑燕
南堤柳幕織黃鶯
蒼松綠竹新昌際
樹下吟觴敍隱情

일란하고 풍화하니 경색이 밝고
꽃향기 만지하고 상춘을 환영하네
서울 사람 건강위해 산악을 찾아가고
시골 사람 관광하러 고성을 답사하네
북각의 첨소에는 흑연이 놀고 있고
남제의 유막에는 황앵이 놀고 있네
창송과 녹죽이 새로 성창하는 이때
수하에서 음상하며 은정을 펼치누나

## 新春細塵滿空

亥年巳到仲春辰
山野乾坤蔽細塵
老少諸人深注意
京鄉各處益難辛
不雲不霧惟公害
如暈如煙此病因
每歲增加今極甚
完全對策健康伸

기해년이 돌아와 중춘이 되었는데
산야와 건곤이 세진으로 덮여있네
노소 물론 모든 사람이 깊이 주의 하여야지
경향의 각처에서 고난이 혹심하네
구름도 안개도 아닌 것이 오직 공해이고
해무리나 연기같은 이것이 병인일세
매년 증가하더니 지금와선 극심하니
완전히 대책세워 건강을 신장하세

84

元日咏懷

送舊迎新亥朔還
歸鄉省墓感恩山
尊親歲拜情談裏
家族餐盃快樂間
似走人生無反復
如流季節有循環
寸陰最貴當勤勉
四海平安自得閑

송구영신하니 기해년 초하루가 되어
귀향하여 성묘하니 부모은혜 태산같네
존친께 세배하고 정담을 나누며
가족과 성찬하니 즐거운 시간일세
사주인생 한번가면 다시 오지 못하지만
유수같은 계절은 다시 순환이 되네
촌음이 최귀하니 마땅히 근면해서
사해가 평안하면 한가로움 자득하리

太和滿乾坤

節序循環己亥春
乾坤駘蕩漸芽新
家風孝悌歡隣戚
國政淸廉樂衆民
鄒魯施仁明聖道
唐虞治世篤人倫
太和萬物殷昌裏
四海均榮大慶伸

절서의 순환으로 기해년 봄이 오니
건곤이 태탕하여 점차 싹이 새롭네
가풍이 효제하니 이웃과 친척 기뻐하고
국정이 청렴하니 주민이 즐거워 하네
추로의 시인으로 성도가 밝아지고
당우의 치세는 인륜이 돈독했네
태화하니 만물이 은창하는 속에
사해가 균영하여 대경이 펼쳐지리

## 謹賀新年

送舊迎新己亥開
高堂萬壽吉祥來
家和族睦慈情養
國泰民安享樂培
雁負三災尋海去
燕含五福審堂回
往年厚誼眞心謝
富貴康寧幸運堆

송구영신하여 기해년이 열리니
고당에 만수와 길상이 오리라
가화와 족목으로 자정이 길러지고
국태와 민안으로 향락이 더해지네
기러기는 삼재지고 바다 찾아 날아가고
제비는 오복물고 집을 살펴 돌아오네
왕년의 후의에 진심으로 감사하며
부귀강녕과 행운이 쌓여지소서

## 除夜 (灰韻)

鐘聲除夜易年催
己亥迎新願祝杯
舊歲三災鴻負去
當春五福燕含來
厄防洞裏明薪爨
虫殺畦邊燒草灰
奄及紅顏遷白髮
詩書晚學嘆非才

제야의 종성은 해 바꿈을 재촉하니
기해년 새해 맞아 소원비는 잔을 드네
지난해의 삼재는 기러기가 지고가고
새봄 맞아 오복을 제비가 물고 오네
동리의 액방위해 햇불을 밝히고
전답의 살충위해 논밭두을 불사르네
어느새 홍안이 백발로 옮겨지니
만학으로 시서하니 재주없음 탄식되네

吟冬至

循環節序酷寒催
晝短夜長冬至來
學塾休文窓照月
農村滅蟄稜焚灰
風波忍耐懷靑竹
積雪能堪妊蕾梅
古俗防災禳豆粥
迎新送舊祝乾杯

절서의 순환으로 혹한이 재촉되니
밤이 길고 낮이 짧은 동지가 왔네
학숙은 방학인데 창에 달빛 비치고
농촌엔 방충위해 논밭두을 불사르네
대나무는 풍파견뎌 푸르름을 간직하고
매화는 눈을 견뎌 꽃봉오리를 잉태하고
옛 풍속엔 방재위해 팥죽쑤어 먹었는데
요즈음엔 송구영신의 축하건배를 드네

晚秋

天高月郞雁聲秋
遠近江山錦繡休
露菊妖花香醉樂
霜楓美葉景耽遊
農夫脫穀忙諸府
騷客題詩競各州
萬里風淸良好節
傾觴誦讀興何收

하늘 높고 달밝은 기러기 오는 가을에
원근의 강산이 금수처럼 아름답네
이슬맞은 예쁜 국화 향기에 취해 즐겁고
서리맞은 고운 단풍 좋은 경치 즐겨노네
농부들 탈곡하니 모든 마을 바쁘고
소객들 시를 써서 고을마다 경시하네
만리에 풍청한 양호한 계절에
송독하고 경상하니 기쁨 어찌 거두리오

晚秋

天高氣爽帶秋陽
錦繡山光染四方
騷客題詩資料溢
農夫脫穀食糧昌
溪邊闊葉霜楓紫
離下幽香露菊黃
萬里風清良好際
與朋探景又吟觴

천고기상하니 가을볕을 띠었고
산빛이 비단수같이 사방에 물들었었네
소객들 시쓰기에 자료가 넘쳐나고
농부들 탈곡하니 식량이 양창하네
시냇가 활엽들 단풍들어 붉고
울밑에 유향은 이슬맞은 황국이네
만리에 풍청한 좋은 이때에
벗과 함께 탐경하고 시읊고 술마시네

重陽節已過

重陽已去氣清涼
熟穀農家脫穀忙
萬樹丹楓觀客盛
千叢黃菊播香昌
山中採果盈筐器
樓上題詩滿錦囊
歲月如流冬節近
老翁着帽白髮藏

중양절이 지나가니 기후가 청량하고
곡식 익어 농가에는 탈곡이 바쁘네
만수는 단풍들어 관객이 풍성하고
천포기 황국화 향기퍼짐 양창하네
산중에서 채과하니 광주리에 가득하고
누상에서 시를 쓰니 금낭에 가득하네
세월이 여류하여 동절이 가까이 오니
노옹들의 백발은 모자로 다 감춰지네

88

秋夕

年中秋夕最佳辰
果穀登豊氣爽淳
先廟陳羞茶禮肅
墓庭省拜感懷新
離鄉兒女相逢樂
在屋兒孫悅愛伸
飲酒肴饌歡食裏
隣朋布惠厚情親

일년 중에 추석이 가장 아름다운 때로
과실 곡식 풍년되니 기운 맑고 상쾌하네
선조사당 진수하고 엄숙다례 모시고
묘정에 성배하니 감회가 새롭고
고향떠난 자녀들 서로 만나 즐겁고
집에 있었던 아손들 기쁜 마음 펼쳐지네
효편과 음주로 환식하는 속에
이웃간에 은혜펴니 후정으로 친해지네

七夕

鵲散烏飛會已成
一年懇願一宵迎
牽牛對婦慇懃情篤
織女逢夫戀慕賡
腸斷金樓消怨樂
漏流銀漢潤波淸
奈何萬劫長孤恨
相隔迢迢不自行

오작이 흩어지니 두별님도 만났으리
일년 간절 원하다가 하룻밤을 맞이하니
견우는 부인대해 은정이 돈독하고
직녀는 남편만나 연모가 이어지네
애끊이는 금루에서 소원하여 즐겁고
흘린 눈물 은하수 물이 불어 더욱 맑네
억만년 지나간들 장고의 한 어찌하리
서로 막혀 먼먼하늘 자유롭게 못다니니

## 流頭日

六月流頭酷暑期
東溪沐浴汗疲追
西瓜馥爽耽尋老
紫李甘酸嗜食兒
麳麥收藏農者足
鮮鮒獲得水翁怡
新生果麵施情厚
節祀盛行善俗離

유월의 유두는 혹서의 시기이라
동계에서 목욕하며 땀과 피로 쫓았네
수박은 향기롭고 상쾌하여 노인이 즐겨찾고
자두는 감산하여 아이들이 즐겨먹네
모맥을 수장하니 농부마음 흡족하고
고부를 획득하니 수옹이 즐겁네
새로나온 과일면식 시정이 두텁고
절사를 성행하던 선속이 떠났네

## 麥秋

麥秋青野變黃雲
作況豐饒意自欣
農圍耕耘家率務
刈機稼動丈夫勤
揮枷盡力身流汗
勸酒傾誠饌饋芬
滿地綠陰牛鹿樂
江清日暖躍魚群

맥추되니 청야가 황운으로 변하고
작황이 풍요하니 마음이 기쁘네
농포의 경운에 가족이 수고롭고
예기 가동에 장부가 근면하네
타작에 진력하니 몸에 땀이 흐르고
권주에 경성하니 헌찬이 향기롭네
녹음이 만지하니 우록이 즐겁네
물맑고 날 따시니 어군이 뛰어노네

江南暮春

年中春節物生原
日暖諸羣氣脈繁
萬樹花開充馥谷
千山葉發蔽蒼坤
松間白鶴交情快
柳上金鶯喚友暄
播種農夫休息願
騷人賞景詠傾樽

연중 봄철은 만물이 소생의 근원이요
일난하니 모든 무리 기맥이 번성하네
만수에 꽃이 피니 계곡을 향기로 채우고
천산에 잎이 피니 대지가 푸름으로 가려졌네
송간에 백학은 교정이 유쾌하고
류상에 꾀꼬리는 친구 부름 따뜻하네
파종하는 농부는 휴식을 원하는데
상경하는 소인은 시 읊으며 술마시네

萬化方暢

乾坤駘蕩暮春陽
萬樹新陰不比芳
草綠花紅天惠德
蜂飛蝶舞自然祥
農夫播種希盈庫
騷客吟詩作滿囊
遍踏江山如錦繡
逍風弄月感懷揚

건곤이 태탕하니 모춘의 염양이요
만수의 새 녹음 비할 곳 없이 아름답네
풀 푸르고 꽃 붉으니 천혜의 덕이요
봉비와 접무는 자연의 상서로움일세
농부들 파종하며 영고를 바라고
소객들 음시하며 지은 시 만낭일세
강산을 편답하니 비단에 수 놓은 것 같고
소풍에 농월하니 감회가 선양되네

東君布德到新春
解凍溪流漸漲濱
堤柳垂枝生綠眼
庭梅綻蕾發紅脣
士林究道倫綱足
農者尋田稼穡眞
雨順風調豐作裏
家和慶福禱天神

동군이 덕을 펴니 새봄이 이르고
해동하여 시냇물이 점점 불어 넘치고
제방버들 늘어진 가지 푸른 눈이 나오고
뜰앞 매화 터진 망울 붉은 입술 벌리네
사림들은 구도하며 윤리 기강이 족하고
농자는 밭을 찾아 가색에 진력하며
우순풍조하여 풍작을 이룬 속에
가화와 경복을 천신에 기도하네

東君布德萬人迎
節序春分晝夜平
細柳新芽含色艶
紅梅綻蕾播香清
農夫審野登豐夢
騷客探光起詠情
錦繡江山佳國土
盡誠竭力保心生

동군이 포덕하니 만인이 환영하고
절서가 춘분이니 밤과 낮이 같구나
세류의 새싹은 고운색을 머금었고
홍매가 탄뇌하니 맑은 향기 퍼지네
농부는 들 살피며 풍년 꿈 솟아나고
소객은 탐광하며 영정이 일어나네
금수강산은 아름다운 나의 국토이니
진성하고 갈력하여 보호마음 생겨나네

## 春日感興韻

四野田夫播種爭
韶光滿地芽生動
詩書盡力免無名
筆劃傾心餘墨蹟
雨歇淵堤綠柳莖
風和洞口香梅蕾
回歸燕索舊緣情
日暖天邊去鴈鳴

일난하니 천변에 기러기 울며 가고
돌아온 제비는 옛정을 찾는구나
풍화하니 동구에는 매화꽃망울 향기롭고
비 그치니 못둑에는 버들가지 푸르르네
필획에 경심하니 묵적이 남아있고
시서에 진력하니 무명을 면했네
소광이 만지하여 새싹이 생동하니
사야에 전부들 파종을 다투네

## 戊戌迎新吟

仰祝高堂壽福裁
風調雨順登豊裏
子孫孝悌愛情培
父母仁慈良俗篤
世界揚名吉運來
平昌大會金環得
迎新萬事達通開
古代傳饍戊戌回

옛날에 흥년들던 무술년이 돌아오니
새해에는 만사가 통달하게 되리라
평창대회에서 금메달 획득하니
세계에 이름날려 길운이 오네
부모님 인자하니 양속이 돈독하고
자손이 효제하니 애정이 더해지네
우순하고 풍조하니 풍년이 드는 속에
앙축컨대 고당에 수와 복이 이어지리

丁酉除夕吟

臘盡年終除夕回
立春已去爽春催
迎新瑞氣梅花發
送舊寒波柳嫩猜
南北五輪同走進
萬邦選手競爭開
世人棄核平和願
天祝吾韓統一裁

선달가니 종년되어 제석이 돌아오고
입춘이 지나니 상쾌한 봄 재촉되네
새해맞아 서기에 매화꽃 피고
송구에 한파는 버들싹을 시샘하네
남북이 오륜에 함께 달려 나가니
만방의 선수들 경쟁이 열렸네
세인들은 핵버리고 평화를 원하노니
천축컨대 우리나라 통일을 이루소서

臘享

冬至縧過臘享回
年中最冷病魔催
保民盡力堪寒到
治政誠心免餓來
靈藥任醫瘟疾療
山猪捕獲祭羞材
良風善俗傳承裏
仰祝新年大吉開

동지를 지나니 납향이 돌아오고
년중에 최냉하니 병마가 닥쳐오네
보민에 진력하니 추위견딤 이르고
정치에 성심하니 기아가 면해지네
영약을 의원에 맡겨 온질을 치료하고
산저를 포획하여 제수의 재료로 쓰네
양풍선속을 전승하는 속에
앙축컨대 신년엔 대길이 열리리라

94

小寒酷於大寒

大寒凍殘小寒家
自古年年冷酷加
茅屋簷端銀杖掛
蒼松葉末玉花賒
待朋路客疑零耳
念佛山僧畏破牙
童者氷場遊走樂
老翁耐雪健康誇

(속담에)대한이 소한집에 가서 동사했다더니
옛부터 해마다 혹독 추위 더해지네
모옥의 추녀끝엔 은지팡이 걸려있고
창송의 솔잎에는 옥화많이 달려있네
대부하는 로객은 귀떨어짐 의심되고
염불하는 山僧은 이 깨질까 두렵네
아이들은 빙장에서 뛰어놀기 즐겁고
노인들은 눈을 견뎌 건강을 과시하네

冬至卽事

冬至陽生不遠春
雪花滿地酷寒辰
蒼松鬱鬱凌霜苦
綠竹猗猗勝凍辛
放學兒童氷競走
耽詩老士酒吟陳
平昌大會成功願
國泰民安總力伸

동지맞아 양생되니 봄도 멀지 않은데
설화가 만지한 혹한의 때일세
울울한 창송은 상고를 능멸하고
의의한 녹죽은 동신을 이겨내네
방학맞은 아동들 빙판에서 즐기고
탐시하는 노사들 주음을 베풀었네
평창대회 성공을 기원하며
구태민안에 총력을 펼쳐주길

小雪

已過小雪入深冬
掩襲寒波咳疾攻
楓樹裸身貧客態
翠松壯骨將軍容
農村收穀豐饒備
都市營商裕足封
氣候溫和生氣得
安民有道聖賢從

소설이 지나가니 깊은 겨울이 되고
엄습하는 한파로 감기가 침공하네
풍수는 알몸되어 빈객의 자태요
취송은 건장하여 장수의 형용이네
농촌은 곡식 거둬 풍요를 갖추었고
도시는 영상으로 넉넉함을 이루었네
기후가 온화하면 생기를 얻고
안민엔 유도하니 성현을 좇아야지

重陽佳節吟

已到重陽快霽天
耽秋賞客野山連
楓林染紫凝朝露
黃菊飄香散夕煙
離北鴻羣尋故處
向南燕子別佳緣
登豐五穀收藏裡
好節風光樂自然

중양절이 이르니 날씨가 쾌청하고
탐추하는 상객들이 산과 들에 이어졌네
붉게 물든 단풍숲에 아침이슬 엉기고
황국화 향기날려 석연함께 흩어지네
북을 떠난 기러기떼 연고지를 찾아들고
남향하는 제비들은 가연을 작별하네
오곡이 풍년들어 수장하는 가운데
좋은 계절 풍광따라 자연히 즐거워지네

仲秋佳節吟

仲秋佳節月明辰
暑退風涼似好春
四野金波禾已熟
千山碧樹葉姸新
兒孫省墓恭觴獻
婦女家庭勉餅陳
五穀登豊成潤庫
親和敦睦厚情伸

중추가절은 달이 가장 밝은 때요
더위가고 풍량하니 봄철같이 좋구나
사야에 금물결은 벼가 이미 익음이요
천산에 푸른나무 잎이 새로 고와지네
아손들 성묘에 공손히 헌상하고
부녀들 가정에서 힘들여 떡만드네
오곡이 등풍하니 윤고를 이루고
친화와 돈목으로 후정이 펼쳐지네

初庚已過

草庚熱氣滿乾坤
鑠石流金實感言
旱魃農村多損失
滂霖渚域甚難存
外邦避暑飛機出
內國逍風鐵道奔
自古騷人吟筆樂
今時賞客舞歌繁

초복의 열기가 건곤에 가득하니
삭석류금이 실감나는 말일세
한발로 농촌은 많은 손실 보았고
퍼붓는 장마로 渚域甚難있었네
외국으로 피서는 비행기로 나가고
내국의 소풍은 철도로 달려가네
옛부터 시인들은 음필로 즐겼는데
요즈음 상객들은 가무가 번성하네

春分已到氣和陽
晝夜時間似短長
路岸櫻花淸馥艶
溪邊柳葉綠光昌
農夫播種誠務忙
賞客登峯探景忙
駘蕩江山生育促
東君布德漸嘉祥

춘분이 이르르니 날씨가 따뜻하고
밤낮의 시간이 길고 짧음이 같네
길 언덕에 벗꽃들 맑은 향기에 예쁘고
시냇가에 버들잎 푸른 빛이 창성하네
농부들 파종에 정성다해 노력하고
상객들 산에 올라 탐경하기 바쁘네
태탕하니 강산에 생육이 촉진되고
동군이 덕을 펴니 점차 가상하리라

循環節序未違回
芒種年中孟夏開
打麥收藏時日急
移秧灌漑過期催
啼鶯柳樹呼朋去
舞蝶薔薇採蜜來
萬物生成天佑造
綠陰佳景自吟哉

수환되는 절서는 어김없이 돌아오고
망종은 일년 중 맹하에 들어 있네
보리타작 수장하기 시일이 급하고
물대어 이앙함은 적기가 재촉되네
류수의 체앵은 친구를 불러가고
장미의 무접은 꿀을 따러 오네
만물의 생성은 천우로 지어지니
녹음의 가경에 절로 읊음 일어나네

綠肥紅瘦夏歡迎
柳上鶯歌號伴聲
魚父湖洋勤養殖
農夫田畓勉耘耕
蒼松舞鶴飛姿快
碧水游鳧動態清
闊葉軟芽佳景際
騷人墨客畵吟生

꽃지고 잎 성하는 여름을 환영하니
류상의 앵가는 짝부르는 소리일세
어부는 호양에서 부지런히 양식하고
농부는 전답에서 힘을 다해 갈고매네
창송의 무학은 나는 자태 경쾌하고
벽수에 노는 오리 체태가 청아하네
활엽의 연한 새싹 아름다운 이때에
시인과 묵객들엔 시와 그림이 생성되네

雨水歸來解凍時
春光漸暖綻梅知
冬眠醒夢還生妙
節序循環變化奇
騷客吟詩無患苦
樵夫伐木有歡危
年中順氣登豊願
政界平安盡力期

우수가 돌아오니 해동이 되는 이 때
봄 볕이 따뜻하니 매화피움을 알겠네
동면에서 꿈을 깨고 환생함이 묘하고
계절의 순환에 변화가 기이하네
소객이 음시하니 근심고통 없어지고
초부들 벌목하니 기쁨과 위험이 있네
연중에 순기하여 풍년을 기원하고
정계는 평안에 진력할 때로다

上元夜月遊

上元夜月最明鮮
所願成功祝每年
政界泰平祈祖國
民家滿福禱靈天
東風白雪溶消潔
春暖紅梅綻秀姸
炬火嬉遊和樂裏
良辰美俗久承傳

상원 밤에 뜨는 달 가장 밝고 아름다워
소원이 이루어도록 해마다 기원하네
정계에선 조국이 태평하길 기원하고
민가에선 하늘에 만복을 기도하네
동풍에 백설은 깨끗이 녹아졌고
춘난에 홍매화 예쁘이 빼어나네
횃불놀이 즐기며 화락을 회책하니
좋은 때에 미속을 오래도록 전해가세

歲暮

冬至纔過歲暮時
寒風降雪屋非移
蒼松毅毅存陵壑
白鷹飛飛探濕池
故友相逢歡飲酒
騷人句索快吟詩
新年解凍陽春到
萬物生成活盛期

동지를 지나서 세모가 되니
한풍과 강설로 집을 떠나지 못하네
창송은 꿋꿋하게 능학에 서있고
백안은 비비하여 습지를 살피네
고우를 상봉하여 즐겁게 음주하고
소인은 색구하여 유쾌히 시를 읊네
신년에 해동되어 양춘이 이르면
만물이 생성하여 활성을 기다리네

天高氣爽仲秋來
黃菊濃香路近開
省墓行山懷憶滿
觀光出戶喜心培
儒生讀卷吟詩室
古友相逢興舞臺
四野登豊名節裕
都農共祝泰平杯

하늘높고 상쾌한 중추가 되니
황국화 진한향기 길가에 피어있네
성묘하러 산에 가니 옛생각 가득하고
관광하려 집 떠나니 기쁜 마음 더하네
유생들 집에서 독서와 음시하고
옛친구 서로 만나 누대에서 춤을 추네
사야에 풍년들어 명절이 넉넉하니
도농이 공축하며 태평배를 드누나

餞春

暮春惜別餞春辰
立夏親迎草色新
麥穗薑薑成綠野
薔花朶朶飾墻隣
琴書自足儒林樂
詩酒相逢老趣珍
萬物隆昌當好際
金蘭結誼尤伸

저무는 봄 석별코자 전송하는 이때에
입하를 맞이하니 초색이 새롭네
보리이삭 우거지니 녹야가 이뤄지고
장미꽃 송이송이 이웃 담장 장식하네
금서로 자족하니 유림의 락이요
시주를 상봉하니 늙은이의 진취로다
만물이 융창하는 좋은 때를 맞이하여
금난의 맺은 계 정의 더욱 펼쳐지리

餞春夏季自然流
柳樹鶯聲罷谷幽
日暖湖中跳躍鯉
風和海上飾飛鷗
農夫播種登豐願
騷客探光索句遊
綠竹蒼松新盛際
樵童吹笛戀情求

봄을 보내니 여름이 자연히 오는데
버들나무 꾀꼬리 소리 유곡을 깨뜨리네
일난하니 호수에는 잉어들이 뛰어놀고
풍화하니 해상에는 갈매기떼 장식하네
농부들 파종하여 풍년을 기원하고
소객들 탐광하며 색구로 노니네
녹죽과 창송이 신성하는 이때에
초동은 피리불어 연정을 구하네

夏至繞過樹勢寬
藤亭閑坐避炎安
移秧收麥農夫汗
古蹟觀光外客瀾
翰墨研磨精筆卓
詩文學究讀書冠
寒溫暑熱循環法
萬事傾誠解苦難

하지를 지나니 수세가 너그럽고
등정에 앉았으니 더위피해 편안하네
모심고 보리수확 농부들 땀 흘리고
고적을 관광하는 외국손님 물결일이네
한묵의 연마는 정필이 탁월하고
시문의 학구는 독서가 으뜸일세
한온과 서열은 수환의 법칙이니
만사에 경성하면 고난이 해결되리

風和日暖已三春
화풍에 일란하니 이미 삼춘이요

紅瘦綠肥光彩新
꽃지고 잎성하니 광채가 새롭네

白鳥江中浮泳樂
백조는 강중에서 유영이 즐겁고

黃鶯柳上巧咬親
황앵은 류상에서 교교하며 친하네

農夫播種傾誠暮
농부는 파종에 저물도록 경성하고

騷客研詩盡力晨
소객은 연시에 새벽부터 진력하네

葉草勝花佳好節
엽초가 승화하는 아름다운 계절에

森羅萬象盛昌伸
삼라만상의 성창이 펼쳐지네

---

驚蟄臨來化煖郊
경칩이 이르러 들이 따뜻해지니

百蟲地裏出尋巢
백충이 땅에 나와 집을 찾아가네

解氷溪谷躍蛙螯
해빙되니 계곡에서 개구리 두꺼비 뛰고

泮雪清江泳蟹蛟
눈 녹으니 청강에는 게와 교룡 수영하네

高士揮毫冠上凸
휘호하는 고사의 관위가 볼록하고

騷人磨墨硯姿凹
시인이 먹을 가는 벼루 바닥 오목하네

森羅萬象蘇生際
삼라만상이 소생하는 이때에

男女逢春愛撫交
남녀가 봄을 만나 애무하며 사귀네

王師仰慕祝筵開
祥起靈巖至上臺
日暖鳩林鴻北去
花香月岳燕南來
農夫播種充空腹
賞客傾囊飲玉杯
駘蕩聖潭魚躍動
暮春絶景詠詩催

왕사를 앙모하는 축제자리 열리니
영암에서 상서일어 상대포에 이르르네
일란하니 구림에 기러기는 북으로 가고
화향속에 월악루엔 제비가 남에서 오네
농부는 파종하다 공복을 채우고
상객은 주머니 털어 옥배를 마시네
태탕하니 성담에는 고기들이 뛰어 노니
모춘 절경에 영시가 재촉되네

送舊新春解凍陽
瑞光先到吉人堂
綻梅月下如銀白
脩竹園中耐雪蒼
騷客吟詩興裕樂
村翁審野願豐祥
東君布德江山潤
草木群生活盛張

송구하고 새봄되니 해동이 되고
서광은 길인가에 먼저 이르네
탄매는 월하에 은빛같이 희고
수죽은 원중에서 눈견디어 푸르르네
소객이 음시하니 즐거움이 일어나고
시골노인 들을 살피며 풍상을 기원하네
동군이 포덕하여 강산이 윤택하니
초목과 군생이 활성이 이뤄지리

丙申元旦吟

吾韓自舊以寅元
古代夏朝從用源
歲拜勸觴祈福德
祠堂獻酒慕遺恩
相逢父祖歸鄉急
共會兒孫故屋繁
家族同筵歡樂裏
丙申萬事大通敦

우리 한국은 옛부터 인월로서 으뜸하니
고대에 하나라를 따랐음이 근원이네
세배하고 권상하며 복덕을 기원하고
사당에 헌주하며 유은을 사모하네
부조님 상봉코자 귀향이 급하고
아손들 공회하니 고향집이 번성하네
가족들 한자리에 환락하는 속에서
병신년에 만사가 대통함이 도타우리

喜迎新春

常願新春入福門
黎人渴望富饒存
農家盡力栽培擴
學界傾誠育德尊
政府忠心生潤澤
工場勉勵産豊軒
精神一到無難事
國泰民安永久繁

항상 신춘이 되면 복이 오길 원하고
모든 사람들은 부유하길 갈망하네
농가는 진력하여 재배를 넓히고
학계는 경성하여 높은 덕을 기르네
정부는 충심으로 생활을 윤택케하고
공장에서 근면하면 산물이 풍요롭네
정신을 일도하면 어려운 일 없나니
국태민안하고 영구히 번영하리

迎新送舊厚情交
鸑族申春入福包
政界黎民成富國
農家百穀作豐郊
騷人索句吟詩屋
筆士名文寫掛巢
萬事勤誠其意得
吾韓統一勿留拋

송구영신하여 후정으로 사귀면
신춘에는 제비들이 복을 싸서 들어오리
정계에선 나라백성 부자되길 바라고
농가에선 들에 백곡 풍년되기 바라네
소인은 색구하여 집안에서 시를 읊고
필사는 명문써서 집안에 걸어놓네
만사가 근성하면 그 뜻을 얻으리니
우리 한국 통일을 유포하지 말기를

## 七夕

末伏繞過七夕時
溶金爛石老炎知
牽牛織女相逢急
集鵲成橋互續遲
岭陣空中飛舞樂
蟬羣樹上放歌奇
農家五穀登豐待
渴願颱風莫野吹

말복이 지나서 칠석이 되니
쇠와 돌이 녹는 더위 노염임을 알겠네
견우와 직녀는 서로 만남 바쁜데
까치모여 다리 놓기 서로 연결 늦어지네
잠자리떼 공중에서 비무가 즐겁고
매미들 나무위에 방가가 기이하네
농가에선 오곡이 풍년되기 바라하네
갈원컨데 태풍이 온들에 오지말아주길

# 仲秋節所懷

仲秋節至氣涼如
四野登豊百穀餘
百路歸鄉情意溢
千山省墓禮儀舒
子孫共食和筵樂
父祖呈盃美俗挈
故友相逢吟酒興
心祈望月建安居

주추절이 이르니 기후가 서늘해졌고
사야에 풍년드니 백곡이 남아도네
길마다 귀향객 정의가 넘치고
산마다 성묘객 예의가 펼쳐지네
자손들과 공식하니 화목하여 즐겁고
부조님께 정배하니 미속이 이어지네
옛친구 서로 만나 음파 주로 기쁘고
망월보고 비옵나니 건강하고 평안하길

# 落木寒天

寒天瑞雪酷西風
落木殘楓失艶紅
衆樹山間昏色悴
唯松峴谷翠光隆
宵深盜守狐羣獸
水冷冬眠巳類蟲
脫穀收藏充足樂
吟觴滿醉我心豊

추운 날씨 첫눈에 서풍이 혹심하니
떨어지다 남은 단풍 고운빛을 잃었네
산간에 나무들은 혼색으로 초췌한데
현곡에 소나무는 푸른 빛이 융성하네
밤깊푼은데 개들은 도둑을 지키고
물이 차니 뱀들으는 겨울잠을 자고 있네
탈곡하여 수장하니 추족되어 즐거웁고
음상하다 만취하니 내 마음이 풍성하네

已過驚蟄暖風辰
解凍乾坤暢氣新
邃谷蒼松威勢鐵
淸溪瀑布色淸銀
千山滿發花迎蝶
百嶽歡聲賞景賓
四野春耕農者本
森羅萬象始昌伸

이미 경칩지나고 난풍이 부는 이때
천지가 해동되니 창기가 새롭네
수곡에 푸른 솔은 위세가 강철같고
청계에 폭포수는 색이 맑아 은과 같네
천산에 만발한 꽃 나비가 맞이하고
백악의 탄성은 경상하는 손님일세
사야에 추경함은 농자의 근본이요
삼라만상이 비로소 창신하네

孟夏千山綠葉齊
探光賞客短筇携
籬端黑燕雛生養
柳上黃鶯友喚棲
稼穡農夫豐化願
詩書俊士義非擔
勤誠儉約家形裕
棄慾修身志氣媞

여름맞아 모든 산엔 푸른 잎이 가지런하니
탐광하는 상객들이 단고을 휴대했네
추녀끝에 거문제비 새끼낳아 잘 기르고
버들 위에 꾀꼴새 친구찾아 깃드네
가색하는 농부들은 풍년들길 원하고
시서하는 준사들은 의 아니면 물리치네
근성하고 검약하면 가정형편 넉넉하고
욕심버려 수신하면 지기가 안존하리

108

乾坤造化死生鴻
雨水陽光潤物洪
冬雪如冰全土凍
春雪似膏萬芽隆
夏期適靈天災免
秋節均濡地穀豊
霙順風調肥犬馬
政情肅正國無窮

건곤의 조화는 생사에 큰 영향 주고
우수와 양광은 만물을 윤택하게 하네
겨울 눈은 얼음같아 전국토를 얼게하고
봄비는 기름같아 만아를 융성케하네
여름철에 적절한 비 천재를 면케하고
가을철에 균유는 땅에 곡식 풍년드네
비바람이 수조하면 견마를 살찌우고
정정이 숙정하면 국가가 무궁하네

燈火可親之節

炎暑繞過漸爽秋
自然季節水如流
黃花滿發香飛砌
玉露微濡月照樓
四野登豊農者樂
千山樹艶解賓愁
好時熟讀無愚悔
雖老傾誠晚學收

무더위가 지나가자 상쾌한 가을되니
자연의 계절은 물같이 흘러가네
황화가 만발하니 섬돌에 향기날고
옥로가 조금 내리니 누각에 달이 밝네
사야에 풍년드니 농자가 즐겁고
천산에 수염하니 상객들의 수심이 풀리네
좋은 시절 숙독하여 우회가 없도록
수노나 정성 다해 만학을 거두리라

壺-큰비올립 / 霙-비올막 / 零-가랑비 삼

籌-셈한 주 / 塤-나팔 훈 / 麓-피러 지

楓菊爭艶節

朝夕寒凉到晚秋
四郊百穀得豊優
丹楓艶景粧新寺
黃菊幽香播古樓
騷客題詩探峀谷
農夫穡稻億村州
風光秀麗疑仙界
錦繡江山筆不收

아침저녁 서늘한 늦가을 되니
온 들판 백곡이 풍년되어 넉넉하네
단풍들어 고운 경치 절을 새로 장식하고
황국화 깊은 향기 고루에 흘어지네
소객들 시 짓고자 산곡을 누비고
농부들 벼 거두기 시골마을 마쁘네
풍광이 수려하니 선계인가 의심되고
금수강산 좋은 경치 붓으로 다 못 거두네

晚秋霜楓菊

奄及寒波到晚秋
農家五穀慌忙收
蘆花日照銀粧岳
霜菊風吹馥播樓
綠翠古松山俊秀
黃紅楓葉澗飄流
勝春絶景詩囊滿
賞客歡聲享久悠

마추계절에 문득 한파 이르니
농가에선 오곡을 수확하기에 바쁘네
노화에 해비치니 산악이 은빛으로 단장하고
상국에 바람부니 향기가 누각에 스며드네
푸르고 푸른 고송은 산모양이 준수하고
붉고 누른 단풍잎 간수에 떠내려가네
승춘 절경에 시주머니 가득하고
상객들 환성에 유구히 누리기를

小春本意暖如春
今候寒波雪滿辰
凌霜松柏蔽紅塵
含露蘆花裝白岸
學文育德應興義
筆墨交情可補仁
雅會論書談笑席
吟詩勸酒氣心伸

소춘의 본의는 봄과 같이 온란함인데
금년 날씨는 한파와 눈이 가득 쌓여있네
이슬 머금은 갈대꽃 언덕을 희게 장식하고
능상하는 송백은 홍진을 가려주네
학문과 육덕은 응당 義를 일으킴이요
필묵으로 교정함은 가히 仁을 도움일세
아회하여 논서하며 담소하는 자리로서
시 읊고 권주하니 기심이 펼쳐지네

節期大雪雪風雲
持續寒波異變覃
雁陣歡迎回海北
鷰群惜別去江南
林間玉屑如屏畵
湖上清氷可景探
老客携節參雅會
詩文受學詠觴酣

절기가 대설이니 눈바람에 흐리고
지속적인 한파로 이변이 뻗쳤네
기러기떼 해북에서 돌아오니 환영하고
제비들 강남갈 때 작별이 아쉬웠네
임간에 옥설은 병풍에 그림같고
호상에 청빙은 가이 탐경할만 하네
노객이 휴공하고 아회에 참석하여
시문을 배우고 영상하니 즐겁네

乙未迎新祝願天
心安體健慾消先
平和統一民情合
富國强兵善政宣
科學文明生活便
經書教育智能賢
倫綱確立施仁德
禮俗良風後世傳

을미년 새해맞아 하늘에 소원비니
마음편코 몸 건강은 욕심 해소 우선일세
평화통일은 민심통합되어야 하고
부국강병은 선정이 이뤄져야
과학문명은 생활을 편케하고
경서교육은 지능을 현명케하며
윤강을 확립하여 인덕을 베풀어서
예속양풍으로 후세에 전해지길

除夜鐘聲乙未陳
明朝歲首始迴春
兒童衆集遊娛樂
親族相逢勸酒眞
雪裏寒梅開蕾樹
溪邊賞客拂衣塵
建陽滿地天恩至
萬事亨通五福伸

제야에 종 울리면 을미년이 되고
명조는 설명절 비로소 봄이 오네
아동들 함께 모여 오락으로 즐기며
친족들 서로 만나 권주가 이뤄지네
눈속에 한매는 꽃망울 피어나고
계변에 상객들 옷에 먼지 털어내네
봄빛이 만지하니 천은이 이르러서
만사가 형통하며 오복이 펼쳐지리

新春雅會早明窓
故屋尋朋有吠尨
搨上筆人開古卷
堂中筆客抱醪缸
紅梅旣發傳南域
白雁今飛向北邦
萬象森羅臨好節
醉仁飽德滿充腔

신춘맞아 아회하니 일찍부터 창이 밝고
고옥에 심방하니 삽살개 맞아 짓네
탑상에 소인은 고서를 펼쳐보고
당중에 필객은 술통을 잡네
홍매화 피었음므로 남녘에서 전해오고
백안은 이제 날아 북방으로 향하누나
삼라만상이 좋은 철 맞이하여
취인포덕으로 빈속이 채워지네

歲月如流節序行
畫長夏至自然成
後田麥穗豐饒色
前畓禾苗茂育聲
騷客詩文佳句選
農夫稼穡通時爭
傾誠努力修功本
創造經營智慧明

세월이 여류하여 절서가 순행하니
낮이 긴 하지절이 자연히 돌아오네
뒷밭에 보리이삭 풍요한 기색이요
앞 논에 벼싹이 무성하게 크는 소리
소객의 시문은 가구를 선별하고
농부는 가색에 시기를 다투네
경성과 노력은 성공의 근본이요
창조적 경영은 지혜가 밝아야지

初庚在邇

初庚在近旱災蒙
酷暑連臨願雨同
天佑黎民施解渴
地恩萬物保興隆
農夫稼穡無餘暇
騷客詩書甚苦衷
勤勉傾誠繁盛本
四時順氣必成豊

초복이 가까운데 한재는 극심하고
혹서는 계속되니 비를 바람 한마음일세
하늘이 여민도와 해갈을 시켜주니
지은일업어 만물이 융성하게 자라나네
농부는 가색에 여가가 없고
소객은 시서하기 고충이 심하네
근면하고 경성함은 번성의 근본이요
사계절 순기하면 풍년이 이뤄지리

大暑中庚同日入

節序循環大暑來
中庚合勢熱加堆
遊休泳客歡聲起
職務忙人歎息催
時雨林禾昌盛至
清風鳥獸氣新回
詩書受學親朋會
詠讀傾觴瀊溽自摧

절서가 순환되어 대서절이 이르렀고
중복까지 합세하여 열기 더욱 쌓이네
휴가얻은 영객들은 환성이 일어나고
직무에 바쁜사람 탄식이 재촉되네
시우에 심물들은 창성이 이루되고
청풍에 조수들은 기운 새로 돌아오네
시서를 배우고자 친우들 모여서
영독하고 경상하니 더위 자연 꺾이네

夏炎漸退景觀佳
騷客携節入校階
禾穗登豊優飾野
槿花滿發艶粧街
北方武器軍威脅
南域人情義理排
萬事迎秋如意願
施恩互讓必和諧

여름 더위 점퇴하니 경관이 아름답고
소객들 휴공하고 교실 뜰에 들어오네
벼이삭 풍년들어 들녘을 장식하고
무궁화꽃 만발하니 거리 곱게 꾸몄네
북방은 무기와 군대로 위협하니
남녘은 인정과 의리로 물리쳤네
가을 맞아 만사가 여의하기 원하노니
시은하고 호양하면 반드시 화해되리

黃花已發仲秋涼
自古嘉俳季節良
全野豊登郊色盛
果園滿熟味香昌
子孫觀祖供松餅
親族相逢獻廟觴
禮義文明東國本
美風善俗永非忘

황국화 이미 피니 서늘한 중추로다
옛부터 추석은 아주 좋은 계절일세
온 들이 풍년되니 들 색이 풍성하고
과원은 만숙되어 미향이 융창하네
자손들 조상뵙고 송편을 드리고
친족들 상봉하여 사당에 헌배하네
예의와 문명은 우리나라 근본이니
미풍과 선속을 영원히 잊지마세

送卯迎辰瑞氣明
家家享祀獻饌羹
子孫歲拜慈情起
父祖歡談敬意生
後野紙鳶飛上快
前庭擲栖競中晴
如玆老少同遊樂
勸酌屠蘇所願成

신묘가고 임진오니 서기가 밝아오고
집집마다 다례행사 제수를 드리네
자손들 세배하니 사랑스런 정감일고
조부모님 환담속에 존경심이 절로 나네
뒷뜰에선 연 날리기 날아오름 상쾌하고
앞뜰에선 척사놀이 경쟁속에 화청하고
이와 같이 노소가 함께 서로 즐겁구나
도소주 권작하며 소원성취 기원하네

夏至蒸炎汗雨揮
春耕五穀茂成徽
農夫採果豐心足
商主沽財利潤肥
玉畓青禾含露美
庭邊柿葉受陽輝
年中夜短晝長際
勝暑良方筆讀歸

하지지나 증염오니 땀이 비오듯 하고
봄에 심은 오곡들이 무성하여 아름답네
농부들 과일 따니 풍성심에 만족하고
상인들 물건파니 이윤이 더해지네
옥답에 푸른 벼는 이슬맺혀 아름답고
정변에 감나무 잎은 햇빛받아 빛나네
년중에 밤이 짧고 낮이 긴 이때에
더위 이길 좋은 방법 책읽으려고 글씨쓰기로 돌아가세

重五端陽季節連
古來傳統願承全
農夫舞蹈遊心快
婦女鞦韆興氣堅
新麥蒸饍飢腹飽
菖蒲洗髮潤毛姸
老翁祝祭追思際
招友吟觴醉若仙

五月五日 단오절 계절은 이어지는데
옛풍속 그 전통은 계승되길 원하노라
농부들 무악하며 즐겁게 놀았고
부녀들 그네뛰니 흥기가 굳건하네
햇보리로 떡 만들어 주린배가 불러졌고
창포로 머리감아 윤모가 예뻐졌네
노옹들 옛날 축제 생각이 간절하여
친구불러 음상하다 취후엔 신선같네

麥秋雅會

千山綠紫葉花蕪
四野青黃麥穗敷
賞客携節行峽谷
農夫執耨向田隅
金鶯織柳呼情友
白鶴間松保幼雛
好節騷朋參雅會
歡談誦讀詠詩娛

천산엔 붉고 푸른 꽃과 잎이 무성하고
사방 들판 청황색의 보리이삭 펼쳐있네
상객들 지팡이 끌고 협곡으로 들어가고
농부는 팽이 잡고 밭으로 향하네
꾀꼴새 직유하며 정든 벗을 부르고
백학은 소나무사이에서 어린새끼 보살피네
좋은 계절 소붕들과 아회에 참여하니
환담하며 소독하고 영시로 즐기네

## 暮春雅會吟

欲參雅會到京東
環境人情可樂同
歲去歲來隨日月
花開花落作春風
民生老死時流裏
萬物存亡造化中
布德行仁從善道
心安體健詠無窮

아회에 참석코자 경동에 이르니
환경과 인정이 다함께 즐겁구나
세월이 가고 오믐은 일월에 따라가고
꽃이 피고지믐은 춘풍이 만드누나
인생의 늙고 죽음 시간 흐름 속에 있고
만물의 존망은 조물주가 만드는 것
포덕하고 행인하며 선도를 쫓으면
심안하고 체건하여 시 읊음도 무궁하리

## 賞春

和風日暖賞春時
故友相逢敍戀期
山麓姸紅花發樹
潭堤艶綠葉生枝
漢江碧水鳧游巧
北岳蒼松鶴舞奇
西走東奔成白髮
牽情好節不休馳

날씨가 따듯하여 봄놀이 가는 이때
고우를 상봉하여 연정펴는 시기일세
산기슭에 고운 예쁜 붉음 꽃이 피기 때문이고
못둑에 고운 푸름 잎이 나기 때문이네
한강의 푸른물에 오리 수영 교묘하고
북악산 푸른 솔에 학춤이 기이하며
동분서주 바쁜 중에 백발이 되었는데
견정의 좋은 계절 쉼없이 달려가네

驚蟄已過

驚蟄繞過日暢時
野山雪解瑞雲垂
蟾蛙覺夢游湖岸
鴨鷺懷情敍水陂
冬去農家耕種藥
春來菜圃播肥醫
良辰氣活清心際
雅會吟觴最適期

경칩이 겨우지나 날씨가 화창하니
산과 들에 눈이 녹고 서운이 드리웠네
섬와가 꿈을 깨어 호안에서 노닐고
압로의 품은 정은 수파에서 펴네
겨울가니 농가에선 경종함이 약이 되고
봄이 오니 채마전엔 파비함이 의사일세
활기차고 마음 맑은 좋은 때 맞아
아회하며 음상하기 최적기로세

白雪滿乾坤

霏霏白雪覆山河
掩襲寒波凍谷坡
昔歲民生慇苦甚
今時賞客快歡多
諸車路上競競走
選手氷場速速過
急變乾坤銀世界
詩朋此景詠觴歌

부슬부슬 내린 눈 산하를 덮었으니
엄습한 한파로 곡파가 다 얼었고
예전에 민생들은 은근 고통 심했는데
요즈음 상객들은 쾌환이 많아졌네
모든 차는 길위에서 조심조심 달리는데
선수들은 빙장에서 재빠르게 가는구나
천지가 급변하여 은세계가 되었으니
시붕들이 경치에 술잔들며 영가하네

謹賀新年

癸巳吾邦大運回
選君卓出太平開
農家盡力增糧積
企業勤勞厚祿來
南北和親安保至
官民合意樂園催
施人布德傾誠裏
送舊迎新慶福培

계사년엔 우리나라 대운이 돌아오니
탁출한 새 대통령 태평시대 열리네
농가가 진력하면 많은 양식 쌓이고
기업에 근로하면 후한 녹봉 돌아오네
남북이 화친하면 안보가 이뤄지고
관민이 합의하면 낙원이 제촉되네
仁베풀고 德을 폄에 정성을 다한다면
이 해가고 새해맞아 경복이 더하리라

可樂小春雅會

小春雅會氣如春
佳景松坡物色新
落葉飄風蕭賞客
蘆花擬雪惑行人
經書盡力心神潔
翰墨傾誠筆意眞
詩友相逢名句索
晚年可樂酒吟隣

소춘에 아회하니 기후가 봄과 같고
가경 송파의 물색이 새롭구나
낙엽이 표풍하니 상객 마음 쓸쓸하고
노화가 백설같아 행인이 의혹되네
경서에 진력하니 심신이 맑아지고
한묵에 경성하니 필의가 진정되네
시우들 서로 만나 명구를 찾노라니
나이들어 즐길바는 술과 시를 이웃하리

## 秋景探光吟

千山木葉勝花紅
萬頃黃禾熟氣隆
玉露玲瓏南去燕
金風蕭瑟北來鴻
探光賞客優遊景
收穫農夫足大豐
香菊秋楓迎好節
騷朋飲詠興無窮

천산의 목엽은 꽃보다 아름답고
만경에 누런 벼는 숙기가 융성하고
옥로가 영롱하니 제비는 남으로 가고
금풍이 소슬하니 기러기가 북에서 오네
탐광하는 상객들 경치 즐기고
수확하는 농부는 대풍에 만족하네
향국과 가을 단풍 좋은 계절 맞이하여
소붕들을 음영하니 흥취가 무궁하네

## 秋天望鄉

天高氣爽好時逢
秋夕歸鄉竝列雙
日旦枝中音信鵲
月宵籬下聞聲蛩
黃花滿發飄姚舞
五穀豐登興感腔
山野楓光如錦繡
騷朋詠賞挹醪缸

하늘높고 상쾌한 좋은 때 만나
추석명절 귀향객 쌍쌍이 줄을에 있네
이른 아침 나무에서 까치가 새소식 전하고
달밤에 울아래서 귀뚜라미 울어대네
들국화 만발하여 솔바람에 춤을 추고
오곡이 풍년드니 흥감소리 들리네
산야의 풍광은 비단에 수 놓은 듯
소붕들을 영상하며 슬독을 비우누나

暑退凉生氣爽時
乾坤造化力能知
晴雲瑞日登豐待
暴雨颱風被害移
北岳蒼松千幅畵
漢江白鳥一章詩
天高谿蕩黃花節
古友相逢詠與巵

더위가고 서늘하니 상쾌한 이때
건곤의 조화에 능력을 알겠네
구름 개고 해 맑으니 풍년을 바라는 데
폭우와 태풍이 피해주고 지나가네
북악산 푸른 솔은 천폭의 그림이요
한강의 백조들은 일장의 시로구나
하늘높고 활창한 황국화 피는 계절
옛친구가 서로 만나 시 읊으며 술잔드네

中庚

自古中庚不習文
京鄉各地避炎群
路街日照如然火
山海風淸似散雲
騷客詩吟連筆寫
村夫農作畢田耘
颶調雨順登豐樂
身健心安處處欣

옛부터 중복때는 공부하기 어렵고
경향각지에서 무리지어 피서하네
거리마다 해비치니 불이 타는 것 같고
산해엔 풍청하니 구름이 흩어지듯 시원하네
소객들 시 읊으며 연하여 글을 쓰고
촌부들 농사함에 김맴을 마치었네
이조 우수하면 풍년들어 즐겁고
신건 심안하니 가는 곳마다 기쁘네

夏至纔過麥色黃
落花葉茂益青光
山田收穀心饒樂
野畓移秧饎酒香
昔世貧窮飢苦甚
今時富裕餓寒忘
傾誠竭力繁榮策
技術研磨發展望

하지를 지나니 보리가 누렇게 익었고
꽃지니 잎이 무성 푸른 빛을 더하네
산전에서 수곡하니 마음 흡족 즐겁고
들논에 모 심으니 점심술맛 향기롭네
예전엔 빈궁해서 기아고통 극심했고
요즈음엔 부유하니 아한이 잊혀졌네
경성하여 갈력해서 번영을 획책하고
기술을 연마해서 발전을 바라노라

冬過解凍蟄蟲驚
溪水蛙羣躍進鳴
砌下寒梅香氣發
堤邊細柳綠芽生
農家播種精誠盡
政界貪權智略爭
騷客吟觴勸樂
論書講道古迴情

겨울지나 해동하니 벌레들 놀라 깨고
시냇물에 개구리들 뛰어나와 울어대네
뜰아래 한매는 향기를 발생하고
제방가에 수양버들 푸른 싹이 돋아나네
농가에선 파종하기 정성을 다하고
정계에선 탐권으로 지략을 다투고
소객들 음시하며 술자리가 즐겁고
논서하고 강도하니 옛정취를 느끼네

## 歲首寒波

立春已去肇春回
暴雪寒波酷甚來
綠竹凌霜威勢振
蒼松侮凍壯儀開
溪邊細柳姸芽促
陛下紅梅爽馥催
登校兒童氷道步
騷朋酒宴勸情杯

입춘이 지나서 봄이 돌아왔는데
폭설과 한파가 혹심하구나
녹죽은 서리무시 위세를 떨치고
창송은 어름업멸 씩씩한 모습일세
시냇가에 세류는 예쁜 싹 촉진하고
섬돌아래 홍매는 맑은 향기 재촉하고
등교하는 학동들 빙판길 걸어가고
시붕들 주막에서 정배를 권하네

## 秋興

秋日千山楓滿林
遠方賞客密如森
長江滾滾青波浪
邃谷蕭蕭赤葉陰
四野登豐收穫足
農家擊壤富成心
騷朋酌酒吟詩裏
古代閨門夜聞砧

가을되어 천산에 단풍숲 이루어지니
원방에 상객들 빽빽히 모여드네
장강물 곤곤하니 푸른 물결 일어나고
깊은 계곡 소소하니 밝은 잎의 그늘일세
사야에 풍년드니 수확이 만족하고
농가에 격양가는 부자된 마음일세
소객들 음주하며 시읊는 중에
예전에는 규문에서 다듬이 소리 들렸다네

仲秋佳節浩天晴
雅會參朋共喜迎
野色靑黃禾熟態
山音遠近鳥歌聲
老軀省墓行裝重
子女歸鄉步履輕
故友吟詩相樂席
陶陶醉興溢溫情

중추가절 맞이하니 하늘이 두루 맑고
아회동참 친우들 함께 반겨 맞이하네
들빛의 청황은 벼가 익는 모양이요
산음의 원근으론 새들의 노래소리이네
늙은 몸 성묘길 행장이 무겁고
자녀들 귀향길 발걸음이 가볍네
고우만나 음시하며 서로 즐기는 자리라
도도한 취흥에 온정이 넘치네

霖中逢初庚

長霖暴暑近來初
氾濫河川破壞閭
浸野農場流失穀
崩山道路不通車
非防被害人災似
有備無憂昊福如
苦熱颱風年例事
恒時警固患難除

장림과 폭서는 근래에 처음으로
하천이 범람하여 마을이 파괴되며
들이 물에 잠겨 곡식이 유실되고
산이 무너되어 교통이 차단됐네
방비않아 생긴 피해 인재와 같고
유비하여 근심없음 천복과 같네
고열과 태풍은 연례처럼 오는 일
항상 굳게 경계하여 환난을 막아야지

暮春卽景

雨歇暮春心爽淸
雲消夜月地天明
花開萬樹姸紅滿
葉發千山艶綠生
玄鶴蒼松安息續
白鳧碧水遊泳賡
騷朋覓句詩成裏
勸酒歡談起樂情

모춘에 비그치니 마음이 상청하고
구름이 살아지니 야월이 천지에 밝네
꽃이 피니 만수가 예쁘게도 붉고
잎이 피니 천산에 곱게도 푸르구나
창송에는 현학의 안식이 이어지고
벽수에는 백부의 유영이 계속되네
소붕들 멱구하여 성시를 하는 속에
권주하며 환담하니 즐거운 정이 일어나네

三三令節吟

重三已過暮三春
日暖風和活氣身
庭下黃猊家守主
簷間黑鸞屋求賓
農夫播種田歸數
騷客吟詩野會頻
花發千山香臭滿
萬人共樂景光辰

삼월삼짇이 지나가니 봄도 벌써 저물고
일난풍화하니 봄에 활기가 나네
뜰아래 황구는 집지키는 주인이요
첨간에 흑연은 집구하는 손님일세
농부는 파종하러 밭으로 자주가고
소객은 음시위해 야회를 자주 갖네
꽃피니 천산에 향기가 가득하니
만인이 공락하는 즐거운 때이로다

## 東君布德

酷毒嚴冬漸退時
혹독했던 엄동이 점차 물러가니

東君布德氣伸期
동군의 포덕으로 기운 펼칠 시기로세

千山雪解潺流谷
천산에 눈 녹으니 계곡마다 물 흐르고

數砌花開馥播枝
몇집에 꽃이 피니 가지마다 향취이네

庭外黃鷄尋餌美
뜰밖에 황계는 먹이 찾음 아름답고

池中白雁獲魚奇
지중에 백안은 고기잡음 기이하네

自然萬物生動始
자연만물이 생동을 시작하니

將盛無窮豈說移
장차 무궁성장을 어찌 말로서 다하리오

## 肇春

東君布德我邦回
동군의 포덕이 우리나라에 돌아오니

積雪殘氷漸解開
적설과 잔빙이 점차 녹기 시작하네

村老種耕忙準備
촌노는 종경할 준비에 바쁘고

騷人句索嗜淸醅
시인들 구색하며 청배를 즐기네

溪邊細柳黃芽艶
계변에 세류는 노란새싹 예쁘고

阜下香梅暗濕臺
언덕 아래 매화향기 누대에 스며드네

去歲諸殃皆克復
지난 해 모든 재앙 다함께 극복하고

迎春所望達成催
새봄 맞아 모든 소망 이룩되기 촉구하네

寒波酷甚有感

迎新殊逐願繁昌
與野傾誠忠國盡
政界專心救濟忙
村民徹底防災急
牛豚畜舍疫全疆
果菜農家傷各處
白雪霏霏凍結剛
冬來奄襲酷寒長

겨울되니 엄습한 혹한이 길고
백설이 계속 내려 굳게 얼어 붙었네
과채농가는 각처에 동해입고
우돈 축사엔 역병이 만연하네
촌민들은 철저한 방재가 급하고
정계는 전심으로 구제하기 바쁘구나
여야가 경성하여 충국을 다하여
새해에는 악축하고 번창되기 원하네

小雪雅會吟

厚衣換着作身寧
老體常嫌寒冷際
筆客題書墨臭馨
騷人索句詩心苦
黃花凍後立凋庭
落葉風前飛散野
竹傲冬威綠姹形
松凌雪冱四時青

松은 설호를 능멸하고 사시에 푸르르며
竹은 동위를 무릅쓰고 푸르름을 투기하네
낙엽은 바람날려 온들에 흩어져 있고
국화는 얼음 뒤에 정원에 시들어 있네
시인들 색구하기 시심이 괴롭고
필객이 글씨쓰니 먹 내음 향기롭네
노인들 싫어하는 겨울철 맞아
두터운 옷 갈아입으니 내 몸이 편안하네

128

# 立冬感懷吟

立冬氣冷覽花稀
山野丹楓景色徽
子女結婚賓客夥
先靈時祀祭官微
鶯羣南去備溫室
雁陣北來求厚衣
五穀收藏心足樂
詩書勸酌夜深歸

입동맞아 기후차니 꽃보기 드물고
산야에 단풍들어 경치가 아름답네
자녀들 결혼식엔 빈객이 많이오고
선영의 시사에는 제관이 적구나
제비들 남으로 떠나니 짐을 따듯이 보살피고
기러기 떼 북에서 오니 겨울옷을 준비하고
오곡을 수장하니 마음이 흡족해 즐겁고
시서 권작으로 밤깊어 돌아가네

# 仲秋

萬壑千山秀麗峯
丹楓蓋嶽賴秋風
前園綠栗增黃裏
後野青禾漸熟中
昊月輝煌遊客滿
江湖落照泊舟空
農夫酒興歡談樂
鈍我詩成首亂蓬

만학천산에 수려한 봉우리들
가을 바람으로 인하여 단풍으로 덮었네
앞동산 푸른 밤송이 황율로 변해지고
뒷뜰에 푸른 벼는 점점 익어가네
하늘에 달 밝으니 유객들 가득하고
강호에 낙조되니 빈배만 대어있네
농부들 주흥으로 환담이 즐겁고
우둔한 나는 시짓기에 머리가 흩어졌네

中伏卽事

風調雨順大豊歌
我願中庚無頉健
農老監農道具磨
學生放學資材輯
江邊海水滿人波
溪谷深林超客集
暴暑長霖苦痛多
赤君掩襲避山河

적군이 엄습타하니 산하로 피서가고
폭서와 장림으로 고통이 극심하네
계곡이나 숲속에는 피서객이 넘치고
강변과 바다에는 인파로 가득하고
학생을 방학되니 자재를 수집하고
농노는 감농하며 도구를 손질하네
나의 바램은 주복맞아 탈없이 건강하고
우순풍조하여 대풍가를 부르기를

餞春

探光勸酒詠詩期
日暖風清山谷秀
洞口薔叢赤飾籬
田中麥浪金裝野
簷間燕子翅翩遲
柳上鶯兒歌舞速
到夏靑濃已盛知
餞春花盡惜殘時

봄 지나며 꽃들지니 애석함이 있는 이 때
여름맞아 질푸르름 초목이 무성함을 알겠네
버들위의 꾀꼴새 가무도 빠른데
처마사이 제비새끼 날기가 더디구나
밭 가운데 보리물결 금빛으로 장식되고
마을어귀 장미꽃들 울타리 붉게 꾸몄네
일란 풍청하여 산곡이 수려하니
탐광하고 권주하며 영시하기 적기일세

## 重午節有感

重午良辰景秀朝
昔人美俗續非寥
菖蒲洗髮心身爽
糉餅充腸氣力饒
娘子鞦韆飛燕舞
壯丁脚戲伏彪調
農繁野老清醪勸
暫息迎風暑汗消

단오절 좋은 때 아침 경치 아름답고
옛부터의 미속 이어지니 쓸쓸하지 않네
창포로 세발하니 심신이 상쾌하고
종병으로 배채우니 기력이 넉넉하네
낭자들 추천하니 나는 제비 춤추는 듯
장정들 씨름판엔 먹이 찾은 표범처럼 고요하구나
농사일 바쁜 농부 막걸리잔 기울이고
여름에 잠식하니 서한이 해소되네

## 清秋 (支韻)

天高氣清至秋期
酷暑雨霖何處離
前野黍禾金色熟
後園柿栗紫紅垂
漢江碧水游魚速
冠岳深山行客遲
蕭瑟涼風人獸樂
田庄五穀大豊怡

하늘높고 서늘하니 가을이 왔네
무더위 장마는 어디로 떠나갔나
앞들에 기장과 벼이삭 금빛으로 무르익고
뒷동산 감과 밤은 붉게 익어 드리웠네
한강 푸른 물엔 고기놀이 재빠르고
관악 깊은 산엔 행객 걸음 느리구나
소슬바람 시원하니 인수함께 즐겁고
전장에 오곡들 풍년들어 기쁘구나

春

春臨解凍綻梅先
雨霽芽生似去年
山麓李桃千樹發
溪邊楊柳萬條連
村夫播種傾誠勉
騷客吟觴樂不眠
道德倫綱回復至
太平聖代保存傳

봄이 와서 해동되니 매화망울 먼저 피고
비 개이니 새싹들 예년처럼 자라나네
산기슭에 이도화꽃 천수에 피어있고
시냇가에 버드나무 만가지가 연해있네
촌부들 파종하기 노력 정성 다하고
소객들 음상하다 즐거워 잠을 잇었네
무너진 윤리도덕 시급히 회복하고
태평성대 이룩하여 오래도록 보전하세

寒食村舍

寒食臨來活氣多
解氷播種備農家
雨霏四野繞生草
日暖千山旣發花
賞客探光迎蝶舞
騷朋覓句慰蜂歌
先塋奉祀後孫少
美俗良風守奈何

한식되니 만물에 활기가 많아지고
해빙되어 농가에선 파종을 준비하네
비내리니 四野에는 겨우 풀이 돋아나고
일란하니 천산에는 이미 꽃이 피었네
상객들 탐광하니 나비들 환영의 춤을 추고
소붕들 멱구하니 벌들이 위로의 노래하네
선영에 봉사하는 후손들 적어지니
미속 양풍을 어찌 지켜갈고

靈登日氣卜凶豐　　　　　靈登姑降定凶豐
雨降婦同風女通　　　　　風歎雨饒從古通
古代農村傳說盛　　　　　昔歲農耕猶貴骨
今時學界證明雄　　　　　今時技術尚英雄
三旬歲節遊休樂　　　　　溪邊柳態黃光帶
二月春期計事充　　　　　砌下梅花郁馥充
播種耕田希富裕　　　　　佳景三春蘇萬物
達成與否在天功　　　　　人人百事祝成功

여든이일 기후따라 흉년풍년을 점치고　　　여든이할미 내려와서 흉년풍년 정해주니
비오면 며느리를 바람불면 딸과 함께로 통하네　바람은 흉년 비는 풍년 옛날부터 통해 왔네
고대 농촌에서는 전설이 무성하고　　　　　옛날에는 농경하면 오히려 귀골이요
금시엔 학계에서 증명이 우선일세　　　　　지금은 기술자라야 오히려 영웅되네
세절 한달동안 놀면서 즐기다가　　　　　　시냇가에 버드나무 누런빛을 띠고 있고
이월달 봄철맞아 농사계획 충실하네　　　　섬돌아래 매화들은 짙은 향기 가득하네
경전하여 파조하며 부유를 바라지만　　　　아름다운 봄경치에 만물들이 소생하니
달성 여부는 하늘의 공에 달려있네　　　　　사람마다 모든 일이 성공함을 축하하네

秋夕

仲秋佳節最良辰
客地歸鄉故友親
老少歡談遵敬義
弟兄勸酌厚情仁
家風永續敦和起
儒俗傳承倫道伸
新果松饌茶獻禮
墓前參拜訪孤隣

주*중추가절은 여중 가장 좋은 시기로
객지에서 귀향하니 향우들과 친해지네
노소간 환담속에 조경과 의로움 지켜지고
형제간 권작하니 인정이 두터워지네
가풍이 오래 지속되니 돈화가 일어나고
유속이 존승되니 윤도가 신장되고
새로나온 과일과 송편으로 차례를 모셨고
묘소를 참배한 후 외로운 이웃을 방문했네

賞春

春光滿地景佳時
騷客吟遊自足期
日暖千山花發樹
風和百谷柳揚枝
農夫種播長苗樂
北傀蠻姿破艦奇
强奪私財兇暴極
金剛萬嶽踏査遲

봄빛이 가득하니 경관 좋은 이 때에
소객들 음유하기 만족할 시기일세
날씨가 따뜻하니 천산에 꽃이 만발하고
바람이 온화하니 백곡에 버들이 휘날리네
농부들 종파하여 새싹자람 즐거운 때
북괴의 온갖 만행 파함행위 기괴쿠나
사재까지 강탈하니 극에 달한 흉포로
금강만악 답사하기 점점 늦어지누나

寒食由來意解先
子推怨恨入山緣
于今政客從功出
自古賢臣守節傳
日暖春花催滿發
風和省墓戒燒煙
森林愛育精神固
錦繡江岡保護虞

한식 유래의 뜻을 앎이 우선인데
介子推가 원한으로 입산함이 연유일세
요즈음 정객들은 공리 쫓아 다니지만
예전에 현신들은 절조지킴 전해지네
일란하니 봄꽃들 만발을 재촉하고
풍화하니 성묘객들 화재를 경계하세
삼림을 애육하는 정신을 굳게하여
우리나라 금수강산 삼가 보호되길 바라노라

寒冬已去暖春光
雪裏紅梅促發香
清水千溪潺入海
和風萬樹笑搖岡
露含柳嫩猜松岸
凍解漁翁伴雁塘
季至農夫豐作計
騷朋覓句畢文章

추운 겨울 지나가고 봄빛이 따뜻하니
눈속의 홍매화는 향기를 재촉하네
맑은 물 계곡마다 졸졸 바다로 흘러가고
화풍에 나무들이 웃는 듯 온산이 흔들리네
이슬 머금은 버들 새싹 푸른 솔을 시샘하고
해동하니 어옹들은 오리들과 짝을 하네
계절 맞아 농부들은 풍작을 계획하고
시붕들 시구찾아 문장을 마치누나

## 送舊迎新吟

已過己丑迓寅年
歲月如流春到前
送舊災殃深海逐
迎新慶福滿堂全
凌寒綻綠竹常桓續
欲綻香梅半笑連
謹賀康寧兼富貴
吾韓統一又繁宣

기축년이 지나고 경인년 맞게 되니
세월이 물과 같아 봄이 앞에 이르렀네
가는 해 모든 재앙 바다깊이 쫓아내고
새해맞아 경복이 집안에 가득하리
능한하는 녹죽은 굳셈을 이어가고
피어나는 향매는 미소를 머금었네
삼가 바라건대 부귀와 강녕하고
우리한국 통일과 번영이 이루되길

## 立冬讀經史

立冬氣冷衣溫居
秋穀收藏樂有餘
時祭婚姻行典禮
良風美俗效規書
晝研筆墨能成實
夜讀經傳慾脫虛
古聖遺文如見聖
賢師講述抱懷舒

겨울되어 기후차니 따뜻한 옷 입게 되고
추수가 완료되니 즐거움이 넘치누나
시제와 혼례가 법에 따라 행해지고
미풍과 양속은 법서 본따 이뤄지네
낮에는 필묵을 연구하니 자체가 성실하고
밤에는 경전을 읽으니 욕심이 비워지네
옛 성인의 유문보니 성인 직접 뵈옵는듯
현사님 강의 들으니 마음이 트여지네

名節嘉徘同古今
每逢此日感懷深
歸鄉孝子呈珍物
省墓嚴親伐草林
松餅一盂充我腹
香醪三酌喜人心
靜聞昔世民謠曲
詩興應生幾首吟

가배 명절은 고금이 같으나
매양 이날을 만나면 감회가 깊어지네
귀향한 효자들은 선물들을 올리고
성묘한 엄친은 벌초를 하네
송편한 그릇에 나의 배를 채우고
막걸리 세잔에 인심이 기뻐지네
옛날 민요를 고요히 감상하니
시흥이 생기어 한수 읊어 보네

仲秋佳節菊香今
五穀豐登快感深
四野青黃禾穗浪
嵩山赤綠艷楓林
清醪獻酌誠參拜
新果松饌奠物心
家族情談歡樂席
珍肴美酒興詩吟

중추가절에 국화향기 그윽한데
오곡이 풍년드니 쾌감이 깊도다
온 들의 벼 작황 청으금빛 물결치고
높은 산엔 붉고 푸른 단풍이파리 곱구나
청주를 헌작하며 정성껏 참배하고
새로난 과실 송편 전 드리는 그 마음
가족들 정담속에 즐거운 자리
좋은 술 귀한 안주 흥에 겨워 시를 읊네

榴花

麥秋之節發榴花
葉木形姿與艶誇
秦國西安珍貴樹
始皇墓域植繁華
疾風暴雨生長振
盛夏炎炎結實佳
其果圓黃濃熟綻
味甘皮藥美容茶

맥추지절에 석류꽃피니
잎과 나무 모양 함께 아름다움 과시하니
진국 서안에 진귀한 나무요
시황묘역에 가득 심어 참으로 번화하네
비바람속에서 생장이 활발하고
무더운 여름철에 결실이 아름답네
유자는 둥글고 누리며 농숙하면 절개되네
맛은 달고 껍질은 약요과 미용차로 쓰이네

暮春雅會

陽春欲暮滿花眞
細柳長堤綠茁新
日暖天邊鴻別惜
風和屋上燕歸親
雲開漢水霞光美
雨霽南山草色均
晚學神迷詩想隔
笑談勸酒誼情伸

양춘이 저물어가니 꽃들이 만발하고
장제에 늘어진 수양버들 푸른 싹이 새롭구나
날씨 따뜻하니 천변에 기러기떼 작별이 아쉽고
바람이 온화하니 지붕에 돌아오는 제비가 반갑구나
구름 걷히니 한강물에 노을빛이 아름답고
비개이니 남산에 풀빛이 고르구나
만학에 정신이 혼미해 시상이 막히고
담소하고 권주하니 의정이 펼쳐지네

## 綠陰芳草勝花時

餞春花盡葉繁昌
봄이 가니 꽃은 지고 잎은 더욱 번창하니

孟夏茂林新綠粧
여름 맞아 무성한 숲 신록으로 장식했네

山麓田園茶茁艷
산기슭 전원에는 차싹들 어여쁘고

溪邊石谷蕙蘭芳
시냇가 돌틈에는 혜란이 향기롭네

漢濱柳幕鶯歌樂
한강가 유막에는 꾀꼴새 노래 즐겁고

冠岳松林鶴舞揚
관악산 솔숲에는 학의 춤이 멋있구나

佳節景觀騷客集
좋은 계절 경관에 소객들 모여들어

草姸魅惑屋歸忘
초연에 매혹되어 귀가도 잊었구나

## 立冬感懷吟

山墓祭官行列長
산에는 묘사로 제관행렬 줄이 길고

婚家祝客集雲堂
혼가에는 하객이 구름처럼 모여드네

丹楓被雪風飛艷
단풍은 눈을 맞아 나염날림 아름답고

黃菊凌霜散播香
황국화 서리 이겨 그윽한 향기이네

耕麥農夫中食饁
보리가는 농부는 점심을 내다먹고

作文詩伯美醪觴
글짓는 시객은 술잔을 들고 있네

秋收刻苦心常樂
추수하기 힘든 몸 마음 항상 즐겁고

五穀冬藏血汗忘
오곡거둬 쌓아두니 피 땀흘림 다 잊었네

入冬諸衆厚衣裳
樹木何由脫裸相
山野雪霏銀世界
江湖氷結鏡淸場
柏松冷凍凌寒酷
君子危難不惑彊
天地長眠成始夢
階前梅杪妊春彰

겨울들어 모든 사람 의상이 후중하한데
수목들은 어찌하여 옷을 벗고 나상으로 있는가
산야에 눈오더니 은세계가 되었고
강과 호수 얼으므얼어 맑은 거울마당 되었네
송백들은 냉동에도 혹한을 능멸하고
군자는 위난을 당해도 굳세어 불혹되네
천지가 장면하다 비로서 꿈을 이루었으니
뜰앞에 매화나무 봄을 잉태하였구나

天高月滿蟋鳴聲
蕭瑟風淸香菊盈
釣士垂竿魚待靜
帆船數隻客遊行
前田五穀黃金熟
後麓楓林赤葉明
男女老兒凉趣樂
草花飾美降霜驚

하늘높고 달 밝으니 귀뚜라미 울고있고
쓸쓸하나 바람맑아 국화향기 가득하네
조사들 낚싯대 드리우고 조용히 고기오기 기다리고
돛다배 수척에는 유객놀이 이어지네
앞田의 오곡은 황금빛으로 익었고
뒷산의 단풍숲 붉은잎 선명하네
남녀노소가 모두 서늘한 정취 즐기는데
초화들은 미식하다 서리옴에 놀라네

140

山野靑林茂盛萌
江湖滿水速流盈
白鳧伴泳閑中樂
玄鶴松陰請友鳴
農者耕耘炎汗苦
兒童放學躍遊傾
颱風雨旱災難避
五穀果蔬豐作成

산야의 푸른 숲은 새싹들이 무성하고
강호에는 만수되어 물흐름이 빠르네
흰 오리들 짝을 지어 한가로이 즐기고
현학은 소나무 그늘에서 친구 부르며 울고있네
농부들 농사짓기 무더위 땀 고통이요
아동들은 방학맞아 뛰어 놀기 정신없네
태풍과 가뭄 장마 재난을 피해야지
오곡과 과실 채소 풍작을 이루리라

迎春有感

溪邊細柳軟絲眞
花發千山錦繡春
萬物生長如竹筍
李桃水落似魚鱗
江南歸鷰舊巢索
向北離鴻今別辛
採女風謠興趣播
牧童誘伴笛吹伸

시냇가 수양버들 고운실 드리운듯
꽃이 피니 모든 산 수놓은 듯 아름답네
만물의 생장은 죽순이 솟아나는 것 같고
이도화가 물에 뜨니 금잉어 비늘같네
강남의 제비는 돌아와 옛집을 찾아들고
북향하는 기러기떼 작별이 아쉽구나
나물캐는 아낙네들 봄노래가 흥겨웁고
목동들의 피리소리 짝 찾는 듯 펼쳐지네

四時明確秀吾東
夏至年年暴暑同
霖晴山青林木盛
江深水澹泳魚融
兒童放學閑遊樂
村婦營農汗苦充
五穀果蔬豊作願
風調雨順偉天功

사계절이 뚜렷한 빼어난 우리나라
여름되면 해마다 무더위는 여전하네
비개이니 산 푸르러 초록 더욱 무성하고
강 깊으니 물이 맑고 고기들이 활발하네
아이들은 방학되니 여름놀이 즐겁고
시골아낙 농사일에 무더위에 숨막히네
오곡과 과실 채소 풍작되기 바라지만
비바람 순조로움 위대한 하늘의 공 있어야지

萬化方暢

綠肥紅瘦暮三春
日暖風和氣自新
柳幕鶯歌聞美秀
簷間燕語感情眞
農夫播種尋田野
賞客探光待友隣
萬物隆昌臨好節
吟觴可樂老心伸

꽃 쇠하고 잎 성하니 삼춘이 이미 저물었고
일난하고 풍화하니 기운이 절로 새롭네
유막에서 앵가하니 아름답게 들리고
첨간에서 연어하니 참다운 정 느껴지네
농부들은 파종위해 들에 밭을 찾아가고
상객들은 탐광코자 이웃 친구 기다리네
만물이 융창하는 좋은 시절 맞이하여
읊고 마심 즐거워 늙은이 마음 펼쳐지네

## 三伏炎天

庚炎鑠石滿坤乾
樹裏鳴聲願淸蟬
書室學徒磨筆士
登樓騷客詠觴仙
作農老叟家庭息
避暑人波道路連
漢水靑鳧遊泳樂
南山白鶴秀松眠

돌을 녹이는 복더위가 건곤에 가득하니
나무 속에 우는 소리 청원하는 매미 소리일세
서실에 학도들은 갈고 쓰니 선비 같고
루에 오른 소객들은 영상하니 신선같네
작농하는 노인들은 가정에서 휴식하고
피서 가는 인파는 도로 가득 이어졌네
한수에 청동오리 유영하기 즐겁고
남산에 백학들은 수송에서 졸고 있네

## 秋與

金風蕭瑟至淸秋
氣淸月明觀客遊
前畓禾梁均熟滿
後園棗栗味甘休
林中美色楓裝寺
籬下濃香菊飾楼
四野登豊耕者樂
騷人景勝興何收

금풍이 소슬하니 가을이 되고
달밝고 서늘하니 관객들 즐겨노네
앞들에 벼와 수수 고루익어 가득하고
후원에 밤대추는 감미가 더욱 좋네
임중에 고운 단풍 사찰을 장식하고
이하에 국화향기 누대를 꾸며주네
오곡이 풍년되되 경자들은 즐겁고
시인들 경승하니 흥을 어찌 거두리오

# 敍情篇

設學校教人倫

教育人倫建校堂
唐虞三継德伸張
魯時孔孟栽仁樹
宋際程朱發禮香
麗代睿宗興聖道
朝鮮世廟作新章
金公幸學存其史
是歲儒林被後光

인륜을 교육하고 교당을 건립하니
당우부터 하은주가 덕정을 신장했네
노나라때 공자맹자가 仁義나무 심었고
송나라때 정자주자가 禮道의 향기 피웠네
고려때에 예종은 성도를 이르켰고
조선의 세종은 새로운 한글을 지었네
김수자는 행학과 고려사를 보존하니
이세대의 유림들이 후광을 입었네

父父子子君君臣臣

人間處世責任詮
義務先行福利連
父率家庭能保護
君宜政事必完全
臣當盡命忠情本
子者殫誠孝悌專
互惠相扶恒最善
無窮發展永安宣

인간의 처세에는 책임을 깨우쳐야 하고
의무를 선행하면 복리가 이어지네
아버지는 가정을 거느림에 보호를 다하고
군주는 정사를 반드시 완전하게 해야하네
신하는 응당 충성에 진명을 근본으로 하고
자식은 효제함에 정성을 다해야 하네
호혜상부에 항상 최선을 다한다면
무궁한 발전과 길이 안녕이 베풀어지리라

虜世修身最爲先
家和萬事必通連
倫綱教育安居篤
聖道嚴遵善行全
治國無難完璧遂
平天有易達成宣
仁慈父祖兒孫孝
禮義彈誠習俗賢

家和萬事成

처세에는 수신을 가장 먼저 해야 하고
집안이 화목하면 만사가 상통하여 이어지고
륜강을 교육하면 안거가 돈독해지고
성도를 엄준하면 착한 행실 온전하네
치국도 무난하여 완벽하게 이뤄지고
평천하도 쉽사리 달성하리라
자손이 효도하면 부조가 인자해지고
예의에 탄성하면 세상풍속 어질어지네

---

崔公才德卓吾東
早歲登科顯哲躬
經史能通聞世裏
試官苑內行無禮
步吟床前受有蒙
招待深修除博士
宗學深修除博士
司成拜命證文崇

崔池公苑中逢微服殿下拜
司成

최지공은 재덕이 우리나라에서 탁월하니
조세에 등과하여 몸이 밝게 현달했네
경사에 능통하여 듣고 대답 정확하니
시관에 가달하여 궁중 초빙 받았네
원내를 보음하다 무례를 행하였고
주상의 초대받아 후한모음은 받았네
종학을 깊이 닦아 박사지위 제수받고
사성을 배명하니 승고학문 증명되네

畢讀唐音有感

唐音自古秀文哦
老少儒生競練磨
李杜瓊章千歲赫
陶王玉句萬年峨
士人及第欽天舞
耕者登豐擊壤歌
晚學從師繞讀畢
何時熟詠愧心多

당음은 예부터 빼어난 시문으로 읊어졌고
노소유생들은 다투어 연마하였네
이백과 두보의 경장은 천년에 빛나고
도연명 왕유의 옥구는 만년을 우뚝하네
선비가 급제하면 하늘을 울얼어 춤을 추고
농부가 등풍하면 격양가를 부르는데
만학에 종사하여 겨우 당음 마쳤으니
언제나 숙영할지 부끄러움 많구나

六二五動乱有感

庚寅動乱幾年過
同族相殘用銃戈
一瞬狂奔荒廢甚
三秋継战殺傷多
夫妻惜別餘寃苦
父母潛離奪愛和
獨制長權崩壞速
自由統合達成何

경인동란이 몇해나 지났는가?
동족상잔에 총과 창이 이용됐네
일순의 광분으로 황폐가 극심했고
삼추의 계전으로 살상이 허다했네
부처간 석별로 원한 고통 남아있고
부모와 눈물이별 애정화목 빼앗겼네
독제와 장권이 하루속히 붕괴되어
자유통합이 언제나 이룩될지

146

綠陰讀又吟

昔儒早起近東窓
옛날의 선비는 일찍 일어나 동창을 가까이 했고

晚學從師負笈雙
만학도들 스승따라 책상으로 쌍을 뤘네

月下吟詩遊影木
달아래서 음시하니 나무 그림자가 벗을 하고

陰中唱樂奏流江
그늘아래 창악하니 강물이 반주하네

家遷教子效隣國
삼천하여 교자하니 이웃나라 본받을바요

餅賣訓兒誇我邦
매명하여 훈아하니 우리나라 자랑거리일세

勤讀研磨書意覺
근독하고 연마하면 글의 참뜻 깨닫거니

聖賢本性慾心腔
성현의 본성으로 욕심을 비워일세

---

出郊舒懷韻

都塵脫出郊朝
혼탁도시 탈피하여 아침에 교외로 나가니

日暖風和氣爽遙
일란하고 풍화하니 기분이 상쾌하구나

柳上鶯啼聲聽美
버들위에 꾀꼴새소리 아름답게 들리고

花間蝶舞景觀嬌
꽃속에 나비춤 경관이 예쁘구나

漢江綠水清流滿
한강에 녹수는 가득히 흘러가고

冠岳蒼松濃茂饒
관악산 창송은 풍요하게 짙푸르네

故友同行尤喜樂
옛친구 동행하니 더더욱 즐거워

名山玩賞奄歸宵
명산을 구경하다 문득 밤이 되었네

## 春日書懷

陽春已半氣和融
萬物蘇生賴雨風
後麓紅梅寒耐德
溪邊綠柳雪消公
農夫播種奔忙裏
騷客吟觴索句中
負笈從師勤受學
餘年享樂竹如空

양춘 이미 반이지나 기후가 온화한데
만물이 소생함은 풍우에 힘을 입네
후록에 홍매화는 한고를 견딘덕이요
계변에 푸른버들 설소의 공이로세
농부는 봄을 맞아 파종에 분망하고
소객은 음상하며 색구에 열중하네
책싸들고 스승따라 부지런히 수학하니
여년의 향락은 竹과같이 속비움이라네

## 願國泰民安

檀君後裔稟姿恭
我族東邦禮義宗
經濟繁榮貧困救
文明發展便宜供
官民意合恒心樂
與野相扶每事雍
南北和平成富強
至誠輔國正論從

단군의 후예들은 품성이 공손하여
우리민족은 동방예의 조종국이로세
경제번영으로 빈곤을 구제하고
문명발전은 편의를 제공하네
관민이 의합하면 항상 마음이 즐겁고
여야가 상조하면 매사가 화락하네
남북이 화평하면 부강이 이룩되나니
지성으로 보구하고 정론을 따라가세

雪景

零零白雪積皆衢
行客冰板跌護扶
壯者松堂遊競弈
老翁竹室嗜酬壺
日暘谷野銀裝飾
月到乾坤素服俱
謹願新年迎吉運
亨通萬事學文敷

백설이 부분부터니 온길에 다 쌓여서
행인들 빙판에 넘어질까 잡아주네
청년들은 송당에서 바둑두며 노닐고
노인들 죽실에서 맑은 술을 즐기네
해비치니 온들판 은빛으로 장식하고
달이 뜨니 하늘땅 소복으로 갖추었네
삼가 원하건데 신묘새해 길운맞아
만사 형통하고 학문도 펴리라

願國泰民安

日照東邦我大韓
檀君以後務團圈
都農協力生財裕
科技呈誠滅事難
南北合心成統一
官民結束衆人安
賢明政治尤繁盛
國泰康寧仰願乾

햇빛밝은 동방의 우리 대한민국
단군임금 이후로 단란에 힘써왔네
도시농촌 협력하면 재물이 부유하고
과학기술에 정성하면 어려운일 없어지네
남북이 합심하면 통일이 이루되고
관민이 결속하면 모든백성 편안하고
현명한 정치로 더욱 번성 이루하여
국태민안 하기를 하늘에 앙원하네

# 昆明感懷吟

雲南絕景此昆明
四季常春候有名
大小石林天氣造
九鄉洞窟地神成
翠湖公苑萬民樂
岩壁龍門金殿驚
新舊佛壇圓寺峇
坊坊曲曲快哉聲

운남성의 절경인 이곳 곤명은
사계절 봄으로 기후 좋기로 이름났네
대소석림의 절경은 하늘의 힘으로 만들었고
구향동굴은 지신이 이룩했네
취호공원은 만민의 낙원이요
절벽에 용문과 금전보고 놀랐네
신구불 함께 모신 원통사도 웅장하니
방방곡곡에서 쾌재 소리 절로나네

# 吟石林遊覽

雲南絕景許多持
大小石林神造奇
虎躍登姿霄上聳
駱駝騎像谷深垂
仰天刺破雙獅氣
俯地跳乖独象儀
萬物形容真妙態
雄姿秀麗客心僖

운남에는 절경이 허다하게 많으는데
그중에 대소석림 참으로 신기하네
호약 등자는 하늘위를 솟을 듯
낙타의 기상은 계곡깊이 드리웠네
앙천하면 자파할 듯 쌍사자의 기상이요
굽어보면 도괴할 듯 독상의 위의로다
만물의 형용은 진묘한 형태요
웅장하고 수려함 관객마음 즐겁네

靈嶽白頭雄氣姿
乾坤造化作天池
東流豆滿清青漫
西派狒江深闊漪
北脈平原延吉地
南方大幹大韓堘
檀君後裔吾民族
萬歲無窮發展熹

登白頭山懷願

신령한 백두산 웅기가 서려있고
건곤의 조화로 천지못 이뤄졌네
동쪽으로는 맑고 푸른 두만강이 흐르고
(물 넓고 질펀하게 흐를만)
서쪽으로는 넓고 깊은 압록강이 흐르네
(잔잔한 여울의)
북쪽은 평원으로 연길의 지역이요
남방의 큰 줄기는 우리 大韓·의 땅이로세
단군의 후예인 우리민족
만세토록 무구한 발전번성 이록되길

作家協會在京東
送舊迎新祝願同
故友相逢談笑裏
高賓共賀勸盃中
經書熟讀仁心厚
筆墨精研畫品豐
藝術文明崇國位
來年萬事盛無窮

作協送年會吟

작가협회는 서울 동쪽에 있고
송구영신에 다함께 축원하네
친구들 서로 만나 담소를 하는속에
귀빈들 공하하며 잔을 권하네
경서를 탐독하니 어진마음 두터웁고
필묵에 정연하니 서화작품 풍성하네
예술과 문명은 나라위상 높여지니
내년에는 만사가 끝없이 번성하리

顯忠日有感

顯忠祠墓獻花中
救國安民烈士功
盡命扶邦千古範
投身愛族萬年忠
倭軍野慾頻煩起
血肉相殘再發風
南北同胞團結際
平和統一豈餘窮

현충사 묘소에는 헌화참배 한창이니
구국안민이 선열의 공이로세
목숨다해 나라지킴 천고의 고절이요
몸바쳐 겨레사랑 만년의 충성일세
왜군의 야욕은 빈번히 일어나고
동족의 상잔은 재발될 기세일세
남북의 동포가 단결을 굳게 하면
평화통일에 어려움이 있겠는가?

光復節有感

大韓光復痛悲終
倭敵敗亡逃走恫
錦繡江山生氣活
檀墟半島熱歡同
自由聯盟勝榮德
愛國忠臣抗戰功
今後諸人真覺醒
白衣民族盛無窮

우리한국 해방되니 고통 슬픔 끝이나고
패망한 왜적들 도망하기 침통하네
삼천리 금수강산 활기를 다시 찾고
단군의 터 한반도에선 해방환호 일색일세
자유우방우리 승전한 덕택이요
애국 충신들의 항전한 공이로세
앞으로 모든 국민 진심으로 각성해서
백의민족이 무궁번성하기를

# 農業先進化

農業元來在德天
농업은 원래 하늘의 덕 있어야 되니

設壇奉享願豊年
설단하여 봉향하며 풍년을 기원하네

傾城稼穡糧充庫
경성하여 가색하면 창고양식 충만하고

盡力肥培穗滿田
진력하여 비배하면 밭에 이삭 가득하네

技術新機開發裏
기술과 새로운 기계 개발을 향상하고

優良品種擴張邊
우량한 품종으로 골고루 확장하여

親環境作民堅守
친환경 농작을 국민모두 굳게 지켜

富國繁榮後世傳
부국번영 이룩하여 후세에 전하세

# 國民總和

世情混乱衆心移
세정이 혼란하면 민심이 떠나가고

生計不安人苦宜
생계가 불안하면 인민고통 당연하네

南北紛爭威脅續
남북간 분쟁과 위협이 계속되고

東西異見葛藤時
동서간 이견과 갈등이 심한때라

非行私慾必抛棄
비행과 사욕들을 반드시 포기하고

正直公明當協知
정직하고 공명함에 협력할줄 알아야지

為政官員誠實勉
정치하는 관원들이 성실함에 힘쓴다면

國民和合豈成遲
국민의 화합됨이 늦어지지 않으리라

願國泰民安

迎新大運我邦環
祈願今年一掃艱
農作豐饒倉穀滿
工場輸出換金還
北南意合心常樂
與野相扶每事閒
國泰民安成不遠
子孫富貴德如山

새해맞아 대운이 아국에 돌아오니
원컨대 금년에는 어려운 일 없으리
농사는 풍년되어 창고마다 가득하고
공장엔 수출호조 환금으로 돌아오네
남북이 뜻맞으면 마음 항상 즐겁고
여야가 상부하면 매사가 쉬워지리니
국태민안도 멀지않아 이뤄지고
자손들 부귀하여 덕이 산처럼 높아지길

愛蓮

許多地域出蓮池
七月花開酷暑時
香遠益清閨秀態
泥中不染聖君姿
闊鮮綠葉茶精血
肥大黃根食補肌
古代釋迦斯愛選
濂溪讚是亦題詞

허다한 지역중에 연못 못에서 자라나며
칠월 가장 더운때에 꽃이 피는지?
향원 익청하니 이는 규수의 재태요
진흙속에 불염하니 성군의 형자로다
넓고 고운 푸른잎은 차로 전혈에 좋고
비대한 황색뿌리는 식용으로 몸을 돕네
예부터 석가모니는 이를 사랑 선호했고
주염계는 이를 찬양 애련설을 지었네

154

## 願南北統一

何緣兩斷是吾東
統一完成最善忠
祖國江山根共地
檀君後裔血同躬
長權獨制抛凶計
遵法自由效德風
南北官民相協助
子孫萬代盛無窮

무슨 연유로 우리나라가 양단 되었는지?
통일을 완성함이 최선의 충성일세
조국강산은 그 뿌리가 하나요
단군의 후손들은 같은 피를 받은 몸
장권독재와 흉계를 던져버리고
준법자유와 더픙을 본받아서
남북관민이 서로 협조한다면
자손만대 끝없이 번성하리

## 先農壇復元

先農壇大業復元成
美俗傳承聖道明
君主躬耕傾總力
黎民播種盡精誠
炎皇萬代揚名世
后稷千秋振讚聲
官政同心繁盛務
設壇仰慕效忠情

선농 대업을 다시 복원하여
미속을 전승하니 성도를 밝게하네
군주의 친경으로 총력을 기울이고
여민들 파종하여 정성을 다하네
염황의 공덕이 만대에 빛나고
후직의 업적이 천추에 떨치네
관정은 한마음으로 번성에 힘을 쓰고
설단에 앙모하여 충정을 본받으세

## 自動車

自動車兮載送機
古時乘具輦牛騑
重輕新舊貌如秀
大小高低速似飛
諸物運搬經費減
衆人來往刻便肥
煤煙暴價難油續
技術完成電力依

자동차는 운송하는 기구인데
옛날의 승용구는 우마차였다네
경중신구형 막론하고 모양이 아름답고
대소고저를 망라해서 나는듯 빠르구나
모든 물품 운반에 경비가 절감되고
대중의 통행에 시간도 도움되고
매연과 높은 유가 계속이용 어려우니
기술을 완성하여 전기차를 만들기를

## 青春不再來

少年一去未回年
寸刻光陰節用先
春若勤耕秋滿庫
幼而怠學老虛筵
善行棄慾心常富
德布施恩意似仙
在氣誠傾無悔盡
長生不死藥非傳

소년시기 한번가면 돌아오지 않을지니
촌각을 아껴씀이 최우선 방법일세
봄철에 근경하면 가을창고 가득하고
어려서 태학하면 늙어서 공허하네
욕심버려 선행하면 마음항상 부자롭고
은혜로운 덕을 펴면 그 뜻은 신선같네
힘있을때 정성다해 후회없이 일다하세
장생불사 하는 약은 전해오지 않았다네

可樂研詩可樂來
支援作協陋筵開
吾邦大德迎師事
斯界高名講學魁
教習相論新句索
唐書解說緩文培
神渾氣弱誠非盡
少不勤工老悔回

가락시회 시배우러 가락동에 모이시니
작가협회 지원으로 누한 자리 마련됐네
오방의 大德인분 스승으로 영입하니
사계에 고명하고 강학엔 으뜸일세
교습과 상론으로 새론 시구 찾으며
당서해설 들었으나 시문 성장 더디구나
정신혼미 기운약해 정성을 못다하니
소시에 공부 못하였음에 늙어서 후회로 돌아오네

可樂詩會吟 (晩齋)

春光瑞氣白巖來
大廈門前電驛開
真墨書香南北散
作家筆勢海東魁
競齋達講詩情吐
老士傾聽感受培
可樂吟朋頻宴樂
騷壇發展必然回

봄의 서기가 백암에 서렸으니
대하문전에 전철역이 개통이요
진묵의 서향이 남북으로 흩어지고
작협의 필세는 해동에 으뜸이네
경제선생이 시정을 명강의하시니
노사경청에 배움이 많노라
가락시붕은 모이면 술자리가 기쁘며
소단의 발전은 필연코 돌아오리

## 謹賀新年吟

迎新瑞日滿邦開
和暢春光不遠回
凌雪蒼松生氣活
綻梅素月暗香培
子孫健實災殃去
父母康寧福壽來
与野官軍相協助
安民富國達成催

새해맞아 아침햇살 나라 가득 비치고
화창한 봄빛도 멀지않아 이르리
능설한 푸르솔 생기가 넘치고
피는 매화 달빛에 암향이 더욱 짓네
자손들 건실하니 재앙은 물러가고
부모님 강녕하니 수와 복이 찾아오네
여야관군이 서로 협조한다면
부국안민은 빠르게 이뤄지리

## 烟寺暮鐘

烟寺暮鐘歸鳥啼
野翁村婦笑還閨
深山鬱鬱蒼松歲
谷水潺潺洑石低
日沒孤僧行步速
燈明佛子讀經題
風清月朗疑仙界
脫俗修身願淨齊

연사에 저녁종 울리니 새들이 울면서 돌아가고
야옹과 아낙네들 웃으며 돌아오네
깊은 산 빽빽한 솔 우뚝 서있고
계곡물 졸졸졸졸 돌사이로 흘러가네
해지니 스님들 발걸음이 빨라지고
등 밝으니 불자들 경전을 읽고 쓰네
맑은 바람 밝은 달 선계인가 의심되고
속세 떠나 수신하며 정제를 원하노라

景福宮庭早日暉
寒風撮影客裳飛
垣牆厚積堅防勢
政殿雄高大抱威
闊葉丹楓霜雪落
秀松柏樹綠靑徽
民權制度尤增進
皇帝專橫更不歸

경복궁 정원엔 일찍부터 햇빛이 밝더니
찬바람속 촬영객들 의상이 날리네
담장은 후적하여 방위태세 견고하고
근정전 웅고하여 대궐위엄 갖추었네
활엽포수 단풍잎은 상설에 다 떨어지고
수송백수들은 지샂푸르러 아름답네
민권제도는 더욱 증진되었으니
황제의 전횡은 다시 돌아오지 않으리

燈火可親（晩齋）

節届心身快適時
可親燈火讀書怡
人雖惑妄儒林斥
我欲欽崇孔道持
車胤螢窓磨琢苦
孫康雪案切磋孜
探求聖訓無窮盡
愛日須臾不可遲

절계심신이 쾌적한때라
등화 가친절에 독서하니 기쁘네
어떤 사람은 비록 혹망하여 유림을 배척하여도
나는 흠숭하는 마음으로 공맹지도를 지키리
차윤의 형창에는 쫒고 가는 괴로움이 있었었고
손강의 설안에는 끊고가는 부지런함이 있었었네
성훈을 탐구함에는 끝이 없음에라
잠시라도 시간 아껴 지체 하지 말지어다

九國民身土不二生活化

吾邦產品保存全
播種耘培增殖連
飲食常思耕者德
衣裳每念織人宣
韓生愛護豐饒物
外製排除貯蓄錢
身土不殊皆實踐
健民富國道無邊

우리나라 산품을 온전히 보존하여
심고 가꾸어 증산을 계속하세
식사를 할때는 항상 농민덕택 생각하고
의복을 입을때는 항상 직인 베품 생각하세
국산품 애호하면 물품이 풍요롭고
외제품 배제하면 금전이 저축되네
신토불이 정신을 다함께 실천하면
국민건강 나라부강 끝없이 고루 이뤄지리

燈火可親

已過處署清涼時
勤讀經書意自怡
四野禾稼豐作遂
後園棗栗滿枝持
多看古典君多勉
不學詩文我不孜
騷客相逢歡待裏
一觴一詠返家遲

이미 처서를 지나 서늘한 이때
경서를 근독하니 마음이 저절로 기뻐지네
들에는 곡식들이 풍년이 들었고
뒷동산 밤대추 가지마다 가득 달렸네
그대는 고전을 많이 배워 박식도 하것만
나는 시문도 못배우고 노력조차 않했다네
소객들을 서로 만나 환대하는 가운데
술한잔 시한수로 집에 가기 늦었네

願都農交流促進

萬邦景氣不安辰
我國風情亦困民
農產振興勤勉族
商工發展協同隣
使勞合意人和足
官政傾城世俗淳
相助能消耕者苦
都村交易自然伸

만국의 경기가 불안한 이때
아국실정 어려우니 국민 역시 곤란하네
농수산업 진흥에는 가족 근면 우선이고
상공업 발전에는 이웃협동 기본일세
노사가 뜻맞으니 단란하기 그지없고
관정이 경성하니 세속이 순후하며
농자의 고통알고 서로 도와 해소하면
도시농촌 교류촉진 자연히 이뤄지네

作協送年會有感

作家協會送年筵
全國同參意合專
故友滿堂興趣滿
貴賓上坐祝辭賢
晚餐勸酒吟歌樂
賞品抽籤悅好連
書畫發揚尤闊盛
美風良俗萬千傳

작가협회의 송년회 행사자리
전국에서 동참하여 한맘한뜻 이루었네
회원들 자리 가득 흥취가 가득하고
귀빈들 상좌에서 축하말씀 현철하네
만찬에 권주로 노래소리 즐겁고
상품추첨에 기쁨과 호기심 연속일세
서화의 발전이 더욱 넓게 번성하고
미풍과 양속이 오래도록 전해지네

## 吾鄉忠州湖

湖態沉深天與滄
岸邊楓樹繡花芳
行船左右如山走
波白空中似霧颻
玉筍嶋潭朝夕爽
丹陽八景古今壯
清風明月本無主
寒水堤川我舊鄉

호수모양 깊고 넓어 하늘 함께 푸르르고
호수가 단풍모양 수화처럼 아름답네
배가 빨리 지나가니 좌우산이 달리는듯
배 뒤편엔 흰물보라 운무처럼 날리네
옥순봉 도담봉은 아침 저녁 상쾌하고
단양팔경은 예나 지금이나 장엄하네
청풍과 명월은 본래 주인 없는데
제천과 한수는 나의 옛고향일세

## 人情

人間本性有仁情
古代民心淳厚正
飢餓患難貧慾盈
現今社會放從橫
貧窮富貴哀歡起
物資文明隨變驚
美俗良風承継裏
施恩布德禮儀成

사람의 본성은 인과 정이 있는데
고대의 민심은 순후하고 정직했네
굶주림과 환난으로 탐욕이 가득해졌네
요즈음의 사회는 방종으로 빚겨졌네
가난하고 부귀로 애와 환이 이러나고
물질과 문명따라 변해짐에 놀라겠네
미풍과 양속을 계승하는 속에
시은과 포덕으로 예의를 이뤄가세

懷憶六二五動亂

同族相爭起幾年
三秋續戰痛悲連
犧牲地魄哀憎積
驟散離民尋屬牽
武力野心真斥棄
平和統一達成堅
飢寒餓死救先急
天道無親善者偏

동족간 서로 싸움 몇해가 되었는가
계속된 삼년전쟁 비통의 연속이었네
희생된 지옥 혼백 애증이 쌓여있고
갑자기 흩어진 이민 서로 찾기 헤매었네
무력남침 야욕을 진심으로 버려야지
평화통일이 이루어지련만
기한과 아사에서 구제함이 급선무요
천도는 사심없이 착한 사람 편이라네

讚王右軍筆

右軍東晉將
本性不染塵
傳世蘭亭序
墨場最貴賓
雙句初月貼
十七草文真
各體皆精熟
萬年筆聖人

왕희지는 동진의 우군 장군으로
본성품이 맑고 참신하였다네
세상에 전해오는 난정서첩은
묵향에 가장 귀한 손님이지요
쌍구 초월첩 명문 진필이고
십칠서간첩은 초서의 진수요
각서체가 모두 정숙하니
왕우군은 만년의 필성일세

## 憶秦始皇帝

中原統一卓秦皇
六國完平幾箇霜
萬里長城匈狄逐
坑儒燒冊酷民傷
生前武力享千歲
死後陶軍護衛場
墳墓榴山如峻嶺
當時威勢可知惺

지시황은 중원을 통일한 탁월한 황제일세
전국을 완전 평정 몇년이 걸렸든가
만리장성 축조하여 흉노족을 몰아냈고
분서갱유 폭정으로 구민을 상하게 했네
생전에는 무력으로 천세를 누렸고
사후에는 도군으로 호위장을 만들었네
분묘는 유산으로 준령 같았으니
당시의 위세 두려움을 가히 짐작하겠네

## 頤和園有感

北京西北在頤園
攝政三皇太后尊
萬壽山成憎憤怒
昆明湖作淚民冤
軍財變用宮增築
淫慾濫權衰弱原
神腐眼昏亡國恨
百年後世客遊繁

북경서북쪽에 있는 웅장한 이화원
삼황을 섭정하던 서태후의 높은 위상
만수산 만드는데 원성분노 쌓였고
곤명호수 만드는데 원한 눈물 고여 있네
해군예산 변용하여 궁을 증축하였고
음욕과 람권으로 구력쇠약 원인됐네
정신 썩고 안목없어 망국한을 부르더니
백년 지난 요즈음에 관광객이 번성하네

吟張家界

張袁家界大名坊
怪樹妖花風播香
十里畫廊巖絕壁
寶峯湖水欲仙場
黃龍洞窟神奇聳
天子山中御筆相
屏立將軍雄氣肅
迷魂臺景失魂惶

장가계 원가계는 이름 높은 명승지요
기괴한 꽃과 나무 향기 더욱 그윽하네
십리화랑은 바위절벽 빼어나고
보봉호수는 옛선녀들의 욕장같네
황룡동굴은 신이 빚은 구전같고
천자산중에는 황제 쓰던 어필있네
병풍처럼 둘러선 장수상의 웅장함과
미혼대 경치보다 넋잃을가 두렵네

雪嶽真景吟

雪嶽山山姿秀
登臨已夕陽
春風花色艷
秋氣葉楓光
夏至清流瀑
冬來聲石裝
世人稱錦繡
華木草幽香

설악산의 그 자태는 참으로 수려하여
올라와 보니 해는 이미 석양이로세
추풍에 만발한 꽃 예쁘기도 하고
가을엔 단풍잎 곱게도 빛나네
여름되니 계곡청류 폭포소리 시원하고
겨울에는 기암괴석 우뚝우뚝 솟아있네
세인들은 이를 보고 금수강산이라 하니
초목과 꽃향기 더욱 그윽하여라

後公稟性卓凡人
百事傾誠愼重眞
監察銀財精密篤
委任算吏遠思新
臨機對處寬心秀
見義能行善志淳
積德清廉慈恕隱
常從禮道似和春

후추공의 품성이 범인보다 탁월하여
백사에 경성하여 참으로 신중했네
구가은재 감독함에 정밀함이 도타웁고
산리에 맡긴 재물처리 원사함이 새로웠네
기회임해 대처함이 너그러움 빼어났고
의를보고 능행함은 착한의지 수박했네
적덕하고 청렴하며 자서함은 숨겼으니
항상예도를 따르니 언제나 화춘일세

## 新羅將帥居柒夫生涯吟

新羅勇將居柒夫
奈勿王孫智慧敷
削髮爲僧依佛道
麗邦越講醉禪謨
黃宗領卒侵攻域
惠亮牽徒待返途
暫緣師恩蒙厚德
寬仁慶福自然俱

신라시대의 용장인 거칠부는
내물왕의 후손으로 지혜를 펼쳤네
머리깎고 중이되어 불도를 배우고저
고구려로 월경천강 불법에 심취했네
거칠부가 영솔하여 침공하는 지역에
혜량법사 문도 끌고 미리와서 기다렸네
잠시인연 스승으로 후덕을 입으니
너그럽고 인자하면 경복이 자연히 함께한다네

## 願經濟隆興促進

近來世界競爭驚  
　　근래에 세계각국 경쟁에 놀랐고  
先進諸邦躍動成  
　　선진제방들이 약동을 이루고있네  
教育英材常盡力  
　　영재들 위한 교육에 항상 힘을 다하고  
研磨技術每彌誠  
　　기술을 연마코저 매번 정성을 다하네  
文明發展民生樂  
　　문명의 발전은 민생을 즐겁게 하고  
經濟隆興國勢榮  
　　경제의 융흥으론 국가형세 번영되네  
男女都村和合裏  
　　도촌의 남녀들이 화합을 하는 속에  
大同勉勵富強迎  
　　대동면려하여 부강을 맞이 하세

## 論語讀後感懷

昔今論語貴書觀  
　　여나 지금이나 논어는 볼수록 귀한 책이고  
斯世西文異俗難  
　　요즈음 세상 서양문화 풍속달라 어렵구나  
孝悌傾城仁禮本  
　　효제에 경성함은 인과 예의 근본되고  
忠君盡命義行殫  
　　충군에 진명함은 의 행을 다함일세  
宋賢釋註千秋秀  
　　송현주자 경서주석 천추에 빼어나고  
魯聖遺經萬古冠  
　　노성공자 경서 남겨 만고에 으뜸일세  
問答佳言眞實句  
　　문답 가언은 참보배로운 문구로  
黃昏復習自心歡  
　　황혼기에 복습해도 자연마음이 기뻐지네

大學之道

大學工夫知性開
대학의 공부는 지성을 열어주고

修身踐禮氣清來
수신하고 천례하면 맑은 기운 일어나네

齋家睦族敦和得
제가하고 목족하면 돈화가 얻어지고

治國公平聖德回
치국이 공평하면 성덕이 회복되네

格物致知能覺起
격물에 치지하면 능히 깨달음 일어나고

正心誠意必歡培
정심으로 성의하면 필히 기쁨 북돋아지네

義先利後良風本
선의하고 후익함은 양풍의 근본이니

孝悌忠情善道哉
효제와 충정은 선도가 아니겠는가

勤學中庸

中庸學後得箴心
중용을 배운뒤에 잠심을 얻었으니

讀者精看意味深
독자들은 정간하면 의미가 심장하네

君子從仁應易覺
군자는 인을 쫓으니 응당 깨닫기 쉽고

愚夫擇利必難尋
우부는 이익을 택하니 반드시 찾기 어렵네

肫肫養志高山至
정성다해 뜻기르니 높은 산에 오른 것 같고

浩浩追思廣海臨
광대하게 추사하니 넓은 바다에 임한것같네

布德成和真聖道
포덕과 성화는 참다운 성인의 도요

謹身守義盡誠吟
근신하고 수의하며 정성다해 읊어 보세

諸厄解消

壬寅諸厄解消清
疫疾完封慶福生
政府遮源常對策
官民徹底豫防征
大邦製藥先投療
小國求賙後援誠
掩口謹身災不入
康寧長壽必通亨

임인년엔 모든 재액 깨끗이 해소되고
역질완전 봉쇄하면 경복이 생기리라
정부는 원인차단에 항상 대책 세우고
관민은 철저하게 예방을 취해야하네
큰나라는 약 만들어 먼저 투약 치료하고
작은 나라 구원으로 정성다해 후원하네
입가리고 근신하면 재앙이 불입하고
강녕하고 장수 누림 반드시 형통하리라

忠孝倫道精神仰揚

複雜多難混亂時
清廉信義必存知
忠誠保國隆興礎
孝悌修身睦族基
布德家庭和氣至
施仁社會禮儀隨
倫綱實踐共生本
聖教專心效道期

복잡하고 다난하며 혼란한 이때에
신의와 청렴함이 필조해야 함을 알것이다
충성으로 보국하면 구가융흥 초석되고
효제하고 수신함은 겨례화목 기초되네
덕을 펴는 가정에는 평화 기운 일어나고
인베푸는 사회에는 예의가 따르다네
삼강오륜는 사회의 실천은 함께 사는 근본이니
성교를 전심하여 성인의 도를 본받으세

## 兄弟訟事官長善決吟

人間萬事數多栽
孫決賢明卓是材
男弟隨原均配願
女兄實證獨持枚
親遺産物希兒壯
當作文書避衆猜
昔文憂心如此至
百規處理必公回

인간의 만사에는 수많은 재판이 있는데
손변의 현명한 판결은 탁세의 현재일세
남동생은 원칙따라 균배를 원했고
누이는 문서를 증빙하여 혼자 갖길 설명했네
부모는 유산을 아이가 장성해 갖기를 바랐고
당시 만든 문서는 대중의 시기 피함일세
옛날 부친의 근심은 여기에 이르렀으니
백규의 처리는 반드시 공정으로 돌아오네

## 産兒優先政策

人口何由減每年
産兒政策最先連
學童教費充當苦
男女婚期就業全
社會殫誠持援固
國家盡力保完賢
未來主役新生命
繁盛檀孫萬歲傳

인구가 어찌하여 해마다 감소하는지
산아정책이 가장 먼저 이어져야 하네
학생들의 교육비를 충당함이 고통되고
남녀의 결혼기에 취업이 온전해야 하네
사회에선 정성다해 지원계획 확고하고
국가에선 힘을 다해 보완대책 현명해야
미래의 주역은 새로 태어나는 생명이니
우리 단손 번성하여 만세토록 전해가세

天惠勝地觀光珍島
沃州勝地絶煤煙
秀麗山河似界仙
東見雙橋途未末
西望衆嶼海無邊
農夫收穀成盈庫
漁夫求魚得滿船
索道觀光充足樂
燦然落照感歎連

진도는 명승지로서 매연이 없는 곳으로
수려한 산하가 신선의 세계와 같구나
동쪽을 바라보니 쌍교의 길은 끝이 없고
서망하니 작은 섬들로 바다갓이 없구나
농부들은 수곡하여 창고가 가득하고
어부들은 구어를 배에 가득 얻었고
케이블카는 관광객에 즐거움을 충족하고
찬연한 낙조는 만인의 감탄이 이어지네

麗代金黃元公不運
金公博識海東元
時運非隨不盛繁
下官信實正心敦
德崇協友終迎擢
行善從徒豈有煩
每事仁情無後患
學文得道必知源

김황원은 박식함이 해동에 으뜸이나
때와 운이 따르지 않아 번성하지 못하였네
상관이 증오와 시기로 의심함이 극심했고
하관은 신실하여 바른 마음 돈독했네
덕 높으면 협우있어 마침내 발탁되고
행선하면 종도가 있어 어찌 번뇌가 있으리
매사를 인정으로 하면 후환이 없으며
학문에 득도하면 모든 근원 알아지네

人清世自清

天無變動日星平
地不私心萬物精
尊聖留清修道重
庶人取濁守倫輕
玄翁信義公明踐
盧士仁慈正直亨
好易文康超越世
貫乘識意草庵呈

하늘이 변동이 없어 해와 별이 평탄하고
땅은 사심이 없어 만물이 정결하네
존성은 맑은데 머물어 수도를 중시하고
서인은 탁함도 취하며 륜강지킴 가볍게 하네
현덕수옹은 신의와 공명을 실천하고
노극청옹은 인자하고 정직으로 형통했네
문강공은 주역을 좋아하여 세상을 초월했고
관성옹은 뜻을 알고 초암을 바쳤다네

次克己復禮

世間私利競爭時
克己齊家最適宜
志在閑邪題聖教
身存守正習名詩
倫綱盡力仁行本
忠義殫誠道立基
實踐斯文成復禮
和平社會熟難辭

세간에는 사리위해 경쟁 심한 이때에
극기로 제가함이 가장 마땅하도다
뜻은 간사함을 막고 성인의 교서를 씀에 있고
몸은 정을 지키며 명시를 의혀야 하네
륜강에 진력함은 仁을 행하는 근본이요
충의에 탄성함은 道立의 기초가 되네
사문을 심천하여 복례를 이룬다면
화평한 사회됨이 누가 어렵다 말하리

湯之盤銘

每省盤銘刻骨明

日新善政聖王成

仁心發現安民性

義氣隆興盛國情

布德崇高凌太岳

樹功燦爛勝璇瓊

恒施正道遵天理

靈帝賢臣萬歲榮

반면을 매번 살펴 뼈에 새겨 밝혔으니

선정이 날로 새로워서 성왕이 되었네

어진 마음 발현되니 백성 성정 편안하고

의기가 융흥하니 국가 정세 번성했네

덕을 폄이 숭고하여 태산을 능가하고

공세움이 찬란하니 구슬보다 더 빛났네

항상 베푸는 바른 도는 하늘 이치 쫓았으니

신령 임금 어진 신하 만세토록 번영했네

---

已過中元疫不減

已過處署與中元

白露歸來熱氣奔

雨順風調農害小

登豐五穀保存煩

中元舊代休遊樂

秋近今時續疾論

現世增瘟心甚苦

何期完治洗傷痕

이미 처서와 백중이 지나가고

백로가 돌아오니 열기가 달아나네

우순하고 풍조하니 농사에 피해 적어

오곡이 풍년들어 보존관리 분주하네

예전에 백중에는 쉬면서 즐겼는데

가을이 가까운 지금에는 질병여론만 이어지네

요즘 세상 온질 더해 마음심리 고통되니

어느때나 완치되어 상흔이 씻어질까?

世宗大王溫陽行宮幸行

溫泉湧出幾千年

藥效分明證驗連

患者諸人頻療養

住民群衆每尋憐

世宗盡力行宮築

家族專心浴病痊

如此良湯全國播

牙山名所永繁然

온천수가 용출된지 몇천년이 되었는가

약효는 분명히 증험이 이어졌네

모든 환자들이 자주와서 요양하고

주민 군중들은 언제나 즐겨찾네

세종임금께선 진력하여 요양 행궁 지으셨고

가족들은 전심하여 목욕으로 병 고쳤네

이와 같이 좋은 탕이 전국으로 명 고쳤네

아산의 명소로서 길이 번영하리라

---

勿稽子信忠兩忠臣吟

勿稽子垂功最元

無能君主豈施恩

雖然不怨忠臣道

惟謂思親孝悌論

即位成王碁約忘

樹勳上大貼歌飜

始知賜爵揚其德

兩事朝廷義理敦

물계자의 공세움이 가장 으뜸인데

무능한 군주가 어찌 은혜 베푸리오

비록 그러나 원망 않으니 충신의 도리요

오직 선친욕 생각함은 효제의 논리일세

성왕은 즉위하여 바둑 둘 때 약속 잊었었고

신충은 수훈을 노래지어 불여 번복했네

비로서 알고 벼슬 내려 그 덕을 유지했고

양대 조정 섬겼으니 의리가 돈독했네

國力伸張發展然
金烏體典成功裏
觀民應援總和筵
選手互爭殫氣慮
競技經營對策全
諸般設備完工畢
豫防疫疾最優先
大會開催候爽天

상쾌한 계절에 대회를 개최하니
역질의 예방이 가장 우선일세
제반설비 공사 완전히 마치었고
경기의 경영에 대책이 온전하네
선수들의 서로 다툼 기력을 다하는 이곳
관주들의 응원은 총화의 자리일세
금오의 전국 체전 성공을 이루는속에
구력의 신장과 발전이 이루되네

## 忠孝

信義良心在守期
殫忠盡孝諸人效
嘉君代役定婚怡
薛女防秋非子患
歆運貞儀尚作悲
太宗過慾猶招亂
羅高百濟互爭斯
昔歲吾韓鼎立時

예전에 우리 한국이 삼분되어 정립할 때
신라, 고구려,백제가 서로 다툼이 이것이다
신라태종 과욕으로 오히려 난을 불렀고
흠운은 정의로서 오히려 슬픔믈을 지었네
설녀는 방추 당시 아들 아님 근심했고
가실군은 대역으로 정혼함을 기뻐했네
탄충과 진효는 제인이 본받아야 하고
신의와 양심은 기약을 지키는데 있다네

讚自由大韓民國

錦繡江山我大韓
五千歷史白衣丹
東方禮義傳承族
世界文明隊列團
民主經營成發展
自由守護得平安
檀君後裔堅和合
萬代隆興最善殫

금수강산의 우리 대한민국
오천년 역사의 백의 단심 갖고 있네
동방의 예의를 전승한 민족으로
세계문명의 대열에 모여있네
민주적 경영으로 발전을 이룩하고
자유를 수호하여 편안을 얻었다네
단군의 후손들은 더욱 굳게 단합하여
만대 융흥에 최선을 다하세

白頭山登頂感懷

白頭峻嶺本吾疆
檀祖遺墟錦繡坊
登頂靈峯嚴肅氣
天池聖水鏡清光
龍姿大幹能邦脊
狖豆深江守國綱
此始南承韓半島
殫誠盡力保存望

백두산 주령은 본래 우리 강토이니
단군께서 물려주신 아름다운 강산일세
정상에 올라오니 영봉 기세 엄숙하고
천지연의 성수는 빛이 거울처럼 맑네
용자의 백두대간 능히 국토의 척추요
압록 두만 깊은 강은 나라지키는 베리일세
이를 비롯 남쪽으로 한반도가 이어지니
탄성하고 진력하여 보존을 바라노라

百結先生碓樂感懷吟

世間善好萬人同
教育交朋變化洪
君子施仁忠孝樂
賢師布德禮儀崇
賤貧欲脫難全免
富貴常求不可充
百結杵聲隨聖道
精心棄慾守分中

세간에서 선호함은 만인이 동일한데
교육과 친구 사귐에 변화가 넓어지네
군자는 인 베풂과 충효를 즐거워하고
현사는 덕을 폄과 예의를 숭상하네
빈천은 벗어나려하나 완전히 면하기 어렵고
부귀는 항상 구하려하나 충족할 수가 없네
백결선생의 방아소리는 성도를 따르는것일세
정성으로 기욕하며 분수를 지키는것일세

師傅之道吟

正導而文可謂師
倫綱積德是威儀
啓蒙峻道門徒會
不信無誠故友離
陳善閉邪斯即義
孝忠敦睦此真彝
崇仁踐禮溫情教
培養賢材傅訓怡

글로서 바른 인도 가이 스승이라 이르고
륜강하고 적덕하니 이것이 위의일세
계몽하고 준도하니 문도가 모여들고
불신하고 무성하면 고우들도 떠나가네
진선하고 폐사하면 이것이 곧 의리요
효충하고 돈목하면 이것이 참 떳떳함일세
숭인하고 천예함을 온정으로 가르쳐서
현재를 배양함이 부훈의 기쁨일세

父母恩重吟

開天立國盛昌民
萬物俱存最貴人
母鞠恩情深若海
父生保德浩如旻
穿冰得鯉殫誠孝
雪裏求笋盡奉親
聖教經書勤學習
專心道義踐仁辰

개천하여 입국한 이후 민생이 번창했고
만물이 구조함에 사람이 가장 존귀하고
어머니 기르신 은정 바다같이 깊고
부생하고 보덕한공 하늘같이 넓으셨네
얼음 뚫고 잉어 구함 정성다한 효도요
눈속에서 죽순구함 부모부양 다함일세
성교하신 경서를 부지런히 학습하여
도의와 천이을 진심으로 실천할때로다

儒學

儒學之文萬世宗
禮儀道德網羅鐘
成仁取義經書效
善政慈民五帝從
真效殫誠家盛路
盡忠竭力國興峯
賢師聖教能行裏
天下相生顯達容

유가의 학문은 만세의 주종이며
예의와 도덕이 망라해서 모여있네
성인하고 취의함은 경서를 본받고
선정과 자민함은 오제를 따라야하네
진효단성은 가문이 번성하는 길이요
진충갈력은 국세가 산봉우리처럼 일어나네
현사와 성교를 능히 행하는 속에
천하가 상생하고 현달하는 모습일세

吟讚雞

自古雞君五德傳
村家飼育互恩連
壯鶡每察其雛後
幼健常從厥母前
當餌呼朋千古義
司晨正覺萬秋賢
卵軀出産皆提供
奉仕精神實踐全

예부터 닭들은 오덕자로 전하는데
촌가에서 사육하여 서로 은혜 이어가네
큰닭은 항상 새끼뒤를 살피고
병아리는 항상 어미앞에 쫓아가네
먹이보면 친구부르니 천고의 의리요
새벽알림 정확하니 만추의 현사일세
알몸을 출산하여 모두 주인에게 바치니
봉사정신의 실천이 온전하여라

詠雁

秋中棄北索溫焉
春早離南向朔連
每歲臨期祥福至
今年作別疾憂遷
時回不失愚徒覺
序列遵行學士虔
僻地生存持白羽
人心數變效其全

가을중에 북버리고 따뜻한곳 찾아오고
이른봄에 남쪽떠나 북을 향해 이어가네
해마다 올때에는 상서로운 복을 가져오고
금년에 작별할땐 질병온심 가져가리
때가 옴을 잃지 않음은 우도들을 깨우쳐주고
서열을 준행함은 학사들이 공경하네
벽지에서 생존하며 흰깃털을 유지하니
수시변한 우리인심 그 온전을 본받아야

花爛春盛欲賞光

日暖風和最好時
百花滿發盛春知
簾間黑燕雙安着
柳上黃鶯友索移
騷客探光吟玉句
農夫播種勸醪卮
如斯絕景疎觀衆
疫疾繁昌快癒遲

일난하고 풍화환 가장 좋은 이때에
백화가 만발하니 성춘임을 알겠네
추녀사이 검은 제비 쌍을 이뤄 안착하고
버들위에 꾀꼬리 친구 찾아 옮겨가네
소객들 탐광하다 옥구를 읊조리며
농부들 파종하고 막걸리잔을 권하며
이와 같은 절경에 관중별로 없으니
역질은 번창하는데 쾌유가 더디구나

吟燕

陽春三月燕還時
葉發花開豈到遲
舊作居巢空待主
新求虜所莫尋綏
安生熱愛殫誠巧
産卵孵雛餌育奇
壯後無情飛各散
諸人父母覺思期

따뜻한 봄 삼월에는 제비가 올 시기인데
꽃이 피고 잎도 피는데 너는 어찌 늦는가
네가 살던 옛집은 주인을 기다리니
새로 편히 살곳을 다시 찾지 말게나
안생하여 열애함에 정성다함 고묘하고
알을 낳아 새끼쳐서 먹여기름 기이하고
자란후엔 무정하게 각자 따로 날아가니
모든 사람 부모 은혜 각성할 시기로세

詠黃鶯

日暖黃鶯吐巧聲
일난하니 황앵이 교묘한소리 토해내니

千山衆鳥自俱鳴
천산에 중조들도 자연함께 울어대네

花衰姣態耕夫惑
봄꽃지니 너의 교태 농부들을 유혹하고

柳織良梭賞客驚
버들속에 북질하니 상객들이 놀라네

幽幕金衣光彩燦
유막속에 금의 모습 광채가 찬란하고

藪巢妙卵貴雛生
숲속집에 묘한 알로 귀한 새끼 태어나네

桑田甚熟招親友
상전에 오디 익으면 친구들을 부르나니

葉茂楊林玩汝征
잎 무성한 버들숲에 너를 보러 가누나

讀野鼠求婚有感

人間禍福自招緣
사람들도 화와 복을 자초하여 인연하는데

野鼠求婚敢願天
야서가 구혼함에 감히 하늘에 청원했네

再次虛望尋日請
재차 헛된 야망으로 해를 찾아 청해보고

三連發勇又雲傳
세번째 용기 발해 또 구름에 전하였네

石風拒絕纔心整
돌과 바람도 거절하자 겨우 마음 정리하니

萬物如斯濫慾宣
만물이 이와 같이 지나친 욕심 베풀었네

每事公明行正道
매사를 공정하게 정도를 행하려면

經書錄在學而篇
경서 학이편에 기록되어 있다네

鶴

鶴之品性衆禽殊
高潔仙姿譽讚俱
佇立溪中君子秀
飛翔昊上世人愉
盜泉不飲無憑事
腐鼠非看有信模
舞戲松間千歲壽
諸賢爾見掛形圖

학의 품성은 중조들과 다르니
고결한 신선 자태 모든 사람 예찬하네
시내중에 섯는 모양 군자처럼 빼어나고
하늘위에 비상하면 세인이 즐겨하네
도천수를 먹지 않음을 증빙할수 없는는 일이고
주은 쥐를 보지 않음음 근거있는 모범일세
송간에서 무희하며 천세를 누리니
제현들이 너를 보고자 형상 그려 걸어놓네

狗

愛玩雖多狗最良
聰明敏捷主從方
昔年守宅名獒選
金歲妖微妙犬望
舊世寒賓階下畜
近來上典侍中剛
何人尚獸奴婢變
萬物靈豪覺恥當

애완동물이 수다하나 개들이 가장 양호하니
총명하고 민첩하여 주인을 잘 따르네
예전에는 집 지킴이 큰개를 선택했고
요즘에는 작고 예쁜 묘한 개를 선망하네
구세에는 한대하며 뜰아래서 길렀고
근래에는 상전처럼 군세게 모시네
어찌 사람이 짐승의 노비로 변했는가?
만물의 영호로서 부끄러움을 깨달아야지

吟風

氣流變動自生風
萬物斯因擾亂風
春節溫和通順風
夏期暴暑到颱風
秋迎結實爽涼風
冬至冰寒酷雪風
四季隨吹利害風
人間老少懼心風

바람은 기류변동으로 스스로 발생하고
만물은 이 바람으로 인해 어지럽게 흔들리네
봄철은 온화하여 수풍을 맞이하고
여름에는 폭서로 태풍이 불어오네
가을에는 결실기라 서늘한 바람 상쾌하고
겨울에는 빙한이라 눈바람이 혹심하네
계절따라 부는 바람 이해와 해가 따르지만
인간 노소 막론하고 마음에 바람이 두렵네

牛

牧牛畜獸最元明
牁黑黃稌各種生
協助耕田牽來力
運搬載輪引車誠用
骨皮製品多方用
腸肉強身祭讌呈
活動俱人終體獻
恩功皆讚不休鳴

소들은 기르는 짐승중 가장 으뜸 분명하고
붉고 검고 황색 갈색 각종이 살고있네
농사짓고 거둠에 힘을 다해 협조하고
물건을 운반함에 정성다해 수레끄네
뼈와 가죽 제품으로 다방면에 사용하고
내장과 고기는 보신과 제사 잔치에 올리고
사람과 함께 활동하다 마침내 몸까지 바치니
은공에 칭찬함이 끊임없이 울려퍼지리라

歡疫疾中送舊迎新

送舊迎新大望辰
不招疫疾斷人倫
先塋廟祭非參席
父母親知未觀身
經濟沈潛當苦痛
工商物滯甚艱辛
災難擊退民生救
善俗良風更復伸

송구하고 영신하는 대망의 때를 맞아
불초의 역질로 인륜이 끊어지네
선영의 묘제에 참석도 못하고
부모님과 친지들을 뵈옵지도 못했다네
경제가 침침하니 많은 고통 당하고
공상품이 적체되니 피로움이 극심하네
재난을 격퇴하고 민생을 구원하면
양풍과 선속이 회복 신장되리라

辛丑掃災迎福

去年疫疾甚疲辰
今歲全消慶福新
傳染遮源皆掩口
豫防對策距離身
先邦製藥施投急
後國求贈願註均
盡力救民災害復
所望發展大榮伸

지난해 역질로 피로했던 때인데
금년에는 전소하고 경복이 새로우리라
전염 근원 차단코자 모두 입을 가리고
예방의 대책으로 몸을 거리두게 하네
선진국은 약 만들어 투약하기 급하고
후진국은 구원 받아 주사 맞기 원하네
진력하여 구민하고 재해를 회복하면
소망대로 발전하여 큰 영화가 펼쳐지리라

讚吾鄕忠清道

自古清風明月坊
丹陽八景昔今莊
槐華九曲川流潔
陰鎮平原五穀香
水堡溫泉譽贊卓
報恩法寺大名彰
人心厚德慈虜彰
碩學彬彬禮義鄕

여부터 천파명월이라 칭송한 이 고장
단양의 팔경은 예나 지금이나 장엄하네
괴산의 화양구곡 계곡천류 깨끗하고
음성진천 평야에는 오곡이 향기롭네
수안보의 온천은 예찬이 탁월하고
보은의 법주사는 명성이 자자하네
인심이 후덕하고 인자한 이곳은
석학들이 빈빈한 예의의 고장일세

楚昭王招聘孔子與門徒行

路陳蔡之間逢厄吟
楚王夫子禮招明
行與門徒敍謝情
陳蔡密謀通路距
絕糧飢病進路難生
求粮協力饑窮免
造食傾心改作呈
文友殫誠如此篤
古今美德後人程

초소왕이 공부자를 예의 초빙 밝히니
출행에 문도 함께 사례의 정 펼치네
진과채가 밀모하여 통행로를 막으니
절량되어 기병으로 진로난이 발생했네
구량에 협력하여 기구을 면했고
조식에 경심하여 밥을 다시 지어 드렸네
문우의 탄성이 이와 같이 돈독하니
고금의 미덕은 뒷사람의 길잡이일세

雪

雨雪零零自古豐
嚴冬降積苦難同
農場幕舍崩頹起
車輛埋途倒不通
銀景均施靈鬼藝
玉花滿發妙天工
老婆室內忘寒凍
騷客吟觴勝冷風

우설이 분분하면 예부터 풍년들고
엄동에 내려 쌓이면 다같이 고난을 겪네
농장에 막사들은 무너짐이 일어나고
차량들은 길이 덮혀 넘어질까 불통되네
은빛 경치 고루 이룸 신령한 귀신의 재주이고
옥화가 만발함은 기묘한 천공일세
노파들은 실내에서 한동을 잊고 살며
소객은 음상하며 냉풍을 이겨내네

霜

露結為霜暮九秋
萬山草木備時流
丹楓盡落輕裝飾
黃菊皆衰隱馥休
事了牛羣牢舍臥
北來雁陣水邊遊
農家收穫豐饒享
騷客吟觴忘世愁

이슬맺혀 서리되니 구추가 저물었고
만산의 초목들은 시대흐름 준비하네
붉은 단풍 떨어지니 가볍게 차려졌고
황국화 시들으니 향기 마저 멀추었네
일을 마친 소들은 우리에서 누워있고
북에서 온 기러기떼 물가에서 놀고있네
농가에선 수확하니 풍요로움 누리고
소객들은 음상하며 세상 근심 잊고 있네

燕丹猛將薦荊卿
報怨非完不到生
勇氣衝天雲霧起
忠心動地女男驚
蕭蕭飲餞悲風作
淡淡離情歎響成
奇策虛功秦帝免
惜哉體失但餘名

연나라 태자단에 맹장형경 천거하니
원한 갚음 못이루면 살아오지 않으리라
용맹기세 충천하니 운무가 일어나고
충성심이 지동하니 남녀가 다 놀라네
쓸쓸한 전별연에 슬픈 바람 지어지고
담담한 이별의 정 탄향이 일어나네
기책이 어긋나서 진제 살해 면케되니
애석하다 몸은 잃고 이름만이 남아있네

萬物安生各有堂
人間地上最靈長
倫常實踐增仁義
經學研磨達玉章
智慧聰明能活力
施恩布德得名光
虎溪越笑和情現
教理相通敢不忘

만물이 안생위해 각자가 집이 있고
인간은 지상에서 최귀한 영장일세
륜상을 실천하면 인과 의가 즈가하고
경학을 연마하면 옥장이 달통하네
지혜가 총명하면 활력이 능해지고
시은하고 포덕하면 명광을 얻어지리
호계지나 웃음소리 화정을 나타내고
교리가 상통함을 감히 잊지 않으리라

正其誼不謀其利

松坡老士志清真
晩學書經感慨新
堯舜仁心安濟世
禹文義氣樂居民
昔時正誼諸人守
今歳私情到虜淪
大衆共生施善德
修身寡慾愛和伸

송파의 노선비들 뜻이 모두 청진하여
늦게 서경을 배우니 감개가 새롭네
요순황제 어진 마음 제세를 편케했고
우왕문왕 의거로서 백성을 즐겁게 했네
예전에는 바른 마음 모든 사람 지켜왔고
금세에는 사욕에 도처에서 빠져있네
대중의 공생에는 선덕베픔 으뜸이니
수신하고 과욕하면 애화가 펼처지리

咏錢

循環世界總歡迎
家國興亡勢不輕
去復歸來來復去
生能可死死能生
愚夫善用終增力
貴士狂貪亦毁名
富失憂之貧得願
因錢苦樂不休成

세계를 두루 도니 모두가 환영하고
집안나라 흥망케하니 그 세력 가볍지 않네
갔다가 다시 오고 왔다가 또 다시 가며
산사람 죽게도 하고 죽을 때 살리기도 하네
우부라도 선용하면 마침내 힘이 더하고
귀한 자도 광탐하면 명예가 회손되네
부자는 잃을까 근심하고 빈자는 얻기를 원하니
돈으로 인해서 고락이 쉼없이 이어지네

履

諸人便履足傷防
行具衣冠着履裝
昔歲平民秡扉嗜裝
當時貴族錦鞋芳
乾期短靫常存士
雨際長靴愛用郎
現世新機良品產
女男不問限無藏

모든 사람 편한 신으로 발의 상함을 막고
행차할땐 의관과 신을 함께 장식하네
예전에 평민들은 집신을 즐겨 신고
당시에 귀족들은 금화를 좋아했네
건기에는 선비들이 단화를 상용했고
비올때는 남자들이 장화를 애용하네
현세는 신기계로 좋은 제품 생산하여
남녀를 불문하고 한량없이 소장하네

吟冠

禽獸頭生爵角看
人能裝飾秀優冠
冬期厚造防寒適
夏季輕編遮熱完
昔歲茲形彰賤貴
今時此物共民官
吾韓變俗自由着
外貌奢華求便安

금수의 머리에는 벼슬과 뿔이 보이고
사람들은 능히 수려한 관으로 장식하네
겨울에는 후조하여 방한에 적합하고
여름에는 경편하여 차열에 완전하네
예전에는 이것으로 귀천을 나타냈고
요즈음엔 이 물품들을 관과 민이 함께 하네
우리 한국 풍속변해 자유롭게 착용하니
외모의 화려한 사치와 편안함을 구하네

慕鄕飮酒禮擧義

飮禮開催志合鄕
蒐兵熱氣漸增長
討倭意欲尤加焰
愛國忠情幾侮霜
皇帝勅書傳密旨
毅翁活躍示明彰
心身苦痛能堪耐
倡義精神永顯揚

음례를 개최하여 뜻을 모은 이 고장
모병의 열기는 점차로 늘어났네
왜적의 토벌의욕 불꽃처럼 더해지고
애국의 충정이 몇해나 모상했나
고종황제 칙서를 밀지로 내렸으니
의암옹의 활약이 반드시 밝게 드러났네
심신의 고통을 능히 감내 하였으니
창의의 높은 정신 길이 현양되리라

願道德性恢復(江陵栗谷祭典)

自古吾韓禮義東
倫常墜地獸禽同
孝親敬老生良俗
忠國齊家起德風
昔歲人心和睦本
今時世態利追中
聖賢法道遵行裏
弘益精神永不窮

예부터 우리 한국 동방예의 지국인데
륜상이 떨어지면 금수와 한가질세
효친과 경노함은 양풍이 생겨나고
충국과 제가함은 덕풍을 일으키네
예전에 인심은 화목을 근본했고
요즈음 세태는 이윤 추구 중심했네
성현의 법도를 준행하는 속에
홍익정신이 길이 불궁하리라

190

## 仙化感懷吟

永生不死若神仙
영생불사 하는 것이 만약 신선이라면

今世俱人闊步宣
금세에 사람 함께 활보가 이뤄지리

昔歲君王尋未得
예전에 구왕들도 찾아도 얻지 못하였고

當時術客詐謀遷
당시에 술객들은 사모로 옮겼다네

商山四老何坊索
상산에 四老들은 어느곳에 가 찾을고

陶子桃源卷裏傳
도연명의 무릉도원 책속에서 전할뿐

樂道忘憂茲別界
락도하고 망우하면 이것이 곧 별 세계인데

但行博愛正心專
다만 행할바는 정심으로 박애에 전념하리라

## 會者定離去者必反

會散心思豈盡言
회산당시 그 심사를 어찌말로 다하리요

此時喜惜慰相樽
이때의 희석을 슬로 상호 위로하네

恩師拜別仁慈溢
은사와 배별할 때 인자함이 넘치고

君子回歸義志尊
군자가 돌아올때 의지가 존경스럽네

父母離鄉憂慮懇
부모님과 고향을 떠날 때 우려지심 간절하고

弟兄對面悅情敦
형제간에 대면할 때 열정이 돈독하네

往來迓送皆天理
왕래와 아송은 모두가 천리인데

民衆哀歡是可翻
민중의 애환이 이로 인해 번복되네

讀書自出世

學問研磨活用元
讀書多習顯榮門
深修技藝家財裕
熟究經傳禮道尊
古聖崇仁常教德
賢師訓義每施恩
無知豈察庭前路
博識登天見海原

학문을 연마하여 활용함이 으뜸이요
독서를 다습하면 현영의 문이 되네
기예를 심수하면 가재가 넉넉하고
경전을 숙구하면 예도가 높아지네
고성께선 숭인하며 항상 덕을 가르쳤고
현사께선 후의하여 매양 은혜 베푸셨네
무지하면 뜰앞길도 살피지 못하고
박식하면 등천하여 해원이 보이는듯

願溫陽行宮復元

牙山勝境是溫陽
王築行宮率數行
三次君臨傷眼健
頻繁衆到疾身康
現今此虜清安市
昔歲坊名湯井鄉
宿願達成新殿建
應當發展永宣揚

아산의 명승지인 이곳 온양은
세종대왕 행궁 건축 군대수항 거느렸네
임금께서 세차례나 안질을 치료했고
대중들이 자주 와서 병든 몸을 치유했네
현금의 이곳은 청안한 도시인데
예전의 지명은 탕정향이라 했다네
새로 행궁 건립하여 수원이 달성되면
당연히 발전되어 길이 선양되리라

老松

長松落落四時春
不屈精神教化陳
針葉青光如淑女
柱枝朱色似豪人
嚴冬耐雪偵軍勇
熱夏遮炎避客親
高節清香君子像
詩題畫本木中珍

우뚝 솟은 장송은 사계절 봄과 같고
불굴하는 정신은 오래도록 교화하네
침엽의 푸른빛은 숙녀와 같고
기둥 가지 붉은 빛은 호걸과 같네
엄동에 눈 견딤은 정예군처럼 용감하고
열하에 더위막아 피서객과 친하네
높은절조 맑은 향기 군자의 기상이요
시제나 화본으로 나무중에 보배일세

思親吟

父母生吾育壯身
幼時食宿保安巡
飢寒守健憂心績
患疾能康不寐頻
每念學文探究理
常思交友踐彝倫
纔知已逝無言跡
欲報深恩恥罪伸

부모님 나를 낳아 건장하게 기르셨네
어릴때는 먹고 잠에 안전보호 살피셨고
기한에 건강유지 근심이 이어졌고
환질에 건강한가 잠못이룸 빈번했네
학문 이치 탐구함에 항상 염려 하셨고
친구사귐에 이륜을 실천했나 항상 걱정하셨네
철들자 부모님 이미 떠나 말도 자취도 없으니
깊은 은혜 갚으려니 부끄러운 죄책감만 펼쳐지네

讀四箴感懷吟

克己傾城復禮成
先師近聖效斯行
視時蔽慾觀當昧
聽際閑邪聞不明
言出於心恒慎重
動情運體戒愚輕
四箴自警能君子
勸善遵仁慶福生

극기에 경성하면 복례가 이뤄지고
선사들의 근성함은 이를 본받아 행했다네
볼때에 욕심이 가리면 보아도 응당 어둡고
들을 때 사심에 막히면 들어도 분명치않네
말은 마음에서 나오나니 항상 신중히 하고
행동은 체우이니 어리석고 경솔함을 경계하세
사잠을 자경하면 능히 군자가 될수 있고
권선 주인이면 경복이 생기리라

彝倫回復

世情疫疾甚難辰
回復彝倫禮道新
孝義殫誠家品睦
忠仁盡力政綱淳
唐虞德治成安國
鄒魯經書作正民
弘益精神承継裏
愛隣布惠美風伸

세정과 역질로 심히 어려운 이때에
이륜을 회복하면 예도가 새로워지네
효의에 탄성하면 가품이 돈목되고
충인에 진력하면 정치 기강 수후하네
당우의 덕치는 편안한 나라 이루었고
추로의 경서는 백성을 바르게 만들었네
단군의 홍익정신 계승하는 속에
은혜 펴서 이웃사랑 미풍을 펴나가세

山浦釣魚

海天一色白鷗飛
山浦魚羣綠水肥
千隻漁灯輝日虜
萬賓嗜膾集雲磯
羅峯樹景真觀秀
洋岸燈臺他見稀
世變釣竿風月舊
誰知快感滿船歸

바다 하늘 일색인데 백구가 나르고
산포의 물고기떼 록수에 살이찌네
천척의 어선 불빛 햇빛처럼 휘황한곳
만빈이 회를 즐겨 구름처럼 모여드네
사라봉 나무 경치 경관이 빼어나고
바닷가 등대는 다른데서 보기가 드물구나
세상이 변했어도 조간풍월 예와 같고
누가 알리 이 쾌감 만선으로 돌아올 때

憂樂在我心

人生患樂匪天公
喜怒憂憎感性同
貴富門中愁事起
賤貧宅內笑聲隆
勤耕出汗秋豊達
誠學經書物理通
禍福塞翁之馬變
謹身智慮慶無窮

인생의 환과 락은 하늘의 공이 아니며
희노와 우증의 감성은 동일하네
부귀한 문중에도 근심사가 일어나고
빈천한 집안에도 웃음소리 융성하네
땀흘려 근경하면 가을풍년 달성되고
경서를 성학하면 물리가 통하리라
화와 복은 새옹지마와 같이 변하노니
지려하고 근신하면 경사가 무궁하리라

每年此日慰英靈
大義投身萬歲馨
憂國忠情靑史燦
保民氣魄頌碑亭
排除共産難持物
守護平和不顧庭
同祖同孫何對敵
完成統一禱邦寧

매년 이날이 오면 호국 영령 위로 하니
대의 위한 투신은 만세토록 아름답네
우국의 충정은 청사에 길이 빛나고
보민의 기백은 송비에 우뚝하네
공산당 물리치려 재물 부지 어려웠고
평화를 지키고자 가정도 못돌봤네
동조동손인데 어찌 적으로 대하는가
통일이 완성되어 나라 안녕을 기도하네

樂 (詩書禮樂中)

帝王制樂聖心傳
昔歲隆崇德治連
今世歡娛和合奏
未來發興氣生虔
七情必在懷思本
六禮宜存喜感緣
長短高低承律呂
八音協韻克諧全

제왕이 제악하여 성심을 전하시니
석세엔 융숭한 덕치가 이어졌네
금세에는 환오와 화합이 연주되고
미래엔 발흥하여 기생에 정성을 다하리라
칠정에도 들어 있어 회사에 근본되고
육예에도 함께 있어 희감을 인연했네
장단 고저와 율려가 이어져서
팔음이 협운되어 극해가 온전하리

禮

辭讓之心根禮儀
사양지 심을 근본함이 예의이고

人生動靜本扵兹
인생의 동과 정이 이것(예)에 근본했네

五常秩序斯基定
오상과 질서가 이를 기초로 정해졌고

社會交流亦是施
사회의 교류도 역시 이로서 베푸러지네

盡命臣忠其守事
신충 진명도 그를 지키는 일이요

傾城子孝此修資
자효의 경성도 이것이 닦는 자료가 되네

千條萬法皆緣定
천조만법이 모두 이것을 인연했고

國治官民厥效期
극치나 관민이 그것을 본받을때로다

詠詩

人心表出以言先
인심의 표출은 말이 먼저이고

詩者懷思字現宣
시는 품은 뜻을 문자로 나타냄이라 하네

畫寫形容真似貴
화사에는 형용이 사실과 같음이 귀하고

律詞感性法遵全
율사는 감성을 법에 쫓아 온전해야 하네

慶筵快樂怡情篤
경연에는 쾌락과 이정이 돈독해야 하고

吟景佳裝活氣連
음경에는 가장과 활기가 이어져야 하네

鶴膝蜂腰簾又合
학슬과 봉요 또 맞아야 하고

時場適切意明詮
때와 장소에 따라 의사가 밝게 설명되어야 하네

## 難境克服

新生疫疾萬邦周
政府官民對策求
景氣沈潛衣食苦
航空斷絶往來愁
諸醫治癒傾心懇
世界憂勞解法謀
遮口隔離難克服
無窮發展健康收

새로 생긴 역질이 만방에 두루하니
정부와 관민이 대책을 강구하네
경기는 침잠되어 의식에 고통받고
항공이 단절되니 왕래도 근심되네
의사들은 쾌유에 정성을 다하고
세계가 우로에 해법을 모색하네
입막고 거리두어 어려움 극복하고
무궁한 발전과 건강을 이루게 하소서

## 四一五總選有感 (庚韻)

當選議員心祝迎
破私顯正執公淸
盡忠守法官情盛
布德施仁禮道明
經濟隆興民潤澤
科機發展國强榮
吾韓統一蒼生願
萬歲繁昌竭力營

당선한 의원들에 심축하고 환영하며
파사하고 현정하면 공무집행 청결하네
지충하고 수법하면 관정이 성해지고
포덕하고 시인하면 예도가 밝아지네
경제가 융흥하면 국민이 윤택하고
과학기술 발전하면 국가가 강영하네
우리 한국 통일은 창생이 원하는 바요
만세토록 번창하게 갈력하여 경영하세

人心表出口言先
適律題詩感性牽
鶴膝蜂腰嚴格禁
頭皆平仄豈能宣
哀筵慶事歡悲動
探景舒情興氣連
簾對相和昇品位
是成泣鬼歎然遷

인심의 표출은 입에서 말이 먼저 나오고
율에 맞춰 시를 쓰니 감성을 이끌어내네
학슬과 봉요는 엄격히 금지하고
두개의 평과 측도 어찌 능히 인정하리
애연과 경사에는 환과 비가 동해야 하고
탐경과 서정에는 흥기가 이어져야 하며
염의대가 상화하면 품위가 높아지느니
이와 같이 詩成되면 읍귀 탄성 옮겨지리

伏羲八卦始原書
蒼頡獸形摸字舒
魯國經章人道教
殷朝刻骨助為居
元常筆法搥胸嘔
逸少揮毫衛哭疎
此本文明成發展
誠心竭力得簪裾

복희씨의 팔괘가 문자의 시원이고
창힐의 수형으로 글자의 본을 떴네
노구의 경장으로 인도를 가르쳤고
은조의 각골로 생활에 도움됐네
종요는 필법 보고 가슴을 쳐 피 토하고
희지의 휘호보고 위는 이름가려 울었다네
이 문자를 근본하여 문명발전 이뤘으니
성심으로 갈력하면 고귀함을 얻으리라

## 蓮花

蓮出泥池未染身
清廉志操效於仁
中通外直修行覺
不蔓無枝解脫新
葉色青精如道士
花香隱映似仙人
周翁是愛稱君子
佛界慈情四季春

연화는 니지에서 자라나도 물들지 않고
청렴한 지조는 인의 정신 본받았네
주통하고 외직함은 수행하여 깨달은듯
불만이고 가지없음 새롭게 해탈했네
엽색이 청정함은 도 닦는 선비와 같고
꽃향기 은영함은 신선과 같고
주옹은 이를 사랑하여 군자로 칭하였고
불계에선 이를 사랑하는 정이 사계절 봄이로세

## 筆

兎羊毛筆最多成
製作過程必巧精
古代手工生產小
今時機造物量盈
資材質好書形美
技術優良寫用輕
逸少鼠鬚能翰振
蒙恬偉績世傳榮

토끼와 양의 모필을 가장 많이 만드는데
제작과정이 반드시 정교해야 하네
고대에는 수공으로 생산량이 적었고
지금에는 기조하여 물량이 가득하네
자재의 질이 좋으면 글씨 모양 아름답고
제조기술 우량하면 글씨쓰임 경쾌하네
일소는 쥐수염으로 능히 서한 떨쳤고
몽염의 위적이 세상에 영화를 전했네

文房四友必須當
硯者基盤所用忙
外貌多形差大小
資材黑石是微量
速磨未濁玆珍貴
遲渴留清最寶藏
墨客儒林應博愛
題書寫畫與繁昌

문방사우는 마땅히 필수인데
벼루는 기반으로 소용되니 바쁘네
외모는 다양하나 대소의 차이가 있고
자재는 검은돌로 수량이 매우 적네
속마하고 탁하지 않음 이것이 진귀하고
지갈하고 오래 맑음이 보배로 보장되네
묵객과 유림들이 응당 박애하고
제서하고 사화함과 더불어 번창하네

綠竹

綠竹猗猗山野生
當年速盛拂雲成
中虛外直賢師節
志操堅剛淑女貞
不屈精神忠將氣
清風雅趣古儒名
雪寒耐勝爲吾友
四季常靑仰慕賡

울창한 푸른대는 산야에서 생장하고
당년에 빨리 자라 구름 뚫고 솟았네
중허하고 외직함은 현사의 절조이고
견강한 지조는 숙녀의 정절일세
불굴의 정신은 장수의 기세같고
청풍과 아취는 옛 선비의 이름이네
설한을 이겨내는 나의 친구요
사계절 상청함에 앙모가 이어지네

## 吟紙

楮皮碎濯紙完成
四友之中最貴生
經濟伸張量產夥
機工發展質良精
昔時筆畫文書用
今歲多方企業營
偉績蔡公崇德裏
資源節約勉繁榮

딱껍질 쇄탁하여 종이를 완성하니
문방사우 중에 가장 귀한 물품 생산됐네
경제 신장으로 량산이 많아지고
기계공업 발전으로 품질이 좋아졌네
예전에는 글씨 그림 문서에 쓰였고
금세에는 다방면의 기업으로 운영되네
위적의 채윤 공에 공덕을 높이면서
자원의 절약으로 번영에 힘을 쓰네

## 文房四友中墨

松煙純墨最良名
長樣堅而有角亨
此物量多真品貴
其光潤黑美香明
研磨造液如池舞
筆執題詩似紙耕
四友文房能具備
龍蛇擅走恐天行

송연의 순묵이 가장 양질로 이름나고
긴 모양 단단하며 각이 진결로 통하네
이 물건 량은 많으나 진품은 귀하고
그 빛은 윤흑색이며 미향이 밝네
벼루갈아 액만들기 못가운데 춤추는듯
붓잡고 시를 쓰니 지면을 가는듯 하네
문방사우가 능히 구비되니
용사가 멋대로 달려 하늘로 오를까 두렵네

秋菊

黃花滿發至重陽
到處騷人玩賞長
松竹同青俱志操
李桃異候似佳香
金英朵朵清含露
玉蘂叢叢壯傲霜
隱逸超然諸者愛
陶翁此際菊詩忙

황화가 만발하니 중양절이 이르렀고
도처에서 소인들이 완상함이 길구나
송죽과 동청하며 지조도 함께하고
도리는 계절이 다르나 가향은 같구나
금영은 송이마다 맑은 이슬 머금었고
옥예는 포기마다 씩씩하게 오상하네
은일하고 초연함에 모든 사람 사랑하니
도옹으는 이때 되면 국시 짓기 바빴으리

春蘭

春蘭雪泮聳青芽
五月清香必發花
桃李爽風皆外面
谷山靈氣獨誇華
嬌柔靜態尤人喜
淨潔妍姿避世諱
墨客時仙欽慕裏
東西偉傑夥栽家

춘난이 눈 녹으니 푸른 싹이 돋아나고
오월이면 향기로운 꽃을 피우네
도리와 상풍을 모두 외면하고
산곡에 영기 받아 홀로 핌을 과시하네
교유한 정태에 사람들이 더욱 기뻐하고
정결하고 고운 자태 요란한 세상 피하네
묵객과 시선들이 흠모하는 속에
동서의 위걸들이 집에 많이 심는다네

早梅

寒波不息雪飛時
獨發梅花氣魄奇
端雅妍姿稱頌曲
清香高節自題詩
畫中少女銀裝立
月下情人素服垂
汝戀登樓孤飲酒
霜頭老耉幾逢期

한파가 쉬지 않고 눈 날리는 이때에
홀로 핀 매화꽃 기백이 기이하네
단아하고 고운 자태 칭송하는 노래하고
맑은 향기 높은 절조 스스로 시를 쓰네
낮에는 소녀가 은장하고 서있는 듯
달빛에는 정인이 소복을 드리운 듯
너를 생각해 누에 올라 홀로 술을 마시며
상두의 노구가 몇번이나 더 만날런지

鹽

鹽作人間利用專
費多産少價昇緣
諸般飲食當添適
商業資財必選全
海水煎熬良品造
山埋採取補量施
古今料理是含在
五味調和真味連

인간들은 제염과 이용을 독점하고
생산 적고 소비 많아 가치가 올라가네
모든 음식에 알맞게 첨가 해야 하고
상업의 자재로도 반드시 선정되네
바닷물을 졸이면 좋은 소금 만들어지고
산에서 채취하여 부족량을 보충하네
예나 지금 요리중에 이것이 들어있으니
오미의 조화로 참맛이 이어지네

交友

管鮑之交世總崇  
蕭朱情效必凶終  
以文會友行仁道  
唯信親朋起義風  
直諒多聞真正益  
善柔諂侫是邪冲  
賢師故舊造成德  
忠孝五倫能潤躬  

관포의 사귐은 세인이 다 숭모하고  
蕭育과 주박을 본받으면 마침이 흉해지리라  
이문회우는 仁道를 행함이요  
선의로 친구 사귐 義風을 일키네  
직과 량과 다문은 진정한 익이 되고  
선유와 아첨 간사는 삼손이 되느니  
현사와 고구는 성덕이 이룩되고  
충효와 오륜은 몸을 윤택하게 하네  

酒

酒茲麴釀醴醴休  
醱酵良時味爽優  
清酎醇香量小貴  
濁醪添水產多周  
祭行慶宴此完備  
爭議親和是必修  
其飲非均過則亂  
人皆嗜好放心收  

술은 누룩으로 빚어서 진한 맛이 아름답고  
발효가 잘되면 맛이 더욱 상쾌하네  
청주는 순향하나 량이 적어 더욱 귀하고  
탁주는 물을 더해 량이 많아 두루마시네  
제사 봉행 경사연에 이 술이 완비되고  
쟁의와 친화에도 이것으로 다스려지네  
그 마심은 비균하나 지나친 즉 어지러워지니  
사람 모두 즐겨하나 방심은 거둬야 하네

# 偶吟

葉落霜風送小春  
嚴冬耐雪至庚新  
鵲群日照迎來客  
犬獨宵昏守竊賓  
學者琢磨能智博  
農夫勤勉免窮貧  
讀書踐義文明道  
布德施仁最貴珍

상풍에 낙엽지니 십월이 가고  
엄동에 눈 견디면 경자년이 새로 오네  
까치들은 날 밝으면 오는 손님 맞이하고  
견공 홀로 밤중에 절빈을 지켜주네  
학자가 탁마하면 지혜가 넓어지고  
농부가 근면하면 구빈을 면하네  
독서와 천의는 문명의 길이요  
포덕과 시인은 가장 귀한 보배일세

# 橘

果中橘柚最香純  
本性溫和產地真  
秋實色黃甘味秀  
熟成磨汁健康珍  
樹形雅壯端柔貴  
葉態青妖活氣新  
前代難觀今裕食  
乾皮藥用必需陳

과실중 귤과 유자 가장 순수 향기롭고  
본성이 온화한곳이 산지로 좋다네  
가을에 열매는 황색으로 단맛이 빼어나고  
숙성되면 주스로도 건강에 보배라네  
나무모양 아장하고 단유함이 귀하고  
잎새모양 청요하고 활기가 새롭네  
전대에는 희귀했으나 지금은 넉넉히 먹을수 있고  
말린 껍질은 약용으로 필수라 하네

柿

柿樹雄姿國産休
防風非濕適生優
果圓味蜜兒拳大
葉闊濃青女手柔
秋熟佳紅飴軟嗜
冬乾固紫久存留
虎亡貴物人皆好
祭禮陳床栗次頭

감나무는 국산으로 웅자하며 아름답고
방풍과 비습함이 생장에 적합하네
과실은 둥글고 맛은 달며 크기는 아동주먹만 하고
잎은 넓고 짙푸르며 여자손처럼 부드럽네
가을에 익으면 빛이 붉고 엿같이 유연해 즐기고
동건하면 굳고 자주색으로 오래 보존할수 있네
범이 도망가는 귀물로 사람들이 좋아하고
제례진상에 밤 다음으로 머리에 놓이네

棗

晚春發葉果非遲
棗木堅剛病弱枝
花小實圓妍掛玉
初青熟赤味甘飴
栗俱作弊祈婚授
柿共陳羞奉祀隨
男女諸人皆嗜好
藥房周用劑良醫

늦은 봄에 잎은 피나 과실은 늦지 않고
대추나무는 견강하나 가지는 병약하네
꽃은 작고 둥근 열매 예쁜 옥이 걸린듯
처음엔 푸르나 붉게 익으면 맛이 엿같이 달고
결혼식 폐백할 때 밤과 함께 덕담하며 주고
제사때 감과 함께 제수로 쓰이네
남녀 모든 사람이 다같이 즐겨먹고
약국에선 양약 조제에 두루 쓰이네

蘭皐生涯有感

蘭皐贖罪蔽天陽
竹杖芒鞋放浪長
日暮書堂尋宿虜
朝明留所審宜鄉
常嘲混世嘆詩壯
每諷疏情喻語香
對坐文章流水吐
能吟諧謔永非忘

난고선생 속죄코자 빛과 하늘 피하고
주장집고 망혜신고 방랑생활 길었네
해저물면 서당으로 잘곳을 찾고
아침되면 마땅하게 머무를곳 살피네
항상 혼세 조롱하며 한탄시가 장엄하고
매양 소정 풍자하며 유모어가 향기롭네
대좌하면 멋진 문장 유수처럼 토했으니
늘음과 해학은 기리 잊지 않으리라

光復節有感

光復倭軍降伏退
於焉七十四回迎
國民再活繞安定
政府還生始太平
同族相分離父子
吾邦兩斷鬪夫兄
北南統一何時到
世事昏迷意漸怦

광복은 왜군들이 항복하고 물러간때니
어느덧 七十四年을 맞이 했네
구민들이 재활하여 겨우 안정 찾았고
정부는 환생하여 비로서 태평 이루었네
동족의 상분으로 부모자식 이별하고
우리 한국 양단되어 부모 형제 투쟁했네
남북통일이 어느때에 이뤄질고
세상사 혼미하니 마음만 점점 조급하네

自然愛好水山尋
松鄉溪聲似調吟
弄月迎風兼唱曲
讀書飲酒又彈琴
貪官致富危沙閣
顏氏居窮燦淨金
樂道安貧君子守
閑翁戒得免愚心

자연을 사랑하여 산과 물을 찾으니
송향과 계성이 시조를 읊는것같네
롱월과 영풍에 겸하여 노래를 부르며
독서와 음주하며 또 거문 고도타네
탐관치부는 사상누각처럼 위태롭고
안씨의 구거는 정금같이 찬란하네
안빈락도는 군자가 지킬바오
한옹은 계득하며 우심이나 면하리라

次修心亭創建韻

亭建長城秀麗坊
名儒續出謂文鄉
日明鶴舞鰲山麓
月照仙遊活氣岡
禮樂傾誠行道義
經書熟究敍倫綱
元翁德業吾邦燦
偉壯修心永盛昌

정자 지은 장성땅은 경치가 수려하고
명유들이 속출한 문향이로세
날 밝으면 학들이 춤추는 금오산 기슭이요
달뜨면 신선이 노닐던 활기찬 강산일세
예악에 경성하니 도의가 행해지고
경서를 수구하니 운강이 펼쳐지네
원옹께서 쌓은 덕업 오방에 찬란하니
위장한 수심정이여 길이 창성하리라

教導官民憲法元
邦家統治造新源
執行適正倫常篤
遵守殫誠道義繁
勸善消冤憎愛換
施仁布德惡恩移
三權鼎立優良範
永保衷心継後孫

관민을 교도함엔 헌법이 으뜸이고
국가를 통치함에 새근원을 만들었네
집행이 적정하면 륜상이 돈독하고
주수에 탄성하면 도의가 번성하네
천선소원하면 증오가 사랑으로 바뀌고
시인포덕하면 악행이 은혜로 옮겨지네
삼권정립은 우량한 법이니
충심으로 영보하여 후손에게 이어주세

君子憂道不憂貧

君子和平願萬年
安貧樂道最于先
農夫稼穡成豊懇
學士研文顯達虔
堯舜賢皇從義踐
魯鄒大聖守仁鞭
卷田祿餒其中在
棄慾傾誠善德傳

군자는 화평을 만년동안 원하지만
안빈하고 락도함이 가장 먼저일세
농부는 가색하며 풍년을 간망하고
학사는 연무하며 현달 경건바라네
요순 같은 현황도 의를 좇아 실천하고
추로의 대성현은 仁지키라 채찍했고
권전의 록뇌가 그 가운데 있으니
기욕하고 경성하여 선덕을 전하세

顯忠日感懷

顯忠此日肅然迎
追慕傾心後嗣貞
救國捐身天地赫
保民碎骨萬邦明
昔年北側兵侵起
今歲南方核憸成
槿域共生皆血族
應成統一互殫誠

유월육일 현충일을 숙연하게 맞이하니
추모에 경심함은 후사가 정고함일세
구국 위해 몸던짐 천지에 빛나고
보민위해 쇄골함 만방에 밝으리
예전엔 북측에서 병침을 이르키더니
요즈음엔 남방에 핵으로 협박하네
근역에 함께 사는 같은 혈족으로
서로 돕고 양보하며 통일에 정성다하세

次分行驛寄忠州刺使韻(忠州)

忠州槿域中央位
衙出分行驛路吟
明月清風文使頌
魁岩澹水感懷深
厚情禮義壯夫氣
孝悌仁慈君子心
人品景觀優雅秀
湖邊遠近樹森森

충주는 우리나라 중앙에 위치하며
관아를 나와 분행역로에서 읊노라
천풍명월은 문자로 칭송함이요
괴암담수는 감회가 깊고나
후정과 예의는 장부의 기상이요
효제와 인자는 군자의 심성일세
인품과 경관이 우아하게 빼어나니
호변 원근에도 수림이 울창하네

## 姤月（五月）一陰生

節序循環夏至過
繁昌萬物大婆裟
騷翁負笈尋樓少
魚父携竿向水多
學士文章常探究
匠人技術每研磨
陽衰陰盛始期到
百事從時豈在他

절서가 순환하여 하지가 지나가니
번창하는 만물이 크게 무성하네
소옹들 책상 메고 서루 찾는이 적고
어부들 낚대들고 물로 가는이 많네
학사는 문장을 항상 탐구하고
장인들 기술 매일 연마하고
양이 쇠하고 음이 성하는 때가 이르니
백사가 때를 따르니 어찌 다름이 있겠는가

## 孝親日有感（五月八日）

生吾父母惠如天
盡志傾身報本連
夏清冬溫誠審適
夜安畫樂起居全
叩冰鯉得王祥孝
尋祭柿求都氏賢
烏類知恩施保養
豈人敢不奉親專

나를 낳아주신 부모 은혜 하늘 같은데
몸과 뜻을 다 바쳐서 보본을 이어가네
여름엔 시원하고 겨울엔 따뜻하게 정성 다해 살피고
밤 편하고 낮 즐겁게 기거를 온전케 하세
얼음 깨고 잉어 얻음 왕상의 효도요
제사집 찾아 감 구함은 都氏의 현사일세
까마귀도 은혜 알고 보양을 베푸는데
어찌 감히 사람으로서 봉친에 전념하지 않으리

可樂詩會十週年紀念吟

松坡可樂在京東
老客詩筵十載融
勉習經書儒俗起
研磨律韻古風隆
晚年免恥賢師德
耉壽持剛益友功
慈愛寬容眞世道
輔仁責善守無窮

송파구 가락동은 서울 동쪽에 있고
노객들 시연이 십년을 이어졌네
경서를 면습하니 유림풍속 일어나고
우율을 연마하니 고풍이 융흥하네
만년에 면치하니 현사의 덕이요
질수에 지강하니 익우의 공이요
자애하고 관용함은 참 세상의 도리로세
보인하고 책선함을 무궁토록 지키리라

愛親敬長

世上人情刻薄辰
愛親敬長自成仁
隆師守義行三本
交友信心隨五倫
國政正寬忠意厚
民生和睦孝誠均
聖賢學習綱常固
布德施恩永久伸

세상인정이 각박한 이때에
애친과 경장은 스스로 인을 이룸일세
융사하고 의 지킴은 삼본을 행함이요
교우를 신의로함은 오륜을 따름일세
국정이 정관하면 충의가 두터워지고
민생의 화목함은 효성이 균행돼야 하네
성현의 뜻 학습함은 강상이 굳건하리니
덕을 펴고 은혜 베품 영구히 펼쳐지리

晚年學習幾經陳
論孟工夫智見新
聖教仁源三德厚
師詮義理四端親
心傾棄慾詩書究
體用求謙禮道馴
謹利清廉和氣滿
家平無事健康伸

可樂論孟畢讀感懷

만년에 학습한지 몇해가 되었는가
논어 맹자 공부하니 지견이 새로워지네
성교의 인의원리 삼덕이 후중하고
스승의 의리설명 사단이 친해졌네
기욕하고 경심하여 시서를 연구하고
구겸에 체용하니 예도에 길들어지네
근리하여 청렴하니 화기가 가득하고
가평하고 무사하니 건강이 펼쳐지네

國權掠奪混茫前
懷恨民心激憤連
志士潛行飛出港
義人隱去塔乘船
財源確保肝腸炭
討敵精功骨肉塵
臨政諸公勞苦慰
今回百載頌詩傳

回顧臨政樹立百週年

국권을 약탈당해 혼돈의 직전에
한을 품은 민심은 격분이 이어졌네
지사들 잠행하여 공항으로 떠나가고
의인들은 숨어서 배에 올랐네
재원을 확보코자 간장은 타서 숯이 되고
토적코자 정공으로 골육은 부숴져 가루됐네
임정의 제공들의 노고를 위로하며
이제 백년이 돌아오니 송덕의 시 전하노라

論語何年訓我東
此文貴重古今同
儒家熟讀傳承裡
學界精研繼續中
講習詩書仁智達
踐傳道義聖心通
王師度日經章誨
偉績彰明永不窮

논어는 언제부터 우리나라에 가르쳤나
이 글이 귀중함은 고금이 같구나
유가에선 숙독하여 전승하는 속에
학계에선 정밀 연구 계속 중일세
시서를 강습하면 인지가 통달되고
도의를 천전하니 성심이 통하리라
왕사께서 도일하여 경장을 가르치리라
위적이 창명하여 기리 불궁하리라

回憶三、一節百週年

三一精神發我東
旗旒萬歲喊聲隆
倭攻武力京鄉脅
獨立宣言四海通
高士捐身真正義
衆民救國盡誠忠
百週痛忍當回憶
先烈冤爭慕效功

삼일정신은 우리 한국에서 피어났고
기 흔들며 만세소리 함성이 드높았네
왜적들 무력으로 경향 각지 협박했고
독립의 선언은 사해에 통보됐네
고사들의 몸 바침은 참다운 정의요
중민들의 구국운동 정성다한 충성일세
백주 맞아 통분 과거 당연히 회억컨데
선렬의 원쟁의공 사모하고 본받으세

月(달)吟

月本無光受日光
風吹不動雨雲藏
朏眉漸潤弓弦變
望至如球白色揚
宇宙循環臨晝隱
陰陽造化到宵煌
紗窓汝耀何能寢
是夜將明戀慕張

달은 본래 빛이 없어 햇빛 받아 빛나고
바람에는 부동이나 비구름엔 감춰지네
초생달은 눈썹 같고 차차불어 반달되고
보름되면 공과 같아 빛이 가득 휘날리네
우주의 순환으로 낮이 되면 숨겨지고
음양의 조화로 밤이 되면 빛나네
사창에 너의 비침 어찌 능히 잠이 들며
이 밤이 밝아지면 연모의 정 더해지네

日(해)吟

日名累號太陽榮
公轉緯星不斷行
春夏秋冬長短照
東西南北早遲明
熱光賴及諸存在
陰濕并施養命評
一瞬蔽雲心氣欝
乾坤造化不窮生

해의 이름은 많으나 태양이 영예롭고
위성의 공전함은 끝없이 행해지네
춘하추동에는 해빛의 장단 있고
동서남북은 밝음에 늦고 빠름이 있네
열과 빛에 힘입어 모든 존재 이뤄지고
음습비 펴줌으로서 양명됨을 평가하네
일순간 폐운에도 심기가 답답하니
건곤의 조화로 구함없이 살아가네

星(별)吟

星生造物神靈術
宇宙空間廣布盈
厥裏五台人結厚
其中北斗地輝明
奎文受氣書才秀
南極承精永壽賡
牛織暫逢長別恨
銀河水景幻相名

별은 조물주의 신령한 기술로 생겨났고
넓은 우주공간에 가득 펼쳐 있네
그속에서 오성은 인간 연결 두텁고
그중에 북두성은 땅을 밝게 비치네
규문성의 수기하면 서재가 빼어나고
남극성을 승정하면 영수가 이어지네
견우직녀 잠시 만나 긴 이별 한이 되고
은하수의 맑은 경치 환상의 이름일세

天吟

在上清空色視玄
無邊廣闊命生宣
陰陽雨雪成行繼
春夏秋冬季節遷
日月循環宵晝易
星辰運用吉凶連
電雷電颱隨時變
天道非親善者偏

위에 있어 천공하나 색은 검게 보이고
무변 광대하며 생명을 베풀어주네
음양 우설로서 성행을 이어가고
춘하추동으로 계절이 옮겨지네
일월의 순환으로 밤과 낮이 바뀌고
성신의 운용으로 길흉이 이어지네
전뢰와 박율로 수시로 변하지만
천도는 치우침없이 오직 선자의 편이네

地者圓形常自轉
養生萬物載山川
魚鼈活水江湖殖
鳥獸棲林野峀緣
四海六洲均配布
相交人類共榮連
資源保護傾誠守
厚德乾坤永歲全

지구는 둥글고 항상 자전을 하고
만물을 양생하며 산천을 싣고 있네
어류들은 물에 살고 강호에서 번식하고
조수들은 숲에 살며 산과 들을 인연하네
사해와 육주가 고르게 배포되어 있고
인류가 상교하며 공영을 이어가네
자연을 보호함에 경성하여 지키면
천지의 후덕함이 영세토록 보전되리

人吟

上天下地中人活
萬物之間最貴專
身體增強元力育
精神修養道心宣
倫綱確立平和續
禮義遵行秩序連
聖教傾誠靈氣盛
無窮發展泰安傳

위엔 하늘 아래는 땅 그중에 사람이 살며
만물의 사이에서 귀함을 차지했네
신체를 증강하면 원력이 길러지고
정신을 수양하면 도심이 베풀어지네
륜강이 확립되면 평화가 이어지고
예의가 준행되면 질서가 이어지네
성교에 경심하면 영기가 성해지니
무궁한 발전으로 국태민안 전해가세

惜老

人皆老化不能停
歲月如流望九齡
少齒慢遊無道意
長年成業有煩形
賢師講學繞愚解
聖教詩文大覺醒
白髮回看都幻夢
惟祈國泰萬民寧

모든 사람이 노화를 멈추게 할 수는 없고
세월은 여류하여 구순을 바라보네
소시에는 만유하여 道에 뜻이 없었고
장년에는 성업에 형체 매우 바빴네
현사의 강학에 겨우 우매 풀렸고
성교의 시문으로 큰 각성 이루었네
백발에 회간하니 모두가 환몽으로
오직 기원컨데 국태민안 바랄뿐

太 (大豆)

太者生年不記章
常時博用穀中王
粉羹並食安心腹
磨粥充飢燦眼眶
甑育芽抽新氣菜
礱磋豆腐補身糧
鹽加豉醬成調味
米合烝餅佑保陽

콩은 생년이 기록되지 않았으나
상시 넓게 쓰이는 곡식중에 왕일세
가루로 국을 끓여 밥과 함께 먹으면 심복이 편안하고
갈아서 죽을 쑤어 줄인 배 채우면 눈이 빛나네
시루에 기른 싹을 뽑으면 신기한 채소가 되고
맷돌에 갈아 두부를 만들면 보신의 식량이 되네
소금 더해 메주로 장을 담그면 조미료가 되고
쌀을 합해 떡을 찌면 보양에 도움되네

## 愛蓮

蓮出泥池不染污
芳春花讓夏開殊
中通未蔓風非折
外直無枝水勿濡
隱逸慇香君子秀
肅然艶色美人娛
虛懷正潔能吾友
教化清心覺醒愚

여은 지흙 못에 나왔어도 오염되지 아니하고
꽃은 봄을 양보하고 특수하게 여름에 피네
속비고 넝쿨도 아니며 바람에 꺾이지도 않고
대곧고 가지없이 물에도 젖지 않네
은일하고 은근향기 군자의 빼어남이요
숙연하고 고운빛은 미인의 자태일세
허회하고 정결하니 능히 나와 벗이 되고
청심으로 교화하여 어리석음 깨우치네

## 願清淨山河

環境清恬萬物生
山河淨潔麗光成
住民廢滓拋如出
車輛煤煙噴蔽程
產業繁昌公害溢
牧場櫛比水污盈
官人盡力粧佳景
仍世無窮享健榮

환경이 청념해야 만물이 생장하고
산하의 정결로 좋은 경치 이룩하세
주민 폐재 함부로 버려 산더미를 이루고
차량 매연 함부로 뿜어내어 길을 덮고 있네
산업의 번창으로 분진공해 넘치고
목장의 즐비로 물의 오염 가득하네
관과 민이 진력하여 가경을 장식하여
자손대대 무궁하게 건강 번영 누리세

眶-눈자위 광 / 甑-시루 증 / 礱-맷돌 롱

## 可樂雅會

長安起點在江東
可樂吟壇意氣通
松秀艶花香滿播
市繁明燭夜盈烘
詩書講讀如甘雨
筆墨研磨若爽風
身老心淸修聖道
歡談飮詠興無窮

장안을 기점으로 강동쪽에 있는
가락 음단에는 의기가 통하네
송수와 염화에서 향기 가득 퍼지고
시가 번영 밝은 등불 밤을 가득 비치네
시서를 강독하니 단비를 만남 같고
필묵을 연마하니 상쾌이 떨치는듯
신노 심청하여 성도를 닦으며
환담하고 음영하니 흥치가 무궁하네

## 顯忠日感懷

顯忠此日慰英靈
激憤當時見慘形
救國傾誠千歲燦
殉身竭力萬秋馨
南侵慾頭胷憶
倭賊姦兇魄骨銘
抛核合心成統一
平和發展享康寧

현충일 하루라도 영령을 위로 하세
당시의 참상 보고 어찌 격분 아니하리
구국에 경성함은 천세에 빛나고
순신으로 갈력함은 만추에 향기롭네
남침의 야욕은 두흉으로 기억하고
왜적의 간흉은 백골에 새겨두세
포핵하고 합심하여 통일을 이룬다면
평화와 발전으로 강영을 누리리라

每五月二十日（念一日）夫婦日

男女相婚世繼成
夫妻意合子孫生
慈和盡力溫情溢
信義傾誠愛念盈
室敬田賓倫俗起
天尊地貴禮風明
一家善德隣親厚
治國平安四海榮

남녀가 결혼하면 세계가 이뤄지고
부부가 의합하면 자손이 생겨나네
자화에 진력하면 온정이 넘치고
신의에 경성하면 사랑이 가득하네
실경하고 전빈하니 윤속이 이러나고
천존하고 지귀하면 예풍이 밝아지네
일가가 선덕하면 린친이 후덕하고
치국이 평안하면 사해가 번영되리

六月一日義兵日有感

義兵虜事意清真
授命鴻毛可謂仁
倫理精神從俗舊
愛鄉氣概守風新
濟民奉仕供財產
救國衷情獻肉身
崇德賢人忠孝篤
慰靈慕日萬年伸

의병의 처사는 그 뜻이 청진했고
홍모처럼 목숨바침 가위 인이로다
윤리정신은 옛날 풍속을 따르고
애향의 기개는 새풍속을 지켰네
제민봉사에는 재산을 제공했고
구국 충성은 육신을 바쳤네
덕이 높은 현인은 충효성이 돈독하니
위령을 사모함이 만년동안 펼쳐지리

讀樂志論有感

人生各者便宜居
　인생은 각자가 편의대로 사는데
富貴尊榮必不除
　부귀와 존영은 반드시 배제 않네
廣宅良田誰拒絕
　광택과 양전을 누가 거절할까 마는
華衣飽食獨遊舒
　화의와 포식과 독유를 펴네
勤誠勉勵能成滿
　근성하고 면려하면 가득 이룰수 있지만
放任娛嬉易陷虛
　방임과 오희는 허에 빠지기 쉽네
老學追從違現實
　노자학문 추종은 현실에 어긋나느니
清心守道自安廬
　청심으로 도 지키면 초막도 편안하리

怡怡亭次韻

簪纓世世継門前
　잠영이 대대로 이어지는 문전에
祖業承孫頌祝先
　조업을 승손하니 송축이 선행되네
孝悌忠情原善道
　효제와 충정은 선도의 근원이요
賢師懇懇意湧仁泉
　현사의 간절한 뜻 인의 샘이 솟아나네
經書誦讀儒家内
　경서를 송독함은 유림의 집안이요
詩賦吟歌學塾邊
　시부와 음가소리 학수 주변에 들리네
布德施恩崇慕裏
　포덕과 시은을 숭모하는 속에
怡怡契舍不休傳
　이이정 계사가 끝없이 전해지리

戊戌年國運隆昌

歲月如流暫不休
迎新戊戌大通周
倫常確立家庭教
經濟伸長企業修
德治安全官政務
核功脅迫世人憂
盡誠竭力平和守
國運隆昌必自求

세월은 여류하여 잠시도 쉬지 않고
무술년 새해 맞아 두루 대통하리라
룬상을 확립함은 가정교육에 있고
경제의 신장은 기업이 닦아야 하네
덕치와 안전은 관정의 책무요
핵공과 협박은 세인의 근심일세
진성 갈력하여 평화를 지키면
국운의 융창이 반드시 자구되리

老儒

平生道學自心閒
每月談論老士環
筆墨硏磨常未暇
經書熟究亦無間
身如鐵石雄莊貌
志似松筠茂盛顏
禮義仁慈和氣守
家安國泰聖時還

한평생 도를 배우니 마음 자연 한가롭고
매월 서로 담론코자 유사들이 둘러있네
필묵을 연마하니 항상 여가가 없고
경서를 숙구하니 역시 겨를이 없네
몸은 철석같이 웅장한 모습이요
뜻은 송죽같이 무성한 모양일세
예의와 인자와 화기를 지키면
가안하고 국태하여 성시가 돌아오리

綱常回復念願

吾韓自古禮儀東
回復綱常懇願同
近歲西洋頹聖俗
古時宋代盛儒風
良心正道生仁德
貪慾非行破善功
信義溫情皆盡力
家和國健永無窮

우리 한국 예부터 동방 예의 나라인데
강상이 회복되길 다함께 원하네
근세에 서양은 성인풍속 퇴폐되고
옛날에 송대에는 유교풍속 융성했네
어진 마음 바른도는 인과 덕이 생성되고
탐욕과 비행은 선공을 파괴하네
신의와 온정에 다함께 진력하면
가화와 국가건전 영원히 무궁하리

紫微花(木百日紅)

紫微花性不猜爭
百日連紅得貴名
初夏始開芳馥續
中秋終至艶光盈
莖姿軟赤遲完在
葉態娟青早伴生
綻蕾清香觀衆惑
炎天忍耐享長榮

자미화의 성품은 시샘을 하지 않고
백일동안 연속 피어 귀한 이름 얻었네
여름부터 피기 시작 꽃향기 이어지고
가을철 질때까지 고운 빛 가득하네
줄기모양 연적색 늦도록 완전히 있고
잎모양 연청색으로 일찍 짝해서 나네
꽃피면 맑은 향기 관중을 유혹하며
불꽃 더위 인내하며 오랜 영화 누리네

德寺臨秋夜氣清
梵鐘破寂曉知聲
諸僧禮佛傾心態
方丈威儀說法情
慇響隣鳴醒信者
餘音世播警蒼生
衆愚濟度殫誠裡
釋教慈悲善導成

덕암사에 가을 되니 밤기운이 맑고
범종이 파적하여 새벽을 알리네
제승들 예불코자 경심하는 자태요
방장스님 위의로 설법에 뜻을 펴네
은향이 린명하여 신자들 깨우치고
여음이 세파하여 창생들을 깨우치네
중우들 제도코자 탄성하는 속에
석교의 자비로 선도가 이뤄지리

燈火可親 (勉讀書)

可親燈火上書樓
長夜耽文肅氣流
盡力傾心爲愛馬
恃才傲慢落傷猴
孫康雪色成侯夢
車胤螢光解相愁
古聖賢師從遺訓
人生萬事種耕收

등화와 가친코자 서루에 올라와
장야에 탐문하니 숙기가 흐르네
진력하고 경심하여 사랑받는 말이 됐고
재주 믿고 오만하다 낙상하는 원숭이네
손강은 설색이용 제후의 꿈 이루었고
차윤은 형광으로 상의 근심 풀었네
고성과 현사님의 유훈을 따라야지
인생만사는 심은대로 거두느니

危機克服佑宜穹
何日平溫享樂充
政府傾誠謀議裡
友邦協力折衷中
北方核脅增攻勢
南域和諧抑戰風
富國強兵堅守備
合心安保禦情豊

安保危機克服

위기 극복은 마땅히 하늘이 도와야지
어제나 평온하여 즐거움을 누리려나
정부가 경성하여 모의를 하는 속에
우방의 협력으로 절충을 하는 주인데
북방에선 핵협으로 공세를 더하고
남역은 화해로 전풍을 억제하고
부국 강병으로 수비를 굳게 하고
안보에 합심하는 어정이 풍족해야지

博愛精神出恕仁
溫情智覺在諸人
孝賢實踐成和屋
忠義專修化善隣
竭力慈宣何可遠
誠心敬行孰非親
獻身奉仕邦堅本
布德施恩聖教真

願博愛精神

박애정신은 용서와 인자에서 나오고
온정과 지각지심 사람마다 갔고 있네
효현을 실천하면 화목한 집 이루고
충의를 전수하면 착한 이웃 이뤄지네
갈력하여 자선한들 어찌 가히 멀어지며
성심으로 존경하면 누가 친해지지 않으리
헌신과 봉사는 방견의 근본이요
포덕과 시은은 성교의 진리일세

讀愛蓮說有感

高明灑落謂濂翁
學德清廉孰敢同
君子能親蓮藥白
世人甚愛牡丹紅
泥生不染堪滂雨
水立無枝耐暴風
譬喻文章真絶妙
二程訓導燦師功

고명 쇄락은 렴옹을 일컬음이요
학덕과 청렴에 누가 감히 같을 손가
군자는 청백한 련화와 친하고
세인은 붉은 목단 심히 사랑하네
진흙속에 불염하며 세찬 비 감당하고
물속에서 가지없이 폭풍을 견디네
비유하는 문장이 참으로 절묘하고
이정을 훈도함에 스승의 공 빛나네

薔薇讚

薔薇五色特殊明
保護花容銳棘生
籬上嬌姿浮月艶
庭前雅態坐仙清
黃蜂採蜜喧歌作
白蝶幽香醉舞成
秀麗無雙君子像
羣芳美貌不猜爭

장미의 오색꽃은 특별히 선명하여
꽃을 보호코저 예리한 가시낫네
울타리위 예쁜 맵시 부월같이 아름답고
뜰앞에 우아한 자태 좌선처럼 청아하네
황봉은 채밀 위해 시끄럽게 노래하고
흰나비 향기 취해 즐겁게 춤을 추네
수려함이 들도 없는 군자의 형상이요
모든꽃의 미모에 시샘을 하지 않네

自古君師父事同
人生不學智當空
農工發展研文達
法政繁榮教育通
道德倫常從哲聖
仁慈禮義作豪雄
賢明正導開前路
傅訓深銘奉大功

옛부터 군사부는 동등하게 모셨으니
사람들이 못배우면 지혜가 빈다하네
농공업의 발전도 학문으로 달성되고
법과 정치의 번영도 교육으로 통하네
도덕과 윤상은 철성을 추종하고
인자와 예우는 호우아를 만드네
현명한 바른 지도 앞길을 여러주니
부훈을 깊이 새겨 대공을 받드세

世界水之日

人間生活許多源
重要材中水最元
食飲醪饍皆適用
濯洮灌畓又依存
河川灌漑豊農澤
四海繁魚潤體恩
污染先防淸潔守
吾孫萬代遺傳坤

인간생활에 근원됨이 허다하게 많으는데
중요한 재원중에 물이 가장 으뜸일세
먹고 마시는 술과 떡 모두다 적용되고
세탁과 영욕에도 또 의존하네
하천에서 논물 대어 농사 풍년 이르고
사해에 많은 고기 몸을 돕는 은혜주네
오염을 선방하여 청결을 지켜서
우리 후손 만대토록 이 땅을 전해주세

王仁博士遺蹟地櫻花探訪

靈巖勝地快青天
영암의 명승지 푸른 하늘 상쾌하고

日暖魚羣泳聖川
날씨가 따뜻하니 성천에 고기 노네

月岳風清和氣溢
월악봉 맑은 바람 화기가 넘치고

櫻花素艶馥波連
앵화의 맑고 고운 향기마저 물결치네

離邦振勢師情篤
나라 떠나 세력 떨침 사정이 돈독함이요

渡海開光教學全
바다건너 빛을 여니 교학이 온전하네

遺蹟探看詩興動
유적을 탐간함에 시흥이 추동되고

良辰祝祭久承傳
좋은 시절 축제가 오래도록 이어지리

順天應人

丁酉迎新混亂時
정유년 새로 맞아 혼란한 이때

順天正道禮從宜
순천과 정도로 예의 지킴 마땅하리

巧言妄動乖仁本
교언과 망동은 仁의 근본 무너지고

私利紛爭毀義基
사리와 분쟁은 정의 기틀 회손되네

棄慾溫慈家族樂
기욕과 온자는 가족이 즐겁고

施恩布德世人怡
시은과 포덕은 세인이 기뻐하네

忠心總集尤團結
충심을 총집하여 더욱 단결로

護國安民盡力期
호국 안민에 진력할 시기로다

述懷

近來政勢患難鍾
威脅隣邦可嘆容
惟願家家安樂索
仰祈處處泰平從
東西競進文明布
南北相論核力封
有德賢材推薦立
和親正直愛民宗

근래의 정세는 환란이 모여들고
이방의 위협은 가탄스런 모양일세
집집마다 원함은 안락을 찾음이고
곳곳마다 기도는 태평을 쫓음일세
동서간엔 경진하여 문명을 펴는데
남북은 상론을 핵력으로 봉쇄하네
유덕한 현재를 추천하여 세운다면
화친과 정직으로 애민을 근본하리

敬次白湖先生陋巷(尹鑴)

現世人間獨子身
安居陋巷避寒貧
自然萬物從時節
日暖千山發葉春
李白詩風神妙絕
右軍筆勢巧天真
周遊四海皆成市
豪傑英雄樂水濱

현세 사람들은 독신이 많은데
누항에 안거해도 한빈은 피하네
자연의 만물은 시절을 따르나니
일난하면 천산에 발엽하는 봄이 오네
이백의 시풍은 신묘하게 빼어나고
왕우군 필세는 기교가 천진하네
사해를 주유해도 모두가 도시인데
영웅과 호걸들은 물가를 즐기누나

秋冬諸衆讀書敦
儒學人生道理存
孝悌忠情經國本
修身敬愛起家門
農夫勉稼能成富
官吏勤廉可得尊
卷裡施仁恩德教
盡誠講習導兒孫

추동엔 제중이 독서하기 좋은 때고
유학에는 인생의 도리가 들어 있네
효제와 충정은 경국의 근본이요
수신과 경애는 기가의 문이로다
농부가 힘써서 가색하면 부자가 될수 있고
관리가 근렴하면 높은 지위 얻으리라
책속에는 시인과 은덕을 가리키니
정성 다해 강옵하여 자손을 계도하세

初冬午夜與客話

立冬已去落楓窓
日照咬咬雀数雙
賞客南方探景嶽
鴻羣北域向東江
經書學塾研磨机
脫穀農家勸酒缸
故友相逢情話裏
吟詩午夜舞兼腔

입동이 지나니 낙엽창에 떨어지고
해비치니 참새 수쌍 다정하게 지저귀네
상객들은 남방으로 탐경하러 산에 가고
기러기떼 북역에서 동강을 향해오네
경서하는 학숙에선 책상에서 연마하고
탈곡한 농가에선 술잔을 권하네
고우를 상봉하여 정담을 하는 속에
밤낮에 음시와 춤과 노래 겸하네

讀秋聲賦感懷吟

秋聲賦讀感懷生
實見天高夜月明
霜降後山楓葉散
立冬前野藁莖縈
黃花颷颷殘霜谷
松樹蕭蕭壯守城
四季循環金勢慄
邢官召雪孕春成

추성부를 읽고 나니 감회가 생기고
실지로 나가보니 하늘 높고 달이 밝네
상강되니 뒷산에 단풍잎 흩어지고
입동지난 앞들엔 볏짚만 얽혀있네
황화는 찬바람에 계곡에서 쇠잔하고
소나무는 쓸쓸한속 씩씩하게 성 지키네
사계절 순환속에 가을 세력 두려우니
형관이 눈을 불러 봄을 잉태시키네

秋山風光

仲秋好節月俱遷
重九繞臨清氣全
野菊濃香飛滿地
峯楓漸染映空天
探觀賞客醪耽谷
收穫農夫饁飽田
絕景豊登興裕樂
吟詩歌舞似儒仙

중추의 좋은 계절 달과 함께 옮겨지고
중구절 돌아오니 서늘함이 온전하네
들국화 짙은 향기 땅에 가득 날리고
산봉우리 물든 단풍 천고을 비추네
탐광하는 상객들 계곡에서 술 즐기고
수확하는 농부들 들에서 점심 먹네
절경과 풍년으로 즐거움이 일어나고
음시와 가무하니 선비인양 신선같네

憂國願年豊

北南對峙是吾東
與野相爭亦患同
政事清廉從喜色
師承確立起倫風
文明發展民彛屹
產業繁昌國勢隆
槿域平和祈願裏
今年既穩謝天功

남북이 대치한 우리 나라에
여야가 상쟁하니 근심 또한 같구나
정사가 청렴하면 희색으로 따르고
사승이 확립되면 륜풍이 일어나네
문명이 발전하니 국민 도리 높아지고
산업이 번창되니 국세가 융흥되네
근역에 평화를 기원하는 속에
금년에도 풍년되니 하늘에 감사하네

願國泰民安

吾韓自古性團樂
半萬年間百苦闌
產業隆興皆務族
文明發展盡誠官
唐虞布德齊家穩
鄒魯施仁治世安
議政富強傾總力
民寧國泰必無難

우리 한국 예부터 성품이 단란하고
반만년동안 백고를 막아냈네
산업의 융흥은 겨레가 함께 힘써야 하고
문명의 발전은 관이 정성 다해야 하네
요순제는 덕을 펴서 제가가 안온했고
공맹자는 인베푸러 치세가 편안했네
의회와 정부가 부강에 총력을 기울이면
국태하고 민영함이 어렵지 않으리라

回顧光復七十一週年（先韻）

歡呼動地蔽旗天
光復於焉七一年
國土荒涼充綠化
民生餒餓補勤連
南方發展平和擇
北域欺瞞核脅專
議政合同凶計室
萬人所願泰安宣

땅 흔드는 환호성과 하늘 덮은 기발들
광복된지 벌써 七十一年 되었네
황폐했던 국토는 녹화로 채워졌고
민생의 굶주림은 근면으로 보충했네
남방은 발전과 평화를 택했고
북역은 기만과 핵무기로 협박하고
의정이 합동으로 흉계를 막아내어
만인의 소원인 크게 평안 이루세

歎空氣汚染

萬物生存倚地天
恒常忌避毒煤煙
工團企業塵埃積
畜産農場廢水連
車輛增加騷亂甚
住居棄品汚隣怨
官民協力問題解
淸淨吾韓嚴護全

만물의 생존은 천지에 의존하고
항상 혹독한 매연을 기피하네
공업단지 기업들 진애가 쌓이고
축산 농장에는 폐수가 계속되네
차량의 증가로 소요 혼란 극심하고
주거생활 폐기품으로 이웃 오염 허물일세
관민이 협력해서 문제를 해결하여
청정한 우리 한국 온전히 엄호하세

## 薔薇花接夏開

孟夏薔薇吐美香
羣芳盡謝秀佳粧
紅黃艶發花場圍
綠紫淸淳蔓覆墻
含露朝陽蜂蜜取
斜霞夕景蝶馨彰
往來賞客皆貪愛
生棘緣由折採防

여름맞아 장미는 미향을 토해내니
모든 꽃 다지뒤에 아름답게 장식되네
홍황색 곱게 핀 꽃 장포에 가득하고
록자색 청수한 넝쿨 담장을 덮었으네
이슬 맺힌 조양에 벌이 꿀을 취하고
노을 비낀 석경에 나비 향기 드날리네
오가는 상객들을 모두 탐애하는 중에
가시 생긴 연유는 절채를 방비코저

## 釋誕日感懷

釋誕歡迎寺刹尋
蓮燈滿掛信情欽
高僧說法威儀態
信者傾誠懇願心
佛道慈悲恩德厚
衆生業報愛憎深
仙宮地獄存何處
幸福艱難自召臨

석탄일을 환영하여 사찰을 찾으니
연등이 만괘하니 신도의 정이 기쁘네
고승이 설법하니 위엄있는 자태요
신자는 경성하여 간절히 소원하네
불도의 자비는 은덕이 두터움이요
중생의 업보는 깊은 애증 때문일세
선궁과 지옥은 어느곳에 있는가?
행복과 간난은 자신이 불러오는 것

公明選舉衆心淸
공명한 선거는 중인 마음 맑게 하고

地域偏頗自愧評
지역의 편파는 자괴로 평가되네

有力賢材登用務
유력한 현재를 등용에 힘쓰고

貪官汚吏斥除誠
탐관오리는 척제함에 경성하세

獻身奉仕充民意
헌신적 봉사는 민의를 채워주고

正直投票保國珉
정직한 투표는 나라백성 보호되네

私慾黨爭危政局
사욕과 당쟁은 정국이 위태하니

大同團結継繁榮
대동단결로 번영을 이어가세

萬化方暢吟

春光滿地四方明
봄빛이 땅에 가득하니 사방이 밝고

布德東君萬化成
동군이 덕을 펴니 만화가 이룩되네

蜂蝶探花歡樂溢
봉접이 탐화하니 환락이 넘치고

李桃發艷喜心盈
도리화 곱게 피니 희심이 가득하네

簷巢燕子戀情起
첨소에 제비들 은근한 정 일어나고

草屋農夫富夢生
초옥의 농부는 부자될 꿈 생겨나네

錦繡江山華麗景
금수강산의 화려한 경치를

騷朋畫友寫精誠
시인과 화백들 정성다해 묘사하세

牧隱先生即事次韻

陽春已到浩天清
布德東君萬物生
風定紅花先發艶
雲移細雨自然晴
蜂羣屋外蜜求去
燕子簷中慈得鳴
北核砲聲誰為事
平和貴重甚分明

양춘이 이르르니 넓은 하늘 맑고
동구이 덕을 펴니 만물이 소생하네
바람이 안정되니 홍화가 먼저 곱게 피고
구름이 옮겨가니 세우가 자연히 개이네
벌들은 집 밖으로 꿀 구하러 나가고
제비는 추녀속에 사랑찾아 지저귀네
북핵과 포성은 누굴위한 일인가
평화가 귀중함은 너무도 분명한데

次修心園造成韻

遠祖彰明孝行評
修心園造得名聲
盡忠護國勳功作
竭力先塋報答成
將峀青龍佳勝境
文峯白虎吉祥薹
奇花石樹香盈地
秀景探觀受氣清

선조공명 창명하니 효행으로 평을 하고
수심원 조성하니 명성을 얻었네
충성다해 호국하니 훈공이 지어졌고
힘을 다해 선영 위함 보답이 이뤄졌네
장수봉을 청용으로 가승의 경지요
문필봉을 백호로 길상의 집이로세
기화와 석수로 향기가 가득한 곳
수려경치 탐관하여 맑은 기운 받으리

吟歲寒三友

歲寒草木入冬眠
三友雄心節操堅
翠竹凌霜青葉保
蒼松耐雪赤身全
臘梅暗動模貞淑
高士清閑效肅賢
誦讀詩書修禮道
施仁積德伴儒仙

세한되니 초목들 동면을 하는데
삼우들 웅심으로 절조가 굳건하네
취죽은 능상하여 청엽을 보호하고
창송은 내설하여 적신이 온전하네
암동하는 납매는 정수을 모방하고
청한한 고사는 숙현을 본받았네
시서 송독으로 예도를 닦아서
시인과 적덕으로 유선을 짝하리라

願國泰民安

迎新大運我邦環
祈願今年一掃艱
農作豊饒倉廩滿
工場輸出換金還
北南意合心常樂
與野相扶每事閒
國泰民安成不遠
子孫富貴德如山

새해맞아 대운이 아국에 돌아오니
원컨대 금년에는 어려운일 없으리
농사는 풍년되어 창고마다 가득하고
공장엔 수출호조 환금으로 돌아오네
남북이 뜻맞으니 마음 항상 즐겁고
여야가 상부하면 매사가 쉬워지리니
국태민안도 멀지않아 이뤄지고
자손들 부귀하여 덕이 산처럼 높아지길

願先農祝祭宣揚

先農祝祭継承明
后稷炎皇受範成
品種優良尤盡力
栽培技術總傾誠
經營合理增糧策
貿易均衡有利程
一體官民謀發展
強兵富國享光榮

선농 축제를 명확하게 이어가서
후직과 염황 위업 수범으로 이뤄가세
품종을 개량함에 더욱 힘을 다하고
재배기술 개선에 모든 정성 기우리세
경영의 합리화로 증산을 획책함이
무역 균형에 유리한 길이로세
관민이 한몸되어 발전을 도모하여
강병부구으로 광영을 누려가세

聖基洞有感

王仁逝去幾經秋
廟域山川聖氣流
古代明文傳日國
今時偉業曄金楼
鳩林上臺靈巖地
月出榮江百濟州
博識高名承萬歲
年年祝祭競詩遊

왕인 박사 서거한지 몇 년이 지났는지?
묘역 산천에는 성기가 흐르네
고대에 밝은 학문 일본에 전했으니
지금도 위업이 금루처럼 빛나리
구림마을 상대포는 영암의 땅이요
월출봉 영산강은 옛 백제의 고을일세
박식한 고명이 만세에 이어지고
해마다 축제하며 경시로 즐겨가세

願祖國平和統一

吾韓兩斷幾經年
共族相殘感不全
南北同邦何背後
東西異國豈顏前
政情互合成安地
武力皆抛至順天
錦繡江山尤美飾
平和統一子孫傳

우리 한국 양단된지 몇 년이 되었는가?
공족 상잔으로 감정이 좋지 않네
남북이 한나란데 어찌 서로 등돌리며
동서는 이국인데 어찌 서로 친하는가?
정정이 호합되면 안지가 이뤄지고
무력을 다버리면 순천에 이르리라
금수강산 우리 강토 아름답게 꾸며서
평화 통일 이룩하여 자손에게 전해주세

道德性恢復

綱常墜落亂麻時
道德精神恢復宜
取利背朋家勢殆
棄公偏黨政情危
栗師護國傾忠憶
尊聖行仁守義知
勤學經書從禮信
良風美俗必成期

강상이 추락하여 난마한 이때
도덕정신 회복이 너무도 마땅하네
이익 취해 친구 배신 가세가 위태하고
공익버려 편당하면 정정이 위태롭네
율곡선생 호국 경충 지금도 기억되고
높으신 성현님의 인의정신 알것같네
경서를 근학하고 예의 신의를 쫓아서
미속과 양풍으을 반드시 이룰때일세

黃菊滿開

汝儕戀慕樂吟觴
陶後誰知淸雅貌
玉態叢叢壯耐霜
金姿朶朶輕含露
野田翠果熟甘香
山嶽丹楓寒秀美
滿發黃花馥播長
天高氣淸過重陽

중양이 지나가니 하늘 높고 서늘한데
만발한 황화는 향기 멀리 퍼지누나
산악에 붉은 단풍 찰수록 아름답고
야전에 푸르던 과일 익을수록 달고 향기롭네
금빛모양 송이마다 이슬 맞아 경쾌하고
옥옥자태 포기마다 서리 견뎌 장하구나
도연 명후 누가 알리 청아한 이 모습을
너희들을 연모하여 음상하며 즐기노라

彈琴臺觀楓

訪來賓客接傾囊
自古中原仁厚虜
申將威聲達水藏
于公演奏松風顯
傲霜黃菊艶香粧
含露丹楓華麗飾
錦繡江山頌此鄉
彈琴臺上映秋陽

탄금대위에 가을빛이 비취니
이곳을 금수강산이라 칭송하네
이슬 머금은 단풍이은 화려하게 꾸며졌고
서리에 오만한 황국화는 예쁘고 향기롭게 장식됐네
우륵공의 연주는 소뤼으로 나타나고
신장군의 위성은 달수에 감춰졌네
옛날부터 중원은 인자하고 후덕한 곳
찾아오는 손님들에 주머니 털어 대접하네

242

## 正義具現吟

森羅萬象制於天
地上人間禮德先
富國安民豊物資
修身踐道遠金錢
文明發展研科學
教化倫常效古賢
正義孝忠誠具現
良風美俗永遺傳

삼라만상은 하늘이 제어하고
지상의 인간들은 예와 덕을 우선하고
부국과 안민에는 물질풍성 요구되고
수신과 천도에는 금전을 멀리하네
문명의 발전은 과학을 연구하고
윤상의 교화는 고현을 본받아야
정의와 충효를 정성껏 구현하여
미풍과 양속을 영구히 전해가세

## 新年所望韻

大望迎新甲午時
亨通萬事必成期
官民孝悌齊家通
與野忠心保國宜
教學勤誠科技覺
農工盡力富强知
同疆血族相逢至
南北平和統一熙

대망의 갑오년을 새롭게 맞이하여
만사형통이 반드시 이룩되기를
관민이 효제하여 제가함이 마땅하고
여야가 충심으로 보국함이 마땅하네
교학자는 근성하여 과학기술 깨우치고
농공자는 진력하면 부강됨을 알아야지
동강의 혈족들 상봉이 이뤄지면
남북간 평화통일 더욱더 밝아지리

上元夜望月

上元望月見登樓
甲午迎新福祿優
輪照家家祈所願
垂光谷谷樂同遊
詩仙已去遺文在
不老長生藥兔悠
四海光明靈感體
天空燦爛水中浮

정월보름달 보려 누대에 오르니
갑오년 새로 맞아 복록이 넉넉하리
등근달 비치니 집집마다 소원 빌고
밝은 빛 드리우니 골골마다 즐겨노네
시선은 이미 가고 유문만 남아 있고
불로장생 위한 약토는 멀리 있네
사해에 밤 밝히는 신령한 그 물체는
천공에 찬란터니 수중에 떠있었구나

送年有感

忙中送舊感懷流
甲午迎新覺悟幽
去歲災殃消盡滅
來年大運振無休
吾韓政況希望樂
世界風情混亂愁
已老心衰何事作
謹身棄慾健安收

바쁜 와중 한해 가니 감회가 감돌고
갑오년 새로 맞을 각오가 깊네
지난해의 재앙을 모두 소멸되고
내년에는 대운이 쉼없이 떨치리라
우리 한국 정치 현상 희망 있어 즐겁고
세계의 풍정은 혼란하여 근심되네
몸 늙고 정신 쇠하니 무슨일을 할구있나
몸 삼가고 욕심버려 건강평안 거두리라

謹賀新年

大望甲午我邦開
대망의 갑오년이 아국에 이르니

仰祝諸賢萬福回
제현에게 만복이 돌아오길 앙축하네

子孝父寬家患去
자효하고 부관하니 집안 근심 사라지고

官清政正國榮來
관청하고 정정하니 국가번영 찾아오네

文明發展安居助
문명의 발전은 안거에 도움되고

經濟伸長富裕培
경제의 신장은 부유가 더해지네

壽似春山千載秀
장수하긴 봄산처럼 천년을 빼어나고

德如滄海潤身臺
덕베품 창해 같아 몸과 집이 윤택하리

---

次晦堂先生歲末書感示少輩韻

寒冬歲暮起朝晨
추운 겨울 세모에 아침 일찍 일어나니

送舊迎新感想新
송구하고 영신함에 감상이 새롭네

守義謹身仁積果
수의하고 근신함은 인을 쌓는 결과이고

修心勸善德成因
마음 닦고 권선함은 덕 이루는 원인일세

家傳孝順真君子
효수를 가전함은 참다운 군자요

國保忠貞近道人
충정으로 보국함은 도인에 가까우니

百事盡誠無不至
백사에 진성하면 이루워지지 않음이 없고

相忍互讓享常春
서로 참고 양보하면 상춘을 누리리라

## 勝地賞春 (靈岩白日場)

吾韓勝地郞州天
探景華春賞客連
月出靈山彰郡裡
鳩林聖洞耀南邊
王師偉業千秋日
道岬僧門萬頃煙
雄壯遺踪傳後世
年年祝祭設詩筵

우리 나라 명승지인 영암 하늘 아래
화춘을 탐경하는 상객들이 줄을 잇네
영산과 월출출산은 영암구을 밝게 드러내고
구림과 승기동은 호남변을 빛내주네
왕인 박사 위대 업적 천추에 해처럼 뚜렷하고
도갑사 승문은 만경에 연무처럼 드리웠네
웅장한 유적을 기리 후세 보전하여
해마다 문화축제 시연함께 이뤄지네

## 猜花酷寒襲大地

東君布德日溫時
冷襲猜花似凍期
雪裏垂楊芽發晩
秋中去燕回歸遲
寒梅蕾綻淸香播
冬柏完開玉藥施
變化無窮天上事
吾思造物主能知

동군이 포덕하여 날씨가 따뜻한 이때
꽃시샘 추위가 어느 겨울 오는듯하네
눈속에 수양버들 싹트기 늦어지고
가을에 갔던 제비 다시오기 더뎌지네
한매는 망울터져 맑은 향기 펼쳐지고
동백은 다피어서 옥수슬이 베풀었네
변화가 무궁함은 하늘에서 하는 일
내가 생각컨데 조물주는 능히 알리

延邊詞伯訪來歡迎韻

中華貴友漢城遊
國異情深集此楼
日暖乾坤花發艶
風香山野客懷優
詩文共樂歡心起
筆墨相縁快意浮
自古賢師遵禮義
吾朋互協善交收

중국의 귀한 벗이 한성에 유람오니
이국이나 정이 깊어 이 다락에 모였네
천지에 일란하니 꽃이 피어 예쁘고
산야에 풍향하니 손님 회포 넉넉하리
시문으로 공락하니 기쁜 마음 일어나고
필묵으로 인연되니 상쾌한 뜻 부상하네
자고로 현사들은 예의를 쫓았는데
우리들은 호협하며 선교를 거두세

植木日感懷

樹盛蒼山秀麗宜
臨春奬勵造林施
無心濫伐招荒廢
盡力栽培避弊衰
公害豫防苗木植
水災先禦石堤治
文明大國勤森茂
綠化全疆富強期

수성하면 산 푸르러 수려함이 당연하고
봄이 오면 장려하여 조림을 실시하네
무심하게 람벌하면 황폐함을 자초하고
진력하여 재배하면 폐쇠를 피해지리
공해를 예방함엔 묘목을 많이 심고
수재를 막으려면 제방을 잘해야지
문명한 대국들은 삼림이 무성하니
전국토를 녹화하여 부강을 기약하세

次鄭知常先生春日韻

花發千山錦繡中
登峯絕景自消忡
柳楊漸綠垂青玉
桃李爭姸散馥風
播種農夫豊想滿
題詩墨客慾心空
事終飲詠歡談樂
老夢衰身似吐虹

꽃이 피니 온산이 비단에 수놓은듯
산오르니 절경에 근심이 살아지네
버들이 푸르르니 청옥을 드리운듯
도리화 쟁연하니 향표이 흩날리네
파종하는 농부들은 풍년바램 가득하고
시를 쓰는 무객들은 욕심을 비웠네
일 마치고 음영하며 환담하니 즐겁고
몸쇠한 늙은이 꿈 토홍과 흡사하네

顯忠日有感

顯忠日到感懷恍
子女親知獻拜中
官衆仰天冥福禱
儀軍俯地誓盟崇
平和共享邦民幸
戰亂先防政府功
同族相殘何可忘
必成統一不安終

현충일이 이르니 감회가 충동되고
자녀와 친지들은 헌배하는 중이로다
관과 중은 앙천하여 명복을 빌고
의장군인 땅을 보고 맹세가 높네
평화를 함께 누림 우리 민족 행운이고
전란을 선방함은 정부의 공이로세
동족의 상잔을 어찌 가히 잊으리오
반드시 통일되어 불안을 종식하세

榴花

石榴何處出妍明
姿態神仙佩玉瓊
冬木柔娟濃暗葛
春芽軟綠潤鮮清
夏花翠蕾開紅潔
秋實珠囊拆瑾精
世界諸人皆愛好
秦皇墓域植繁迎

서류는 어디서 나와 이처럼 밝고 예쁜가
자태는 신선이 옥구슬을 찬것같네
겨울나무 유연한 농암갈 색이고
봄싹은 여록색의 윤선하고 청아하네
여름꽃은 푸른 망울 피어나면 깨끗한 홍색이고
가을열매 주랑 같아 터지면 밝은 옥구슬이네
세상의 모든 사람 그를 애호하여
진시황 묘역에도 식번함을 환영하네

願國泰民安

東邦禮義古傳聲
志士賢儒聖教明
護國三軍忠意篤
安民兩党協心成
農工竭力豐饒起
道德全承秩序平
南北和親宜統一
繁榮發展盡精誠

동방의 예의지국 예부터 전해있고
지사와 현유들이 성교를 밝히셨네
호국에는 삼군이 충의가 돈독해야 하고
안민에는 양당의 협심이 이뤄져야
농공이 갈력하면 풍요가 일어나고
도덕이 전승되면 질서가 평온하리
남북이 화친하면 의당 통일되리니
번영발전에 정성을 다하세

次九月山柳陵聖域化

吾韓柳閥盡衷情
隔路多年省不成
始祖麗朝功績赫
後孫累代爵官清
修墳聖域稱陵奉
在日僑胞頌築聲
宿願千秋今世解
昔遺蔭德久承明

오한의 유문이 충정을 다하였고
다년간 길이 막혀 살핌을 못이뤘네
시조께선 고려조에 공적이 혁혁하니
후손들은 누대에 작관이 맑았네
수분하여 성역화로 능으로 받드니
재일교포 공적에 송축성이 자자하네
천추에 숙원이 금세에 해결되니
석유의 음덕이 오래도록 밝게 이어지리

教皇訪韓感懷吟

天主教皇臨我東
歡迎敬待盡誠中
儒風禮義仁根幹
佛道慈悲信本通
基督精神宜博愛
世人慾望甚昏蒙
諸生攝理共存務
互讓和平引聖雄

천주교황이 우리나라에 오시니
환영하며 경대함에 정성을 다하네
유풍은 인과 예의를 근간으로 하고
불도는 자비와 신의를 근본으로 통하네
기독교의 정신은 의당 박애인데
세상사람 욕망은 어둡고 어리석네
모든 생명들의 섭리는 공존함에 힘쓰나니
호양과 화평을 이끄는자가 성웅일세

願道德復興

忠國齊家卓我東
孝親敬老禮義隆
仁慈力踐良風起
信義誠傾善俗豊
尊聖經書倫理效
賢師講讀智謀通
施恩愛族同和裏
道德文明永不窮

충국제가에 특별한 우리나라
효친경노에 예의가 융성하네
인자를 역천하니 양풍이 일어나고
신의에 성경하니 선속이 풍성하네
존성의 경서로 윤리를 본받고
현사의 강독으로 지모가 통하네
시은 애족으로 동화하는 속에
도덕문명이 영원히 불궁하리

書懷

循環節序入初冬
甲午希望不實封
花落更春存舊貌
人衰復療未前容
少時怠學愚蒙跡
老後勤誠善德踪
聖教經書尤熟讀
詩文博習継儒宗

절서가 순환하여 초동이 되니
갑오년의 희망도 결실없이 마치네
꽃은 지면 다음 봄에 옛모습이 있지만
사람 한번 쇠해지면 치료해도 전모습 아니네
소시에 태학하여 우몽했던 그 자취
노후에 근성다해 선덕을 남기고자
성교의 경서를 더욱 깊이 익히고
시문도 박습하여 유종이 이어지길

謹賀新年吟

謹賀新年乙未回
高堂萬事大通開
東方旭日光榮至
雪裏寒梅馥播催
富國安民仁義起
強兵盛業德風培
詩文道學傾誠習
兼願康寧福滿哉

을미년 새해되니 삼가 경하하며
고당에 만사가 대통의 길 열리네
동방에 해가 뜨니 광영이 이르고
눈속에 한매는 향기 퍼짐 재촉하네
부국 안민하니 인의가 일어나고
강병 성업되니 덕풍이 배양되네
시문과 도학을 정성다해 익히며
겸하여 원하건데 강녕만복 가득하길

偶吟

乙未迎新所望開
家和萬事必成來
吾韓統一繁榮養
世界平安發展培
禮樂誠傾倫紀植
詩書熟究道心催
人間稟性靈生本
布德施仁聖志回

을미년 새해 맞아 소망이 열리리니
가화와 만사가 반드시 이뤄지리
우리 한국 통일은 번영이 길러지고
세계의 평안은 발전을 북돋우리
예악에 경성함은 윤리기강 심어지고
시서의 숙구는 도심이 재촉되네
인간의 품성은 영생이 근본이니
포덕과 시인으로 성지를 회복하세

## 濟州判官徐公諱憐擊蛇異蹟

徐公逝去幾經年
義勇靈才必出天
失怙外庭文武習
登科耽島判官宣
防災暫蟒施恩確
授命慈民布德堅
弱冠重任功績赫
建碑偉蹟久承全

서공이 서거한지 몇 년이 되었는가
의용과 영재는 하늘이 내었으리
고아되어 외가에서 문무를 익히고
등과하여 제주도에 판관으로 부임했네
방재코자 참망하니 시은이 확실하고
목숨바쳐 자민하니 포덕이 견고하네
약관에 중임 맡아 공적이 혁혁하니
위적을 건비하여 오래도록 이어가네

## 願國泰民安

迎新乙未燦朝陽
國泰民安慶福長
科學營農邦富裕
勤工勉業屋嘉芳
堯天日月仁慈振
舜帝乾坤善德揚
與野傾誠經濟務
官軍盡力継隆昌

을미년 새해 맞아 조양이 찬란하니
국태민안 하고 경복이 장구하리
과기로 영농하면 나라가 부유하고
근공하고 면업하면 집안이 아름답네
요나라는 일월같이 인자함을 떨쳤고
순제는 건곤에 선덕을 펼쳤네
여야가 정성다해 경제에 힘쓰고
관군이 진력하여 융창을 이어가세

今迎光復七旬時
광복된지 칠십년을 맞이한 이때에

兩斷吾韓統一遲
양단된 우리 한국 통일이 늦어지네

侵掠倭軍心不變
침략하던 왜군은 그 마음 변치않고

投身烈士魄無移
몸을 바친 우리 열사 그넋은 옮김없네

護民保核專誠事
구민위한 핵보유에 정성다할 일이요

富國强兵總力期
부국과 강병에 총력 경주할때로다

回顧痛冤當恥辱
회고컨데 통원의 치욕을 당했으니

應懲野慾固邦基
야욕을 응징하고 나라 기반 굳게하세

願國家安全

人間生活不完全
인간의 생활은 완전하지 못한데

危險原因地與天
위험의 원인은 온천지에 있네

保國安民無戰亂
보국하고 안민함엔 전란이 없어야 하고

成家睦族在寬賢
성가하여 목족함엔 관현이 있어야지

堅防禍厄非侵犯
굳게 방비하면 화액도 침범치 못하고

豫備災難豈可穿
미리 예방하면 재난 어찌 들어 오리

萬事操心恒害少
만사를 조심하면 항상 해가 적으리니

官軍盡力泰平傳
관군이 진력하여 태평을 전해가세

254

慨歎極左蠻行

世界交流不遠隣
施恩協助好相親
自由理念宜常道
極左精神甚悖倫
民主平和仁踐正
獨裁暴力惡遷均
賢君治政從天意
覺醒回歸大義伸

세계가 교류하니 멀지 않은 이웃이요
시은과 협조로 서로 좋게 친하세
자유의 이념은 마땅한 상도요
극좌의 정신은 극심한 패륜일세
민주와 평화는 仁을 바로 행함이요
독재와 폭력은 악을 고루 옮김일세
현군의 치정은 천의를 따랐으니
각성회귀로 대의를 신장하세

願植木日公休復元

清明寒食每年回
植木繁林大利來
綠竹蒼松身健育
奇花妙草氣新栽
豫防旱害登豊作
沮止霖災産業培
錦繡江山仙境化
速成休日衆民催

청명한식은 매년 돌아오니
식목하여 번림되면 큰 이익 돌아오리
록죽 창송은 몸건강 길러지고
기화 묘초는 새기운 심어주네
한해가 예방되어 풍년이 이뤄지고
장마 피해 저지되어 산업을 북돋우네
금수 강산을 선경으로 만들고자
휴일 빨리 이룩되기 모든 사람 재촉하네

春過孟夏繡屏羅
芳草幽香滿谷坡
柳幕鶯兒姣態美
簷巢燕子嚶音和
山林細雨成青毯
野麥微風作碧波
騷客探光詩欲動
以文會友詠觴歌

봄이 지나 맹하 되니 비단병풍 수놓으듯
방초에 유향이 곡파에 가득하네
버들장막 꾀꼴새 교태가 아름답고
첨소에 제비들 롱음이 화목하네
산림에 세우 오니 푸른 융단 펼쳐 논듯
들에 보리 미풍에 푸른 물결 이루네
소객이 탐광하니 시상이 발동하니
글로써 모인 친구 영상하며 노래하네

願斯文振作

循環節季運營天
禮義倫常聖教傳
鄒魯淵源承萬代
洛閩道統守千年
誠傾樂賦歡胸裏
講學經書照暗邊
世俗民心尤混濁
斯文振作導仁賢

수환하는 계절 운영 하늘이 하고
예의와 륜상은 성교를 전함이니
추로의 연원은 만대에 이어지고
락민의 도통은 천년을 지켜왔네
악부에 경성하면 가슴속이 기뻐지고
경서를 강학하면 어두운면 밝아지네
세속의 민심이 혼탁한 이때에
사문을 진작하여 인현으로 인도하세

隆師日

師恩厚重古今同
三事之情永不窮
傅訓深功倫理績
父生養德血緣通
文明發展知能哲
技術研磨産物豊
如此諸般成教育
學徒覺醒盡誠中

스승의 은혜 후중함은 고금이 같고
군사부 섬기는 정 영원히 이어지리
선생님의 깊은 은공 윤리가 이어지고
부모님 나아 기름 혈연이 이어지고
문명의 발전은 지능이 밝아지고
기술의 연마는 산물이 풍요롭네
이와 같이 모든일이 교육으로 이뤄지니
학도들 각성하여 진성하는 중이로세

登枕流亭有感

昔歲曹候建枕流
此亭重築秀清幽
澄湖水曲行巴字
金貴峯奇掛朏鈎
萬古江山名勝地
遺傳詩賦揭樓頭
賢官志士文鄕造
騷客繁來自解愁

예전에 조현감이 침류정을 지었고
이 정자 중축하니 수려하고 천유하네
영호강 곡수는 파자의 모양이요
금귀산봉 기이하게 초생달이 걸린듯
강산은 예부터 명승지인데
전해오는 시부는 루두에 걸려있네
현관과 지사들이 문향을 이뤘으니
소객들 번성하여 근심 자연 풀리네

釋誕日有感

釋誕迎尋寺刹門
僧徒禮佛致誠煩
蓮燈滿境安全禱
石塔回邊所願言
俗界風潮貪慾邃
如來說法德和尊
心虛解脫禪家範
勉學深研醒夢魂

석가탄일 맞이하여 사찰을 찾으니
승도들 정성어린 예불에 번거롭네
연등이 만경하니 안전을 기도하고
석탑의 주변돌며 소원을 말하네
속계의 풍조는 탐욕이 깊은데
여래의 설법은 덕화를 조승하네
마음비워 해탈함은 선가의 규범이니
면학하고 심연하여 몽혼을 일깨우세

綠陰風趣

綠陰芳草最佳辰
甘雨霏霏葉洗塵
已到端陽秧植急
近來夏至麥收頻
黃鶯柳幕交情篤
白鶴松林舞態新
騷客吟詩傳後世
畫工寫景赫親隣

무성한 녹음방초 가장 아름다운 이때
단비가 부슬부슬 잎에 먼지 씻어주네
단오절 이르니 모심기에 급하고
하지가 가까우니 보리거둠 바쁘네
유막에 꾀꼴새 교정이 돈독하고
송림에 백학은 춤의 자태 새롭네
소객은 음시하여 후세에 전하고
화공은 풍경 그려 친한 이웃을 빛내네

奉審紫雲書院

紫雲景色秀姸蒼
書院當時學熱光
講舍今觀清雅靜
文祠奉審肅然莊
数千訓弟儒風起
十萬成兵護國方
鄒魯精神真實踐
賢師大道永宣揚

자운산 경치는 빼어나게 아름답고
당시의 서원에는 학습열정 빛났으리
강의당 지금 보니 청아하며 고요하고
문성사 봉심하니 숙연하고 웅장하네
수천의 후제로 유풍을 일으켰고
십만의 양병설은 호구의 방책이네
추로의 정신을 참되게 실천하니
현사의 대도는 영원히 선양되리

孤雲崔致遠先生

古代崔公出我東
羅唐文化架橋通
少時異國登科裏
後日還鄉布志中
政勢不安潛世俗
經書精進起儒風
青雲大夢難成際
聖道遵行苦樂同

고대 최치원공은 아동에서 출생하여
라당문화 교류에 가교 역할 하여왔네
소시에 이국에서 등과를 하였고
후일에 환향하여 뜻을 펴든중
정세가 불안하여 세속에 잠겨서
경서를 정진하며 유풍을 일으켰네
청운의 큰 꿈을 이루기 어려워
성도를 준행하며 고락을 함께 했네

夏日即事

夏節休暇訪海山
颱風熱暑疊期間
魚蝦水裏姿游躍
鳥獸陰中意解關
村老閑農携鈺野
兒童放學走河灣
騷人索句詩書樂
盡日吟觴暮不還

여름철 휴가로 산해에 찾아들고
태풍과 무더위가 겹치는 기간일세
어하들은 물속에서 맵시있게 뛰어놀고
조수들은 그늘에서 마음의 빗장푸네
촌노들 농한기에 낮을 들고 들로 가고
아이들 방학되니 물가로 달려가네
소인들 색구와 시서하기 즐거워
하루종일 음상하다 돌아갈줄 모르네

釜山尋訪有感

釜山離住幾經年
半百時流變化連
地下交通圓滑路
海邊集客滿員筵
機張外郭新都擴
松島岩南古木聯
廳舍轉移圖發展
民心順厚盛昌堅

부산을 떠난지 몇 년이 되었는가
반백년 흐른 세월 변화가 이어졌네
지하교통으로 소통이 원활하고
해변에 손님 모여 자리마다 만원일세
기장군 외곽에 신도시가 확장되고
송도에 암남으로 고목이 이어졌네
시청사 이전으로 발전이 도모되고
민심이 수후하니 성창이 굳건하리

金井山光美麗城
梵魚寺殿勢雄楹
周圍樹木千年秀
邃谷溪流萬歲淸
避客半身潛浴滿
遊羣總體露眠盈
僧徒奉仕中餐供
佛道慈悲願久行

금정산광은 미려한 산성이요
범어사 건물의 기둥이 웅장하네
주위의 수목들은 천년동안 빼어나고
깊은 계곡 흐르는물 만세토록 맑구나
피서객들 반신으로 잠욕자들 가득하고
유객들 전부가 로면에 빈틈없네
승도들 봉사로 점심을 제공하니
불도의 자비 정신 영구하길 원하네

光復經過七十年
當時萬歲喊聲連
倭軍敗戰渾身走
先烈冤魂白骨眠
黨政合心防備固
諸民覺醒盡忠全
各邦角逐生存競
富國强兵統一先

광복된지 七十年이 되었는데
당시엔 만세 함성 끝없이 이어졌네
왜구들 패전하여 혼신으로 달아나고
선열들은 원혼과 백골이 잠들겠네
당정이 합심하여 방비를 굳게 하고
온국민 각성하여 충성을 다하세
세계각국 생존경쟁 각축을 이루나니
부국과 강병으로 통일을 우선하세

# 回憶殉國先烈

自古吾邦戰被傷
投身先烈守防莊
護民大義千年秀
救國精神萬歲昂
擊退侵軍離別族
扶存社稷散情鄉
當時苦痛膺深刻
似日崇功永久彰

옛부터 우리 나라 전쟁 상처 입었는데
선열들 투신하여 수방함이 장엄했네
호민의 대의는 천년에 빼어나고
구국의 정신은 만세에 느높았네
침략군 격퇴 위해 가족을 이별하고
사직을 보존코자 정든 고향 헤어졌네
당시의 고통을 가슴속에 깊이 새겨
태양같이 높은 공적 영구히 현창하세

# 偶吟

人間渴望福為先
次壽康寧富貴連
方法追求無限努
世情百事不成專
行仁布德倫常守
棄慾傾誠善道傳
古聖賢師承教訓
和平四海共存宣

인간의 갈망은 행복이 먼저이고
다음엔 장수 강녕 부귀가 이어지고
방법을 추구코자 한없이 노력해도
세정은 백사가 마음대로 되지않네
행인과 포덕으로 윤상을 지켜서
기욕과 경성으로 선도를 전하세
옛 성인과 어진스승 교훈을 계승하여
사해가 화평하게 공존하길 선언하세

詠懷

冬溫活動自然平
寒雪堂中詠讀聲
白髮誰招來隱密
紅顏孰誘去無情
松柏綠翠千年秀
日月輝煌萬代明
乙未纔春如電走
丙申不寢守新正

겨울인데 따뜻하니 활동이 평탄하고
찬눈오니 집안에서 영독성이 들리네
백발은 누가 부른듯 은밀히 찾아오고
홍안은 누가 꾄듯 무정하게 가버렸네
송백은 늘 푸르러 천년에 빼어나고
일월은 휘황하게 만대에 밝은데
을미년은 봄되더니 번개처럼 달아나니
병신년은 잠 안자고 신정부터 지키리라

可樂詩會吟

可樂詩可樂來
支援作協陋筵開
吾邦大德迎師事
斯界高名講學魁
教習相論新句索
唐書解說緩文培
神渾氣弱誠非盡
少不勤工老悔恛

가락시회 시 배우러 가락동에 모이시니
작가협회 지원으로 누한 자리 마련됐네
오방의 大德인분 스승으로 영입하니
사계에 고명하고 강학엔 으뜸일세
교습과 상론으로 새론 시구 찾으며
당서 해설 들었으나 시문 성장 더디구나
정신혼미 기운약해 정성을 못다하니
소시에 고부 못하였음이 늙어서 후회로 돌아오네

## 可樂詩會吟

可樂詩朋會
相逢各制吟
晝耕勤似古
夜讀熱同今
筆士研書集
諸賢議事臨
幽情淳厚虜
飲詠溢歡心

가락 시붕들이 모이는 이곳
서로만나 각자 지은 시를 읊네
농경에 부지런함 예전과 같고
공부에 열성은 지금도 한가지네
필사들은 연서하러 모여들고
제현들은 일을 의논코저 임하네
유정이 수후한 이곳
읊으며 마시니 기쁨이 넘치네

## 新燕訪舊主

風和日暖到三春
細雨花開活氣新
滄海飛翔簷訪客
農村播種野留人
前巢固葺含泥速
舊主深恩謝語頻
燕子生雛慈養育
霜秋奄及更離隣

풍화일란한 삼춘의 봄이 되니
세우에 꽃이 피어 활기가 새롭네
창해를 날라와 추녀찾는 손님이요
농촌에선 파종 위해 사람들은 들에 있네
예전집 고치고자 진흙 나름 재빠르고
옛주인 깊은 은혜 사례로 지저귀네
제비들 새끼 낳아 사랑으로 기르더니
어느덧 가을 되니 다시 이웃 떠나누나

264

## 願靈巖文物盛況

靈巖發展燦然陽
碩學高師衛德香
岬寺雄姿崇禪址
鳩林秀麗厚情鄉
今時產物生隆盛
昔歲儒文性善長
老少郡民誠祝祭
鳶飛魚躍樂遊塘

영암의 발전은 태양처럼 빛나고
석학과 고사의 위덕이 향기롭네
도갑사는 웅자하여 선을 높이는 터요
구림은 수려하여 정 두터운 마을일세
현대의 산물은 생활을 융성케하고
예전의 유교문학 품성을 착하게 하네
노소 군민들이 정성다해 축제하면
수리날고 고기 노는 연못같이 즐거우리

## 梅花

嚴冬覺夢促春光
勝雪梅花發艷陽
無葉先開能潔飾
每枝漸實為靑粧
現今賞客稱鮮美
自古騷人詠淑香
月夜銀河疑落地
仙姿雅態秀羣芳

엄동의 긴꿈 깨고 봄빛을 재촉하니
눈을 이긴 매화는 곱게도 피어있네
잎도 없이 먼저 피어 수결을 꾸몄고
가지마다 열매 열어 푸르름 장식하네
요즈음 상객들 아름다움 칭찬하고
예부터 시인들은 맑은 향기 읊었네
달밤엔 은하수가 떨어졌나 의심되고
신선같이 아담한 자태 꽃중에서 빼어났네

## 願儒風振作

吾韓自古禮義東
訓育兒童擊退蒙
孝義宣揚賢士伴
忠貞教養善朋同
從遊聖域仁心守
耽讀經書弊俗終
振作儒風為國本
邦家大盛必成功

우리 한국 예부터 동방예의 나라로
아이들을 가르쳐서 어리석음 퇴치하고
효의를 선양하여 현사와 짝을 했고
충정을 가르쳐서 선붕과 같아졌네
성역에서 종유하니 어진 마음 지켜지고
경서를 탐독하여 폐속이 종식되네
유풍의 진작을 국가의 근본으로 하니
방가의 대성이 반드시 성공되리

## 竹

萬山草木許多生
綠竹猗猗脫草莖
凌雪健莊賢士節
常青淑氣婦人貞
遒枝葉茂從君態
外勁中虛效聖名
願世諸民皆正直
迎春四海継和榮

만산에 초목들 허다하게 살고 있는데
아름답고 푸른 대는 탈초 한 줄기로세
능설하고 건장함은 현사의 절개 같고
상청한 숙기는 부인의 정절같네
굳센기둥 무성한 잎 군자 자태 따랐고
외경하고 중허함은 성인 이름 본받았네
세상의 국민들이 竹같이 정직하면
사해가 봄을 맞아 화목번영 이어지리

作家協會在京東
送舊迎新祝願同
故友相逢談笑裏
高賓共賀勸盃中
經書熟讀仁心厚
筆墨精研畵品豊
藝術文明崇國位
來年萬事盛無窮

작가협회는 서울 동쪽에 있고
송구영신에 다함께 축원하네
친구들 서로 만나 담소를 하는 속에
귀빈들 공하하며 잔을 권하네
경서를 숙독하니 어진마음 두터웁고
필묵에 정연하니 화품이 풍요롭네
예술과 문명은 나라 위상 높여지니
래년에는 만사가 끝없이 번성하리

民族精氣守護

崇禮吾邦在位東
檀孫精氣效皆同
忠貞善德承良俗
孝悌倫常継美風
經學詳傳仁義赫
新文教習技知隆
平和統一傾誠裏
富貴康寧實踐中

숭례하는 우리 나라 동방에 위치 했고
단군 후손 정기는 다함께 본받으리
충정과 선덕은 양속으로 이어지고
효제와 윤상은 미풍으로 계승되네
경학을 상전함은 인과 의를 밝게하고
신문학을 교습함은 기지를 융성케하네
평화통일에 정성을 기우리는 속에
부귀와 강녕을 실천하는 중이로다

日暖風和

風和樹草綠芽纖
日暖花開美馥添
騷客吟詩名句渴
農夫播種表衣霑
漢江碧水流黃海
北岳蒼松映白簾
駘蕩春光誰不喜
國家安定我心恬

봄바람이 온화하니 초목에 새싹이 돋아나고
날씨가 따뜻하니 꽃이 피어 미향이 더하네
소객들 음시에 명구 찾기 목마르고
농부들 파종하라 옷에 땀이 젖어드네
한강의 푸른물 황해로 흘러가고
북악의 푸른 솔은 발밖에서 비치네
태탕한 봄빛을 누가 기뻐 않으려만
국가가 안정되니 내 마음 편안하네

訪教育都市居昌

育英最盛地方尋
自古居昌熱意深
入校兒童忙冊讀
登樓老長急詩吟
昔儒聖教成書院
今士新文建學林
山水風清名勝處
無窮發展聞祥音

육영사업 번성한곳 어디인가 찾아보니
옛날부터 이곳 거창 열의가 깊었었네
학생들을 학교가서 독서하기 바쁘고
노장님들 누에 올라 시를 급히 읊는구나
예전 유생 성교 위해 서원을 설립하고
금사들 신학문하여 학림을 건설했네
산수 풍청한 명승지인 이곳에
무궁한 발전 위해 좋은 소리 들리네

新年所望吟

人間所望務完成
歲首諸民計劃盟
富貴和時家有樂
泰平盛世國無爭
農耕汗苦糧倉滿
政事清廉社會明
南北交流尤確大
吾邦統一願繁榮

사람들은 소망을 이루고자 노력하고
세수에는 모든 민생 계획을 굳게하고
부귀하고 화목할때 가정에 낙이 있고
국가전쟁 없어질 때 태평성세 이뤄지네
농경에 한고하면 창고곡식 가득하고
정사에 청렴하면 사회가 밝아지네
남북간의 교류가 더욱 확대 되어져서
우리나라 통일되어 번영하길 원하네

冰

冰源水變鏡如明
狀態寒堅玉似清
夏節諸輩求數往
冬朝萬類避常行
過年橇具歡遊處
現代新機競走程
冷熱乾坤成造化
人間智慧利經營

얼음의 근원은 물이 변해 거울같이 밝고
모양은 차고 굳어서 옥같이 맑네
여름철엔 모든 사람 구하러 자주 가고
겨울에는 만류들이 항상 피하여 다니네
예전에는 썰매타고 즐겁게 놀든 곳
현대에는 새기계로 경주하는 길이로다
사계절 춥고 더움은 건곤의 조화로 이뤄지니
인간의 지혜로 이롭게 경영하세

勸讀書吟

晴雨隨時七色虹
人間萬物理明通
經文繼習從良俗
聖教勤行守美風
地運生營皆冊裏
天飛海走亦茲中
名書究讀愚蒙覺
善德施恩享樂同

무지개는 일기따라 수시로 변하는 법
인간은 만물이치 밝게 통해야 하네
경문을 계습하여 양속을 따르고
성교를 근행하여 미풍을 지켜가세
땅을 운영하고 생을 영위함이 모두 책속에 있고
하늘을 날고 바다를 달림도 또한 이가운데 있나니
명서를 구독하여 어리석음 깨달아서
선덕과 시은으로 향락을 함께 하세

青南臺観光有感

青南臺在大清瀛
谷谷湖邊造景精
元首休時心體養
衆民探賞氣神生
靈山秀木花香溢
碧水遊魚泳樂盈
銅像雄姿彰偉業
此財國寶保殫誠

청남대는 대청호안에 있는데
호변의 골짝마다 조경이 정교하네
국가 원수 휴가하여 심체요양 하든 곳
중민들이 탐상하니 기신이 살아나네
영산에는 수목과 화향이 넘치고
벽수에는 예쁜 물고기 즐거움이 가득하고
동상들의 웅장함이 위업을 나타냄이로다
이 재물들은 구보로서 보존에 탄성하세

趙光祖先生生涯

靜翁學德卓吾東
幼戲凡兒特不同
成長能知倫道俗
科元可夢正和風
常思善政唐虞效
每念仁慈孔孟崇
破字陰謀因被害
當時有恨後為忠

정암 선생 학덕은 우리나라에서 탁출하고
어려서 놀이에도 보통 아이와 특별히 달랐네
자라면서 윤리도덕의 풍속을 알았고
과거시험 장원한후 정화 풍속 꿈꿨었네
항상 선정에는 요순을 본받음 생각하고
매양 인자함에는 공맹정신 숭상했네
파자로 음모인해 비참한 해를 입었으니
당시에는 한이 되나 훗날엔 충신이 되었네

鄭鵬公固窮

鄭公稟性守貞仁
清白生涯豈免貧
門絕苞苴廉節篤
廚承菜粥禮儀親
小人見物貪心發
君子從賢善德陳
萬事過猶云不及
中庸之道實行伸

정공의 품성은 곧고 어질음을 지키니
청백한 생애로 어찌 가난을 면하리오
문전에 선물이 끊어져도 렴절은 돈독하고
부엌에 나물죽 이어져도 예의는 친절하네
소인들은 겉말에 탐심이 일어나고
군자는 현을 쫓아 선덕을 베푸네
만사가 과유불급이라 일렀으니
중용지도의 실행이 신장되길 바라네

忠愍朴淳公騎子母馬去咸興

朴公麗末武臣彰
太祖深緣輔闕芳
出征遼東俱李將
回軍威島奏禍王
鮮初世子宮中亂
主上難任欲侍皇
忠愍咸興還受諾
歸船被斬痛悲當

박공께서 고려말에 무신으로 드러나니
태조와 심연으로 대궐보좌 아름답네
요동정벌 출정할 때 이성계 장수과 함께 했고
위화도에서 회군할 때 주상에게 상웃구했네
조선초에 세자들이 구중궁궐을 일으키니
주상 책임 어려워서 태상왕을 모시려하네
충민공이 함흥가서 돌아올 승락 받고서
귀선에서 피참되니 비통함이 당연하네

土亭先生學德及善政吟

土亭學德卓才人
師事花潭主敬新
術法陰陽施智慧
天文地理布恩仁
乞氓對策芒鞋市
爲域枯池絕納宸
善政慈民千古赫
自修祕訣不窮陳

토정선생 학덕과 재주가 높은 분으로
화담선생 사사하여 주경존성이 새로웠네
음양오행 술법으로 지혜를 베풀었고
천문과 지리로 은혜와 인을 펼쳤네
걸인들의 대책으로 짚신 삼아 팔게 했고
지역 위해 못슬 말려 대궐진상 끊었었네
선정으로 자민함이 천고에 빛났으며
스스로 닦은 비결은 끝없이 베풀어 졌네

主敬存誠~宋儒家修身 根本으로 공경을 존중하고 성의를 보존함.

僧軍總帥四溟堂
雅號松雲出密陽
俗姓豊川之任氏
法名惟政意深香
西山教受臨爭勝
清正家還戒殺傷
訪日家康還國捕
壬辰靖亂樹功長

스님의 총수였던 사명대사는
아호는 송운이며 밀양에서 출생했네
속성은 풍천임씨 가문에서 태어났고
법명은 유정으로 의지가 깊고 향기로웠네
서산대사 가르침 받아 전쟁에서 승리하고
가등청정 진영 찾아 살상을 경계했네
일본 가서 덕천가강 만나 포로를 돌려오니
임진왜란 평정함에 공 세움이 높았네

清正ー왜장 가등청정 家康ー倭君德川

詩書畵松都三絶韻
花潭博識秀吾東
易學堯夫伴可通
講究天文成偉業
研磨性理竪高功
生員試母請當然應
本試師推自意空
名妓黃眞交不亂
松都三絶繼名隆

서화담은 박식함이 우리나라에서 빼어나니
역학은 소강절과 짝함으로 통하였네
천문을 강구하여 위업을 이루었고
성리학을 연마하여 높은 공을 세웠네
생원시는 어머니 요청으로 당연히 응시했고
본시는 조정암이 추천해도 자의로 불참했네
명기 황진이와 오래 사귀었으나 불참하였으니
송도의 삼절로 높은 명성 이어지네

願雪嶽五色索道建設

雪嶽靈山秀我東
觀光意慾萬人同
奇巖絕壁難探景
索道完成共賞風
公約施行元首德
盡誠遂事住民功
襄陽五色繁昌裏
老少歡迎外客隆

설악영산은 우리나라에서 빼어 났으니
관광하고 싶은 마음 만인이 같으리라
기암절벽 선호하나 직접 탐경 어렵고
색도가 완성되면 좋은 풍광 함께 보겠네
공약이 시행됨은 국가원수의 덕이고
정성 다한 수사는 주민들의 공이로세
양양의 오색지역 무궁번창 하는 속에
노소가 환영하여 외객들도 융흥하리라.

吟南冥先生篤學力行

南冥篤學特殊人
官爵無關聖道新
不應王招經史友
傳承理氣碩儒隣
英才教育多賢出
鍛鍊修身樹水親
智異山邊書塾闢
生淸逝後大名伸

남명선생 독학으로 범인과 달랐으니
관작은 무관하며 성도를 새롭게 했네
왕의 부름에 불응하고 경사를 친구했고
이와 기를 전승하며 석유들과 이웃했네
영재를 교육하여 많은 현인 배출하고
수신하고 단련함에 나무와 물과 친했네
지리산 주변에 서숙을 개설하여
생전에 청정하니 서후에 대명을 펼쳤네

文成公尙震不言人之短吟

文公才德出於天
宦品陞階左相連
稟性寬仁廷謂哲
威儀肅正世稱賢
恒常不語他人短
寸刻非行自顧偏
逝後君王墳再訪
官民仰慕盡恭虔

문성공은 재덕을 하늘에서 타고나니
품성이 관인하여 조정에선 철인이라 하고
환품의 계단 올라 좌상까지 이르렀네
위의가 숙정하여 세상에선 현자라 칭하네
항상 타인의 단점을 말하지 아니하고
촌각의 비행에 치우쳤나 스스로를 돌아보네
서후분묘에 구왕께서 다시 방문하셨다니
관민이 앙모하여 공경함을 다하였네

林錦湖公生涯吟

林公稟性特豪雄
磊落軒昂孰伴同
君子精神寬厚德
丈夫氣像壯嚴隆
右肩掛物强長箭
左手持機銳勁弓
共學文純親互敬
關聯士禍恨懷終

임형수공의 품성이 특별히 호우하여
뇌락하고 헌앙하니 누가 감히 짝을 하리
군자의 정신으로 관인하고 후덕했고
장부의 기상으로 장엄함이 드높았네
오른 어깨에 걸린 물건 강장한 화살이요
왼손에 가진 기구 예경한 활이로세
문순공과 공학하며 친하면서 공경했는데
을사사화 관련으로 한을 품고 마치었네

讚柳西厓先生壬亂偉勳刀筆才

西公學德似深淵
書事頻煩處理全
扈從功臣安主足
重任領相保民堅
倭兵逐出殫心力
明將迎來討伐虔
壬亂終爭誠意獻
泰山偉績口何傳

서애공의 학덕은 깊은 못과 같아서
빈번한 서사를 온전히 처리했네
호조공신으로 임금을 편히함에 족하고
영상의 주책으로 백성 보호 견고했네
왜병을 축출함에 힘과 마음 다하였고
명군 장수 영입하여 왜적을 토벌했네
임진왜란 종식에 성의를 다 바쳤으니
태산 같은 위대 공적 말로 어찌 전하리

後瘳 金盡國의 雅號

鶴谷洪瑞鳳幼見大抱負

鶴老多才智略明
南陽洪閥必譽鳴
幼時學塾親朋導
早歲科場月桂成
掛命傾誠安社稷
殫忠相任固繁榮
推王嫡統終虛事
詩賦名文著述盈

학곡께선 다재하고 지략이 밝았으며
남양홍씨 문중에 영예를 떨치었네
어린시절 학숙에서 친구들을 계도하고
조세에 과장에서 장원 급제 하였네
목숨걸고 경성하여 사직을 편안히했고
영상으로 충성다해 번영을 확고히했네
적통으로 왕을 추대하다 마침내 허사되었고
명문 시부들이 많이 저술되어 있네

## 古稀感懷（白巖原韻）

歲月如流喜壽年
少時國亂學非專
在鄕生業無餘暇
他出成文意志堅
夜讀晝耕狂疾走
晚閑弄墨似儒仙
但祈家率恒身健
拙筆鈍才書展筵

세월은 물 흐르듯 벌써 고희 되었구나
소시엔 국난으로 학업전념 못하였고
고향에선 생업으로 여가조차 없더니
객지에선 학업성취 결심 굳게하였네
젊어서는 주경야독 미친듯이 바빴는데
만년엔 붓과 즐겨 선비인양 신선인듯
앞으로 바랄 것은 가족 건강하기를
재주없어 서투글씨 서예전을 열었네

## 祝白巖姜思賢會長古稀展

兢齋 尹烈相

白翁乃迍古稀春
書畫經營展示辰
翰墨生涯揮健筆
寬仁活動保康身
芝蘭砌上和光溢
琴瑟床頭悅色新
雲集賓朋祈壽福
滿家吉慶順然伸

백암께서 고희의 봄을 맞이하여
서화를 경영하여 전시회를 하는 때이네
한묵의 생애는 건필을 휘호하고
관인의 활동은 강신을 보호하네
지란(후손)은 체상에 화광이 넘치고
금슬(부부)은 상두에 열색이 새롭네
운집한 빈붕들이 수복을 기원하니
길경이 만가하여 순연히 신장하리

傘壽展有感（原韻）

當年賤齒八旬春
未報劬恩感倍新
少志免貧謀潤屋
老心勤學欲修身
詩文誦讀唐詩友
筆墨研磨晉筆親
自愧非才書展關
參觀叱正導清純

금년맞아 천한 나이 팔순이 되었으니
보답못한 부모은혜 새삼배로 느껴지네
소시엔 면빈코자 유옥을 도모했고
나이들어 근학하여 수신이나 하고자
시문을 송독하니 당시와 벗이 되고
필묵을 연마하니 진필과 친해졌네
재주없음 자괴하며 서예전을 열었으니
참관하여 질정해서 청순에 이르도록

祝白巖姜思賢先生傘壽展有感
兢齋 尹烈相（漢詩學會長）

仁壽當然氣似春
白翁八壹展書新
操心正直清滋業
稟性溫恭德潤身
勤讀詩文君棠慕
勉耕筆墨右軍親
鳳麟孝友家聲赫
慶賀賓朋感歎純

인자득수 당연하여 기력 항상 봄과 같고
백암선생 팔질맞아 전시회가 새롭네
조심하고 정직하여 사업 항상 청자하고
품성이 온공하니 몸은 항상 덕있어 윤택하네
시문을 근독하니 그대 항상 사모하고
필묵을 면경하니 왕우군과 친해졌네
자손들 효우하니 가성이 혁혁하며
빈붕들을 경하하며 감탄소리 청순하네

278

**白巖先生傘壽展祝賀韻**
晚齋 辛在雨

白翁今迓八旬春
切琢研磨老益新
道骨僊風寬德貌
高標志氣達仁身
詩求李杜騷朋樂
筆教鍾王弟子親
萬能理財營大厦
畫書展闢祝眞純

백암옹이 이제 팔순을 맞이하여
절탁하고 연마하여 노익장을 과시하네
도골과 선풍으로 관인후덕의 자태요
고표와 지기로 달인의 모습일세
이백 두보 시 배우니 시붕들 즐겁고
종요와 우군 필체 가르치니 제자들과 친하네
리재에 만능하여 대하를 경영하고
서화전을 열었으니 진순함을 축하하네

**爲祝舍弟白巖傘壽展**
研齋 姜思國

光榮八耋慶禧春
偕老康寧琴瑟新
勤勉勞功成大業
行仁踐義德全身
麟孫獻壽恭謙孝
賀客吟觴頌祝親
筆墨傾誠通晋漢
詩書繪寫至淸純

광영의 팔질맞아 경희로운 봄철에
강녕하게 해로하니 금슬이 새롭네
근면한 노력공으로 대업을 이루었고
행인과 천의로 적덕이 온전했네
자손들 헌수하며 공겸으로 효도하고
하객들 음상하며 친전으로 송축하네
필묵에 경성하니 우군 조요와 통했고
시서를 회사하니 청순함을 이루었네

白翁八耋迓長春
麟鳳班衣瑞色新
月夕陽朝能養志
仁山智水可安身
早登宦路功名重
晚愛騷壇翰墨親
書若龍蛇揮筆健
誦兼繪畫作眞純

백옹께선 팔질이는데 장춘을 맞이한듯
자손들 고운 옷에 서색이 새롭네
조양월석에 능히 뜻을 기르고
인산과 지수로서 가이 몸이 편안했네
환로에 조등하니 공명을 중히하고
소단을 만애하니 한묵과 친해졌네
서체는 용사같아 희필이 건전하고
송시겸 회화하니 작품이 수진하네

祝白巖姜思賢先生傘壽展

春農 朴相炫

白巖八耋壽氣如春
書展開場墨馥新
揮筆順流王老慕
吟風自通杜翁親
理財透徹成功業
禮義分明至德身
性禀仁和無不善
賓朋激讚詠詩純

백암선생 팔순맞아 기력 항상 봄과 같고
서예전시 열었으니 묵향이 새롭네
휘필이 순류하니 왕우군을 사모하고
음풍하며 자적하니 두보와 친해졌네
이재에 투철하니 사업을 이루었고
예의 범절 분명하니 덕윤신을 이루었네
성품이 인화하니 착하지 않음이 없고
영시가 수연하니 빈붕들이 격찬하네

## 白巖先生傘壽展祝賀韻　松谷 李平熙

白老豪儒八耋春
仁慈明德氣容新
厚謙性稟圓融事
勤儉生涯自勝身
棠棣和恭人子範
鳳麟孝友弟昆親
詩書畫偏開勉展
珍貴遺痕讚允純

백암선생은 호유로 팔순을 맞이하니
인자하고 명덕으로 기품이 새롭네
후덕하고 겸손한 성품으로 매사에 원만하고
근검을 생활신조로 극기복례 지켜왔네
집안이 화목 공손하니 모든 사람의 수범이요
자손들이 효우하고 형제간에 화친하네
시서와 화평을 다함께 전시하니
진귀한 유품에 유수함을 찬양하네

## 白巖姜思賢先生傘壽展有感　每泉 李光善

姜老迎年八十春
紀念書展感心新
四方大德圖謀意
兩會頭紳實踐身
筆跡文章華法近
吟詩句節國儒親
同牢自適餘生樂
強健南山祝願純

강노께서 팔십세의 봄을 맞이하여
기념서예전을 여니 느끼는 마음 새롭네
사방의 대덕들이 뜻을 도모하여
양회의 책임자로 실천하는 몸일세
필적과 문장은 중화법과 가깝고
음시 구절은 구내 유림들과 친해졌네
동뢰에서 자적하니 여생이 즐겁고
남산처럼 강건하길 진심으로 축원하네

謹祝白巖先生傘壽展
青苑 李承玹

仁者壽然似若春
八旬展示名筆新
操心正直淸滋業
稟性溫恭德潤身
勤讀詩文君實慕
勉耕筆墨右軍親
鳳麟孝悌家聲赫
慶賀不窮傳至純

인자 장수한다더니 선생 건강 봄과 같아
팔순에 전시하니 명서가 새롭네
정직하고 조심하니 업태가 청자하고
품성이 온공하니 적덕으로 윤신하네
시문을 근독하니 그데 성실 사모하고
필묵을 면경하니 왕우군과 친해졌네
자손들이 효제하니 집안명성 혁혁하고
경하컨대 무궁토록 수연함이 전해가길

祝尹錫悅大統領就任

就任領首祝聲昂
布德施恩善政望
勤勉淸廉營業盛
殫誠奉仕使勞莊
文明發展民生活
經濟隆興國勢張
減稅增輸諸費節
邦家富裕大繁昌

취임하는 대통령에 축하소리 드높으니
덕을 펴고 은혜 베풀어 선한 정치 바라네
근면하고 청렴하면 영업이 번성하고
정성다해 봉사하면 사로가 장엄하네
문명이 발전하면 구민생활 활발하고
경제가 융흥하면 국세가 확장되네
감세 및 수출증대와 모든 비용 절감하면
나라 가정 부유하여 크게 번창하리라

## 我門始祖元帥公頌德碑建立感懷

遺墟勝地頌碑成
鼻祖殫忠偉蹟明
太古炎皇姜姓始
移居半島子孫榮
隋軍擊退勳功赫
護國精神智勇盈
盡力愛民千歲範
雲仍後裔奉誠盟

유허승지 이곳에 송덕비를 세우니
시조님의 충성다한 위대업적 밝혀졌네
태고의 염제로부터 姜姓이 시작되고
한반도 이주하여 자손들이 번성했네
수군을 격퇴하신 훈공이 혁혁했고
호국의 그 정신엔 지용이 가득했고
진력하여 애민함은 천세의 수범이니
번성한 후손들은 봉성함을 맹세하세

## 萬古名將仁憲公姜邯贊總帥

高麗救國卓勳臣
北狄契丹侵略辛
排押凶徒攻擊盛
憲公總帥指揮彬
龜州大捷魂飛散
盤嶺殘兵掃蕩塵
妙策神靈成戰勝
大功萬歲燦然伸

고려국을 구원한 탁출한 후신이요
북방오랑캐 거란이 침략할 때 그 괴로움
흥도 소배압이 공격해올 그때에
인헌공은 총수로서 지휘함이 빛났네
귀주의 대첩으로 혼비백산 시켰고
반령에서 잔병들을 티끌처럼 소탕했네
신령한 묘책으로 전쟁승리 이뤘으니
대공이 만세토록 찬연히 펼쳐지리

## 救國功臣殷烈公姜民瞻元帥

高麗救國勳功臣
北狄契丹強犯辛
排押兊魁侵掠猛
殷公副帥決心彬
興川水沒魂飛散
盤嶺殘兵擊滅塵
妙策神奇能戰勝
大勳頌德萬年伸

고려국을 구원한 공신이 누구인가?
북방오랑캐 거란이 강범할 때 그 괴로움
흉괴 소배압이 맹렬히 침략해올 때에
은렬공이 부원수로 결심이 빛났네
흥화천의 수몰작전 혼비백산 시켰고
반령에선 잔병들을 티끌처럼 격멸했네
신기한 묘책으로 능히 전쟁을 이기리하니
대훈의 송덕이 만년토록 펼쳐지리

## 世宗大王國文創制偉業

創制斯書教我東
世宗偉業萬年隆
無知玉句暝如瞽
不解瓊章鬱似聾
漢字難題專士習
國文便學衆人融
愚民洞察殫誠述
意思相通德不窮

한글을 창제하여 우리나라에 가르치니
세종대왕의 위대업적 만년토록 드높으리
옥구를 알지 못하니 어둡기가 소경같고
경장을 이해 못하니 답답하기 롱자 같네
한자는 쓰기 어려워 선비들만 전용했고
구문은 배우기 쉬워 대중이 통용하네
우민을 통찰하여 정성다해 지었으니
의사가 상통되니 그 덕이 불우하리라

讚孟古佛思誠先生公堂問答

孟翁麗末壯元榮
傳至鮮廷左相鳴
學德隆崇成世範
孝誠極盡立閭旌
公堂弄話聞人笑
出入騎牛視客驚
居住溫陽清白秀
安民保國獻身生

맹옹께선 고려말에 장원 영광 누리셨고
조선조로 내려와서 좌상 고명 울리셨네
학덕이 융숭하여 세상에 모범이 되고
효성이 극진하여 마을에 정문 세워졌네
공당하는 롱화로 듣는 사람 웃게하고
소를 타고 출입하니 보는 소들 놀라누나
온양에서 거주하며 청백리로 빼어나니
안민하고 보국위해 헌신적으로 살으셨네

祝農耕文化祭開催(洪川)

自古吾韓大本農
洪民稟性善良恭
風調雨順豊年至
勉勵耕耘富世逢
魯院吟聲昌伐力
華江瀁水照高峯
開催祝祭和情起
新技研磨發展從

옛부터 우리 한국 농업이 대본이며
홍천주민 품성은 선량하고 공손하네
우수하고 풍조하면 풍년이 이뤄지고
힘을 다해 경운하면 부한 세상 만나리라
노동서원 시읊는 소리 벌력(홍천)이 창성하고
화양강 맑은 물에 고양봉이 비치네
축제를 개최하니 화정이 일어나고
신기술 연마하여 발전을 따라가세

## 兢齋詩協會長瓜滿離任感懷韻

兢翁學德達通人　긍재선생은 학덕에 통달한 분으로
亂世專心探究辰　난세에도 전심하여 학문을 탐구했네
賢士親迎能竭力　현사를 친영함에 능히 힘을 다하였고
儒文敎育可投身　유문의 교육에 가히 몸을 바치셨네
漢詩發展殫誠導　한시의 발전위해 정성다해 계도하니
推戴斯壇首長新　한시문단(협회)에 수장으로 추대되었네
會勢隆昌傾邁進　회세 융창에 경성하며 매진하니
三年業績燦然伸　삼년간의 업적이 찬연히 신장됐네

## 世宗大王偉績讚

世宗聖業我韓明　세종대왕 성군업적 우리한국 밝혔으니
登用賢材善政成　현재를 등용하여 선정을 이루었네
禮樂新修增活力　예악들을 새로 닦아 활력을 더해주고
天文啓發振歡聲　천문을 계발하여 환성을 떨치었네
正音創製開昏眼　후민정음 창제하여 서민의 눈 열어주고
良智均任授勇氓　선량지혜 고루 임용 백성들에 용기 줬네
布德施恩生氣滿　덕을 펴고 은혜 베풀어 생기가 충만하니
燦然偉績萬秋迎　찬란한 그 위적이 만세토록 환영받네

## 讚李成桂將軍智勇

李公智勇世間魁
이공의 지혜와 용기는 세간에 으뜸이니

大捷雲峯若夜雷
운봉의 대첩은 야뢰처럼 느꼈었네

倭賊侵攻征伐走
왜적의 침공은 정벌로서 달아났고

女眞掠奪逐懲來
여진의 약탈은 축징하고 돌아왔네

神伎射術魂飛散
신기한 활솜씨는 혼이 날아 흩어지고

能熟戎兵戰勝開
능숙한 융병술은 전쟁승리 열었네

威島回軍雄氣集
위도의 회군으로 웅기가 모였으니

衆心掌握執權催
중심의 장악으로 집권을 재촉하네

## 祝姜天壽將軍博士學位取得

將軍學德卓冠成
장군의 학덕이 탁관을 이루었고

博士榮譽萬里明
영예의 박사학위 만리에 밝았도다

憂國衷情多善績
우국의 충정으로 선한공적 많았고

保民盡力振賢名
보민에 진력하니 어진 이름 떨쳤네

倫綱固守修身正
륜강을 고수하니 수신이 올바르고

禮義遵行處世清
예의를 준행하니 처세함이 맑았네

白首嚴親殫孝道
백수의 엄친께 효도를 다하니

家門慶福願連生
문중에 경복이 계속 이어지길 원하네

祝次子理學博士文壽君
三星電子副社長昇進

人間萬事盡心成
昇進歡迎祝慶生
會社經營常竭力
革新技術每殫誠
物資裕足民居樂
文化繁昌國勢榮
信義溫情蠻貊效
施恩布德未來明

인간들의 모든 일은 진심에서 이뤄지고
승진을 환영하며 경사를 축하하네
회사의 경영에 항상 힘을 다하고
기술의 혁신에 매번 정성 다해야지
물자가 유족하면 국민 삶이 즐겁고
문화가 번창하면 국세가 번영되네
신의와 온정은 오랑캐들도 본받느니
시은하고 포덕하면 미래가 밝아지리라

頌厖村黃喜政丞寬厚之心

厖村厚德古今稀
勤儉寬仁萬歲輝
處事閑邪行信義
愼言鎭物守嚴威
淸廉意志應順理
博愛精神可正機
棄慾家貧常患國
多年在相偉名徽

방촌선생의 후덕은 고금에 드문 일이니
근검하고 관인함이 만세토록 빛나네
처사에 간사함을 막고 신의를 행하였고
신언으로 사물을 안정하여 위엄을 지켜왔네
청렴한 의지로 응당순리 따랐으며
박애정신으로 가히 기틀을 바로했네
기욕하니 가빈하나 항상 구사 걱정하여
오래도록 영상에 있었으나 위명이 아름답네

288

體典開催慶祝天
牙山自古秀溫泉
技能啓發成功願
氣力增強勝利連
選手當當臨競進
觀人順順整齊然
貞忠孝悌名聲地
和合繁榮後世傳

전국체전 개최되니 하늘에 경축하며
아산은 옛부터 빼어난 온천있네
기능을 계발하여 성공을 기원하고
기력을 증강하니 승리가 연속되네
선수들은 당당하게 경진에 임하고
관중들은 순수히 질서가 정연하네
충정과 효제로 명성높은 이곳에
화합과 번영으로 후세에 전하세

丙申作協送年辰
會友同參數百人
顧問傾誠遊興振
任員盡力盛筵陳
珍羞膳物賓朋樂
歌舞歡談老少均
互讓相扶和氣滿
光榮發展必長伸

병신년 작가협회 송년회가 여는 때에
회우들이 수백명 동참했네
고문들 경성하여 유흥을 떨치고
임원들 진력하여 성대잔치 베풀었네
음식과 선물로 빈붕들 즐겁고
가무와 환담으로 노소가 함께했네
양보와 협조로 화기가 가득하니
광영과 발전이 오래도록 펼쳐지리

謹賀新年 噲

丁酉元朝大運開
迎新萬福與春來
歸鄉路上盈歡貌
省墓途中化凍腮
家族情談溶白雪
隣賓對酌綻紅梅
和平政局民心樂
愛國傾誠富盛哉

정유년 원조에 대운이 열리니
새로맞는 봄과 함께 만복이 오리라
귀향하는 로상에는 기쁜모양 가득하고
성묘가는 도중에 얼굴이 어는구나
가족들 정담중에 백설이 녹고
린빈위한 대작중에 홍매화 피어나네
정국이 화평하면 민심이 즐겁고
애국에 경성하면 부성이 이뤄지리

尹孝孫諷詩有感

文孝英才幼歲明
詩書博習衆人驚
父親錄事清晨重
朴相高官旭日輕
諷見開心施厚意
誠聞奉志得溫情
先賢教訓恒時刻
勿失宜期智慧賡

문효공은 영재로서 어릴 때부터 총명하니
시서를 박습하여 주인들을 놀라게 했네
부친은 록사로서 새벽일을 중요시하고
박상은 고관으로 아침 해뜸 가벼이 했네
풍자시보고 마음열어 후의를 베풀었고
부제 말씀 받들어 온정을 얻었었네
선현들의 교훈을 항상 새겼다가
좋은 시기 잃지말고 지혜로서 이어가세

祝昌岩固城李氏大宗會長就任　　祝文在寅大統領就任

| | |
|---|---|
| 昌岩會長大任年 | 領首新臨善道光 |
| 騷客宗親慶賀連 | 儒林仰祝盡心當 |
| 布德傾誠從卓義 | 官僚勉勵民生穩 |
| 施仁奉仕效先賢 | 政治清廉國勢昌 |
| 詩文禮節修身篤 | 産業隆興家裕樂 |
| 聖學倫常守道全 | 文明發展世能彰 |
| 華閥無窮繁盛裏 | 平和統一同胞願 |
| 與天同壽厚功傳 | 有備强兵萬歲康 |

창암 회장께서 대임을 맡은 이 때
소객과 종친들 경하가 이어지네
포덕과 경성으로 탁의를 따랐고
시인과 봉사는 성현을 본받았네
시문과 예절엔 수신이 돈독했고
성학과 윤상은 도를 지킴 온전했네
화벌이 무궁하게 번성하는 속에
여천동수하고 후공이 전해지소서

영수께서 새로임해 선도가 빛나니
유림들 진심으로 앙축함이 마땅하리
관료들이 힘다하면 국민생활 안온하고
정치가 청렴하면 나라형세 창성하네
산업이 융흥하면 가정 부유로 즐겁고
문명이 발전되면 세상 능히 밝아지네
평화통일은 동포들이 원하는 바요
강병으로 대비하면 만세토록 강녕하리

祝平昌冬季五倫大會

平昌大會必成功
萬國同參意慾豊
選手渾身爭雪地
觀人援喊動蒼穹
諸般準備完工裏
競技安全祝願中
體育文明尤發展
親和世界慶無窮

평창대회는 반드시 성공하리니
만국이 동참하여 의욕이 풍성하네
선수들 혼신으로 설지에서 다투니
관중들 응원함성 창궁을 움직이네
제반 준비들이 완공을 이룬 속에
안전경기 이룩되길 축원하는 중일세
체육문명을 더욱 발전시켜
세계가 친화되어 경사가 무궁하리

2018 第十三回世界消防官 競技大會 忠州開催

消防競技我忠開
世界同參集選材
火魔汚染地人災
雷震雨風天造禍
心身鍛鍊氣强養
學術研磨機固培
頻發諸殃對備先
保存財命濟民哉

소방관 경기가 우리 충주에서 개최되니
세계가 동참하여 선재들이 모이네
뢰진과 풍우는 하늘이 만든 재화요
화마와 오염은 땅에 인간의 재앙이네
심신을 단련하여 기를 강하게 기르고
학술의 연마로 기구확고 증배하여
빈발하는 모든 재앙 대비를 먼저하면
생명과 재산보호 제민이 되리라

祝韓國漢詩協會創立四十五週年

漢詩舉世韻文元
吾國先賢培養根
協會結城基躍進
任員團合繼承存
魯鄒學統修仁道
唐宋瓊章守律言
四五週年長發展
惟祈歲歲燦然繁

한시는 세계에서 운문의 으뜸이요
우리 한국 선현들이 뿌리를 배양했네
협회의 결성으로 약진에 기반됐고
임원의 단합으로 생존이 계승됐네
로추의 학통은 仁道를 닦았고
당송의 경장은 율언을 지켰네
사십오주년간 장발전을 이뤘으니
오직 기원컨대 해마다 찬연히 번창되길

祝詩協講義室擴張竣工韻

講堂狹小擴張竣
謹祝難題解決新
學友雲來修聖道
文儒招聘覺施仁
周邊廣潔吟風穩
環境平安誦習眞
詩協無窮隆盛裏
吾韓韻勢燦然伸

협소하던 강당에 확장공사를 마치니
어려운 문제가 해결됨을 근축하네
학우들이 운집하여 성도를 닦고
문유들을 초빙하여 시인을 깨우쳐주네
주변이 광결하니 음풍이 온전하고
환경이 평안하니 송습이 참되네
시협의 앞날이 무구한 융성속에
우리 한국 시형세 찬연히 펼쳐지리

朗谷寬廉議長陞
施恩處處讚聲承
賢明市政民生樂
善德勤功吏自澄
國正於忠心益厚
官清則孝悌當弘
首都發展先鋒裏
萬歲繁榮路照燈

낭곡선생 관념하여 의장직에 올랐고
은혜를 베푸니 곳곳에서 찬성이어지네
현명한 시정은 민생을 즐겁게 하고
선덕과 공무에 근성함은 관리들이 청렴해지네
나라정치 올바르면 충심이 두터워지고
관리가 청렴하면 효제가 크게 이루어지네
수도의 발전에 선구역할 하는 속에
만세 번영에 길을 밝히는 등불이 되소서

三峯先生偉績宣揚

先生偉績古今明
建國投身盡熱誠
斥佛崇儒倫道立
遷都築闕治基成
革新制度安民策
麗政無能打倒情
創業忠貞誰不頌
遺功赫赫萬人迎

선생의 위대업적 예나 지금이나 명확하니
건국에 투신하여 열성을 다하였네
척불과 숭유로 윤도를 확립하고
천도와 대궐 건축 정치기반 이루었네
제도의 혁신으로 안민을 꾀하고
무능한 고려정권 타도의 뜻 깊었네
창업충정을 누가 칭송않으리오
혁혁한 유공은 만인이 환영하리

祝制憲節 六十八週年

憲法民生保護綱
當年六十八週芳
經營秩序維持世
效力均衡發展鄉
國土安全能守禦
三權定立政聲揚
平和正義倫常踐
代代孫孫大盛昌

헌법은 민생의 보호에 기틀이 되고
금년들어 육십팔주년이 되었네
경영은 세상의 질서 유지가 되고
효력은 향당의 균형발전에 있네
국토를 안전하게 능히 수어하고
삼권정립으로 선정소리 드날리네
평화와 정의와 윤상이 실천되어
대대손손 크게 성창되기를

祝延邊自治 五十週年

延邊自治五旬年
韓國同胞哀恨連
豆押江清民族魄
白頭靈岳氣承基
集留抗日鬪爭甚
流血干城僅命全
強健後孫尤發展
無窮暢達萬千傳

연변을 자치한지 오십년이 되었는데
한구동포 너나없이 슬픈 원한 쌓였었다네
두만강 압록강 물처럼 깨끗한 민족정신
백두영산은 우리의 정기를 기르는 터전일세
함께 모여 왜적들과 투쟁이 극심했고
유혈을 방패삼아 겨우 목숨 보전했네
강건한 우리 후손 더욱더 발전하여
끝없는 창달로 천만년 이어가세

元谷先生士族元
儒家傳統繼承繁
孝親愛國忠純本
慕聖尊賢禮義根
鄉約宣揚良俗勸
倫常布德世情敦
盡誠救恤眞人道
强盛泰平天助恩

원곡선생은 사람의 으뜸으로
유가의 전통을 계승 번영시켰고
효친 애국은 충순의 근본이요
모성 존현은 예와 의의 근원임을 주창하였으며
향약의 선양으로 양속을 권장하였고
윤상 포덕으로 세정을 돈독케 하시었네
진성구휼은 참된 사람의 도리이나
나라가 강성 태평함은 하늘의 도움이 있어야

嘉隱坡平尹公諱濟鳳墓碑
建立韻

嘉隱公姿節義眞
敬宗崇祖盡心身
齊家守道兼和睦
奉祭迎賓又士親
慕聖尊賢倫德暢
慈孫教學智文伸
兢翁竭力貞珉竪
遠近知人頌祝辰

가은공의 자성은 절도와 의리있어
경종숭조에 심신을 다하셨네
수도와 제가 겸 화목에 힘쓰시고
봉제와 접빈하니 모든 사람 친해지네
모성과 존현으로 윤덕이 활창되고
사랑으로 자손을 교학하니 지혜 학문 신장됐네
긍옹께서 갈력하여 묘비를 세우시니
원근의 지인들이 송축하는 때이로세

二千十三年世界漕艇競技
選手權大會忠州誘致

忠州絶景闊湖清
士道傳承自古名
漕艇船驅相助力
出征選手決心生
參加各國傾誠意
大會經營盡厚情
勝敗無關和合結
萬人慶祝悅歡觴

충주호 넓고 맑아 경치도 빼어나고
선비의 도 전승(傳承)함은 옛부터 유명하네
조정의 선수는 상조가 으뜸이고
출정하는 선수는 굳은 결심 생겨나네
참가하는 각국들은 성의를 다하고
주최구 대회 경영 후덕한 정 다해야
승패에 관계없이 화합을 이루어서
만인이 경축하는 기쁨의 축배를

祝作家協會送年會

已暮庚寅雪滿天
作家協會設茲筵
京鄉各處交情集
老少同心社愛傳
熟究詩書明智固
精研筆墨振名全
迎新萬事亨通至
大業無窮發展連

경인년이 저무니 하늘에선 눈내리고
작가협회 주선으로 이 자리를 마련했네
경향 각처에서 모여와 정분을 나누고
노소가 한마음으로 애사심을 전하네
시서를 숙구하여 명지를 굳게하고
필묵을 정연하여 진명에 만전하네
새해를 맞이하여 만사가 형통하고
대업이 무궁하게 발전이 이어지리

祝冬季五倫平昌誘致

五倫冬季願平昌
槿域開催祝萬方
技術研磨尤快勝
至誠準備益伸長
觀賓誘致如雲集
大會成功四海彰
黑字經營嚴格守
官民總力國威揚

동계오륜 평창유치 전국민이 원했는데
근역 개최 확정되니 만방에서 축하하네
선수들의 기술연마로 통쾌하게 승리하고
모든 정성 다 기울여 준비 더욱 신장하세
관객유치 흥보하여 구름처럼 모여들고
대회운영 성공하여 사해에 현창하세
흑자경영 철저계산 엄격히 지켜서
관민이 총력으로 나라위상 드날리세

祝外奎章閣儀軌歸還

儀軌歸還我族迎
當時恥辱視詳明
君王失政衰亡國
宰相非仁不信氓
派黨紛爭招破局
同民反目致疏情
檀朝後裔皆兄弟
鐵石堅防萬代亨

의궤가 돌아오음은 민족 모두 환영하나
당시의 치욕을 상명하게 보여주네
군왕이 실정하면 나라가 쇠망하고
재상이 비인하면 백성신망 못받네
파당하여 분쟁하면 파국을 초래하고
동족간에 반목하면 정의가 멀어지네
단군조선 후예들은 모두가 형제이니
철석같이 견방하여 만대를 형통하세

祝訓民正音創製

自古先邦各有書
吾韓舊代艱難餘
正音創製文盲治
勤學鍊磨博識居
筆寫單娟安易體
言思便利簡輕裾
世宗偉業詳明續
四海宣揚國勢舒

옛부터 선지국들 자국문자 있었고
우리 한국 예전에는 어려움이 있었네
훈민정음 창제하여 문맹을 퇴치하고
근학하고 연마하여 박식하게 살아왔네
필사하기 단연하여 쉽고 편한 서체이고
말과 표현 편리하여 가벼운 의상같네
세종대왕 위대업적 상명하게 이어가서
사해에 선양하여 구세를 펴나가서

祝陽川鄉校六百週年

鄉校竣工六百年
陽川勝地薦呈天
庠堂幷設修文處
聖廟成壇享祀筵
道德宣揚忠孝篤
倫常訓育禮儀全
東邦我族仁情守
美俗良風萬代傳

향교를 세운지 육백년이 되었으니
양천지역은 하늘이 천거해준 명승지일세
학교를 설립하여 학문을 닦던 이곳
성인사당 단을 세워 향사하던 자리일세
도덕정신 선양하여 충효를 돈독히 하고
윤상을 가르쳐서 예의를 온전히 했네
동방의 우리민족 인과 정을 굳게 지켜
미속과 양풍을 만대에 전해가세

謹賀新年

迎新送舊自然回
謹賀壬辰幸運來
已去青春金不買
憇臨白髮病加培
霜前落葉如災滅
雨後生花似福堆
國泰民安成統一
高堂富貴健康開

송구영신은 자연의 이치요
임진년 새해에는 행운을 기원하네
지나간 청춘은 돈으로 다시 못사고
은근히 온 백발은 병만 더욱 가중되네
상전에 낙엽처럼 재앙은 소멸되고
우후에 생화처럼 복이 쌓여져서
국태와 민안하고 통일이 이룩되어
고당에 부귀와 건강이 펼쳐지길

謹賀新年  晩齋 李在雨

除夜鐘聲曆象回
邦家自是瑞祥來
子孫暢達光榮享
琴瑟康寧喜慶培
厭舊三災天外逐
欣新五福閤中堆
倍前愛護惟祈願
謹賀高門吉運開

제야의 종소리가 새해의 시작을 알리니
이로부터 방가에 상서로움이 도래하길 바랍니다
자손이 창달하니 광영을 누리시고
금슬이 강녕하시니 희경사가 많으시기 바랍니다
묵은 삼재 하늘 밖으로 몰아내고
흔신의 오복은 합내에 싸이기 바랍니다
배전의 지도편달 있으시기 바라오며
삼가 고문의 길운을 빕니다

作家協會會員成
告祀誠行發展明
藝術通神名匠出
文章熟達巨賢生
題詩絕妙仙驚頌
寫筆精姸鬼哭評
盡力研磨勤教學
相扶互惠享繁榮

작가협회 회원으로 이루어져서
정성껏 고사하니 발전의 길 밝아지리
예술에 통신하니 명장들 배출되고
문장이 숙달되니 거현이 출현되리
제시엔 절묘하여 신선놀라 칭송하고
사필에 정연하니 귀곡한다 평하리라
진력으로 연마하고 부지런한 교학으로
상부하고 호혜하며 번영을 누려가세

麗水清灣博覽開
豪華施設國威恢
大洋利用資源獲
陸地經營發展回
科學文明浮海艦
尖端技術造天臺
人間智慧無窮進
世界同參角逐魁

여수청만에 박람회가 개최되니
호화로운 시설은 국위를 넓혀주네
대양을 이용하여 자원을 획득하고
육지를 경영하여 발전이 돌아오네
과학문명은 바다에 함정을 띄우고
첨단기술은 하늘에 누대를 지었네
인간의 지혜는 끝없이 진전되어
세계가 동참하여 으뜸되려 각축하네

領袖吾韓女性迎
堂堂勝利信忠情
民生樂善家庭樂
治者清廉社會清
南北紛爭交易解
東西有憾讓慈成
檀君後裔心相合
統一終來發展榮

우리 한국 영수에 여성됨을 환영하며
당당한 승리는 충정을 믿기 때문이네
민생이 락선을 실천하면 가정이 즐겁고
치자가 청렴하면 사회가 맑아지네
남북의 분쟁은 교역으로 풀어가고
동서의 유감은 양자로 이뤄가세
단군의 후예들이 서로 마음 합해지면
통일도 이룩되고 번영발전 하리라

吾東國運更回生
領袖新臨頌祝聲
先考獻身邦礎石
令娘忠志族干城
民難護惠如陽燦
政事清廉若火明
南北紛爭和合解
偉功萬歲振譽名

우리 한국 국운이 다시 회생되어
영수가 신임하니 송축성이 들려오네
선고의 헌신은 국가에 초석되고
영랑의 충지는 민족의 간성되네
민생고난 베푼은혜 햇빛처럼 찬란하고
정사에 청렴함은 불을 보듯 확실하네
남북의 분쟁을 화합으로 풀어가면
위대한 공적이 만세에 떨치리라

後公極孝效衷情
今爲竪碑推仰聲
布德行仁專體力
施恩守義盡心誠
愛孫教子邦風厚
崇祖奉親家道明
貴族相和勤勉裏
高門慶福瑞光生

후공의 극진효행 추전을 본받고자
이제 효행비 세우니 추앙성이 들리네
덕 베풀고 仁 행함에 온힘을 다 쏟았고
은혜 베풀고 의 지킴에 전성을 다하셨네
애손하고 교자하여 나라풍속 두텁게 하고
승조하고 봉친하니 집안법도 밝게 했네
귀족이 상화하며 근면하는 가운데
고문의 경복과 서광이 생성되리

先農壇聖域化

先壇聖域復元辰
天下黎民慶賀新
后稷施恩承萬國
炎皇布德賴千隣
文明産業安生篤
昔歲親耕斯勝地
科學營農富裕均
勤誠稼穡必昌伸

선농단 성역화가 복원되는 이때에
천하의 백성들이 새롭게 경하하네
후직이 베푼 은혜 만국에 이어가고
염황이 펼친 은덕 천이웃이 힘입었네
문명된 산업은 안생을 돈독케 하고
과학의 영농은 부유를 고루하고
예전에 임금께서 친경하던 이 땅에
근성하여 가색하면 반드시 창신하리

師任堂姿節度周
靈才盡力藝壇遊
詩書草楷閨中首
圖畫蟲魚女性頭
筆墨遺存眞貴保
先賢父訓正明收
平生效範文王母
敎子夫隨德不休

사임당의 자세는 절도를 두루했고
영재로 진력하여 예단에서 주유했네
시서와 초서 해서 규중에 으뜸이요
도화에 초충도는 여성중 제일일세
남아있는 유묵은 진귀하게 보존되고
선현과 부훈이 밝고 바로 거둬졌네
평생동안 문왕모를 효범으로 하여왔고
교자와 부수의 덕 그침이 없으리라

讚水安堡溫泉

吾東最古暖泉尋
地勢忠州近域岑
皇帝相卿皮疾浴
黎民貴族首疲沈
丹陽八景神精意
月岳清湖氣聳心
探勝船遊休息處
水安堡讚豈無吟

우리나라 최고의 난천을 찾으니
지세는 충주 근역의 산잠일세
황제와 상경이 피질치료 목욕했고
서민과 귀족들 피로를 풀었네
단양팔경 구경하니 정신이 맑아지고
월악산과 맑은 호수 기운이 솟아나네
탐승하고 선유하다 휴식하는 이 곳
수안보온천 찬사에 어찌 詩가 없겠는가

兢翁玉稿祝坤篇
兼賀親迎喜壽年
講述賦詩能卓越
家承禮義守非偏
先賢教導文章篤
古聖傳儒道學全
布德行仁勤勉本
世人仰慕敬從焉

긍재선생의 옥고 곤편을 축하하며
친히맞는 희수년을 겸하여드리네
강술하는 부시는 능히 탁월하시고
가승한 예의지켜 치우치지 아니하네
선현의 교도로 문장이 독실하고
고성의 전유로 도학이 온전하네
포덕과 행인에 근면을 근본삼으니
세인이 앙모하여 존경하여 따르네

先生逝去幾經年
偉業時流敬慕然
赫赫文章深大海
彬彬道學仰高天
愛民遠慮千秋後
憂國忠言百歲前
愈久愈新成祭典
施仁布德效承傳

선생께서 서거한지 몇년이 지났는지
위업은 시간이 흐를수록 경모되네
혁혁한 문장은 바다처럼 깊고
빈빈한 도학은 하늘처럼 우러르네
애민위한 원려는 천추 후를 생각하고
우국하는 충언은 백세를 앞섬일세
유구유신의 제전을 이루워서
시인 포덕 정신 본받고 이어가세

兢老才英學已成
詩文卓越大名明
經書探究深通義
賦韻研磨熟敍情
眞效先賢行盡力
正論後進敎傾誠
榮譽副長衷心祝
貴會繁昌健實營

긍노께선 재영하여 한문 이미 이루었고
시문에 탁월하여 크게 명성 밝아졌네
경서를 탐구하여 통의에 심오하고
부운을 연마하여 서정에 익숙하네
선현의 뜻 본받아 진력하여 실행하고
후진 교육 전론으로 정성을 기울였네
영예로운 부장됨에 충심으로 소축하며
귀회의 번창과 건실한 경영되길

書畵詩朋會漢東
作家活動古今同
文章絕妙殫誠德
筆致超凡盡力功
老少眞心傾勉勵
都村一體發無窮
倫常啓導承傳統
道義宣揚展美風

서화시붕이 서울 동쪽에 모였으니
작가들의 활동은 예나 지금 같도다
문장의 절묘함은 정성다한 덕이요
필치가 초범함은 진력의 공이로세
노소가 진심으로 노력을 기울이고
도촌이 일체되면 발전이 무궁하리
유상을 계도하여 전통을 이어가며
도의를 선양하여 미풍을 펼치리라

愛好詩書集漢東
文明創建老青同
妙方運筆誠傾力
深奧文章困苦功
民藝童蒙遼邃舉
傳教者耄復興窮
京鄉各地凝眞志
國運繁昌發氣風

시서를 애호하는 사람들이 한동에 모여서
문명의 창건을 위하여 노청이 하나되었네
운필이 묘방함은 정성을 기울인 힘이며
문장의 심오함은 곤고함이 있기 때문이라네
동몽에게 민예의 유수함을 일깨우고
기모들은 전교하여 부흥시킬 것을 도모해야
경향각지에서 참 뜻을 응집하여
구운이 번창하도록 기풍을 일으켜야겠네

墨客詩朋會漢東
白巖勞苦讚揚同
連牽作協殫勤力
發展書壇樹赫功
組織改編尤重任
總裁推戴益忙窮
世情先導化堯日
法古創新承舜風

묵객시붕이 한수 동쪽에 모여
다함께 백암선생의 노고를 찬양했네
연임으로 작가협회를 이끄느라 힘을 다하니
서단발전에 빛나는 고을 세웠네
조직개편으로 책임은 더욱 무거워져
총재로 추대되었으니 더욱 바삐게 구리하겠네
세정을 선도하여 요임금때처럼 교화하고
법고창신으로 순임금의 풍속을 이으려고 하네

兢翁積德大名成
每事勤謙理致明
詩賦研磨尋義意
古書熟究得仁情
能提後進常傾力
欲效先賢久盡誠
重責新任皆最善
將來協會盛昌營

궁옹께서 적덕하여 대명을 이루었고
매사에 근겸하여 사물이치 밝으셨네
부시를 연마하여 옳은 뜻을 찾았고
고서를 숙구하여 仁情을 얻으셨네
후진을 이끄는데 항상 힘을 기울였고
선현을 본받고자 정성을 다하였네
중책을 새로 맡아 최선을 다하리니
협회의 장래가 성창하게 운영되리

積德兢翁就此筵
將來隆盛必然連
漢詩協會承公認
韻律詞文繼範專
男女相心興感寫
京鄉各地共參宣
無窮發展經營務
學界吟壇誘導賢

궁옹께서 적덕하여 이 자리에 취임하니
장래에 융성이 필연으로 이어지리
한시협회는 공인으로 이어가고
운율속에 사문은 전문 규범 이어지네
남녀가 서로의 감흥을 서사하여
경향의 각지에서 공참이 베풀어지네
무궁한 발전위해 경영에 힘쓰리니
학계에도 음단이 현명하게 유도되리

## 兢齋先生八耋感懷吟

兢翁積德大賢人
壽福康寧迓耋辰
博學訓徒名已貴
齊家奉祖體清貧
孝親敬老施慈善
鳳子麟孫踐禮仁
賀客盈庭連慶祝
同床琴瑟厚情伸

긍옹께선 적덕하는 크게 어진 분으로
수복강녕하여 질수를 맞이했네
박학으로 훈도하니 명은 이미 귀해졌고
제가와 봉조함에 몸은 항상 청빈했네
효친과 경로로 자선을 베풀었고
봉자와 인손들은 예와 인을 실천하고
하객들 뜰에 가득 연이어 경축하길
부부간 금슬이 더욱 두터워지소서

## 祝松谷李平熙先生八耋筵

仁人得壽古今明
奉養先親孝子生
布德施恩來慶福
殫誠訓弟至光榮
詩書盡力通儒道
筆墨精研衆士迎
華閥簪纓承後裔
玉堂富貴健康成

어진 사람 장수함은 예나 지금이나 분명하고
선친봉양 지극하니 효자가 태어났네
포덕하고 시은하니 경복이 찾아오고
탄성하여 훈제하니 광영을 이루었네
시서에 진력하니 유도에 통달하고
필묵에 정연하니 모든 선비 환영하네
화벌의 잠영이 후손에 이어지고
옥당의 부귀와 건강을 이루소서

晚齋九旬生朝吟
晚齋 辛在雨

虛送光陰九十年
立身行道不勤專
齊家息慢功無遂
處世愚蒙德未全
奉祖焉能隨古士
教孫何敢效儒賢
晚時悅學詩書讀
難免樹嘆懷永連

허송세월 하다 九十을 맞이했으니
입신행도도 부지런히 하지 못했다오
제가도 태만하여 공을 이루지 못하였고
처세는 어리석어 덕을 쌓지 못하였소
봉조사업 어찌 능히 옛날 선비 따를 수 있으며
자손 가르침 어찌 감히 유현을 본받을 수 있으리오
늦게나마 배움이 즐거워 시서독이나
풍수지탄을 면하지 못하여 두고두고 후회한다오

祝晚齋先生九旬韻

晚翁積德九旬年
常道施仁禮義專
奉職清廉公事篤
退任愼獨學文全
詩書熟究承鄒魯
筆墨精研效聖賢
萬壽無疆嘉樂享
騷朋滿座祝聲連

만재선생 적덕하여 구순을 맞이하니
상도로 시인하고 예와 인을 전행했네
봉직시엔 청렴으로 공무에 전념하고
퇴임후엔 신독하며 학문에 온전했네
시서에 숙구하여 추로를 이었고
필묵의 정연으로 성현을 본받았네
만수무강하여 가락을 누리시길
만좌한 소붕들의 축성이 이어지네

鶴翁得壽九旬春
琴瑟和音福祿陳
處世施仁心地固
佑隣積德性天眞
經書熟讀倫常篤
儒道傳承聖教伸
鳳子麟孫誠盡孝
玉堂富貴享安身

학옹께서 득수하여 구순이 되셨으니
금슬좋고 화목하여 복록이 베풀었네
시인으로 처세하니 마음이 지고하고
적덕으로 우린하니 품성이 천진하네
경서를 숙독하니 륜상이 돈독하고
유도를 전승하니 성교가 펼쳐지네
봉자와 인손이 정성다해 효도하니
옥당의 부귀와 안신을 누리소서

素剛詞伯九旬年
壽福康寧旣定天
繼世簪纓華閥貴
崇儒奉祖效先賢
鳳麟彩舞千秋孝
琴瑟和音百歲緣
親族騷朋雲集裏
瓊章美酒賀嘉筵

소강 사백께서 구순을 맞이하시니
수복과 강녕을 하늘이 정해주셨네
대이은 고관대작 귀한 화벌로
숭유하고 봉조함에 선현을 본받았네
자손들의 채무는 천년의 효도요
부부간에 금슬화음 백년의 인연일세
친족과 소객이 운집한 속에
경장과 미주로 축하하는 자리일세

## 祝梅亭姜仲錫先生回甲韻

梅老仁慈壽似陽
鳳麟彩舞滿和堂
孝親奉祖先賢效
愛國忠貞後裔蒼
儒學傾誠傳聖道
詩文熟究著書祥
賓朋共賀回婚慶
琴瑟偕音萬福張

매정선생 인자하니 해와 같이 장수하고
자손들 채무하니 집안화기 가득하네
효친과 봉조는 선현을 본받았고
애국과 충정으로 후예가 성창하네
유학을 경성하여 성도를 전하고
시문을 숙구하여 좋은 저서 남기셨네
회혼경사 맞이하여 빈붕들을 공하하길
금슬해 음음으로 만복을 이루소서

## 祝舍兄研齋先生傘壽宴

由仁得壽八旬成
寶樹繁昌瑞色明
道骨仙風君子態
交朋澹泊士人情
詩書熟究眞知篤
筆墨深緣氣稟清
舍弟衷心祈願事
家門興盛永和平

유인으로 득수하여 팔순을 맞이하니
자손들 번창하여 상서로운 빛이 밝네
도골 선풍은 군자의 자태요
교붕에 담박함은 선비의 정이로세
시서를 숙구하여 진리 앎이 돈독하고
필묵을 심연하니 기품이 청아하네
사제가 충심으로 기원하는 바는
가문의 흥성과 영원한 평화 있으시길

祝兢齋先生回巹及喜壽宴

兢翁積德盛仁家
喜壽回婚八耋加
聖道宣揚賢士效
經詩講論世塵遐
麟孫至孝敦和本
敬祖殫誠善俗誇
寶樹芝蘭欣彩舞
鴻賓慶祝萬年華

긍옹께서 적덕하여 성인하는 가정되니
희수와 회혼에 팔순이 더해졌네
성도를 선양하며 현사를 본 받았고
경서시문 강론하며 세진을 멀리했네
인손들 효도하니 돈화의 근본이요
경조에 탄성하니 선속의 자랑일세
자손들 즐겁게 채무로 하례하니
홍빈들 경축하길 만년동안 빛나소서

祝樵田李元義先生傘壽筵

人間五福壽爲先
八耋康寧友羨連
寫畫研磨完熟達
詩書學習躓知全
名聲藉藉三韓振
天祿綿綿四海堅
貴閥繁孫尤永盛
樵翁彭祖比齡傳

사람의 오복 중에 장수가 으뜸인데
팔순에 강녕하니 친구들이 부러워하네
사진 그림 연마하여 완전히 숙달했고
시와 서의 학습을 남보다 앞서가네
명성이 자자하여 삼한에 떨치고
천록이 면면하여 사해에 견고하네
귀벌의 번손함이 더욱 오래 번성하고
초옹과 팽조 수명 견주어 전해지길

祝古巖曺秉燮先生百壽韻

古老今當百壽全
子孫親族設瓊筵
施仁積德忠心固
遵禮齊家孝順堅
祖武功名誠顯暢
儒門法度務承延
雲仍後裔繁昌裏
由是高堂慶賀然

고암선생께서 백수를 맞이하니
자손과 친족들이 경연을 베풀었네
인 베풀고 덕을 쌓으니 충심이 굳어지고
예를 좇아 제가하니 효순이 굳건하네
선조께서 이룬 공명 정성다해 헌창하고
유문의 법도를 계승하기 힘쓰셨네
운잉후손들이 번창하는 가운데
이와 같은 고당 경사 하례를 드리옵네

祝延堂朴魯天翁八耋

延公得壽八旬筵
寶樹繁昌瑞色連
筆賦吟詩經學絶
施恩布德士心全
子孫孝道雙親樂
父祖仁慈後裔賢
積善之家當有慶
賓朋共祝賀音傳

연당공이 득수하여 팔순연을 베푸시니
자손들 번창하여 서색이 이어지네
필부하고 음시하며 경학에 빼어나고
시은하고 포덕하니 사사심을 바로했네
자손이 효도하니 부모마음 즐겁고
부조가 인자하니 후예가 현명하네
적선하는 가문에 당연히 유경하니
빈붕이 공축하여 축하소리 전해지네

祝樵田李元義翁回졸

由仁得壽甲婚年
寶樹繁昌慶事連
熟究詩書名旣振
研磨畵寫技皆宣
子孫教導傾誠盡
奉祖敦宗努力全
博學多才無不到
天恩富貴又成賢

유인으로 득수하며 회혼년을 맞이하니
자손들 번창하여 경사가 이어지네
시서를 숙구하여 명성 이미 떨쳐졌고
화사를 연마하여 기술 모두 베풀었네
자손을 교도함에 경성을 다하였고
봉조와 돈종에 노력이 온전했네
박학다재하여 못이루미 없으니
천인으로 부귀와 현명을 이루소서

兢齋先生生朝感懷次韻

自古仁人得壽天
兢師布德享千年
詩文探究旁通句
儒道耽經熟達篇
先祖傾誠家睦篤
後孫盡孝父情賢
大開學塾諸生教
聖法傳承督勵鞭

옛부터 어진 자는 천수를 누리는데
긍재선생 덕을 펴니 천년수를 누리리라
시문을 탐구하여 시구에 방통하고
유도의 경전 즐겨 모든 경서 숙달했네
선조에 경성하고 가족화목 돈독하며
후손들 진효하니 부정이 관현하네
학숙을 크게 열어 모든 문생 고도하며
성법을 전승코저 독려하며 채찍하네

貴宅曾孫祝出生
作名義正吉祥明
家門大慶歡心溢
堂內希望活氣盈
父母傾誠能保健
祖師盡教必尊榮
成文踐道當君子
忠孝寬仁得太平

귀 댁에 증손의 출생을 경축드리며
작명을 의정으로 하니 길상이 분명하네
가문의 대경이니 기쁜 마음이 넘치고
당내의 희망이니 활기가 가득하네
부모가 경성하니 능히 건강 보호되고
조부 스승 진교하니 존영이 있으리라
성문하고 천도하니 응당 군자요
충효와 관인으로 태평을 얻으리라

華燭重逢慶福生
鰲翁頌德祝杯聲
經書講究仁忠敍
儒道宣揚禮義明
堂上賀辭琴瑟樂
庭中彩舞鳳麟情
戚賓共集康寧禱
萬壽無疆百事平

화촉을 주봉하니 경복이 생하고
오옹을 송덕하는 축배소리 들리네
경서를 강구하여 인과충을 펼치고
유도를 선양하여 예와 의를 밝혔네
부모님께 축하말씀 금슬좋아 즐거웁길
자손들의 경하채무 지극한 충정일세
친척 내빈 함께 모여 강영을 기도하니
만수무강하고 백사평안 하시리라

追慕保軒張基德先生生辰百周年

張公來世百周迎
遠近儒林振賀聲
華老奉安殫氣力
蘆祠創建貢精誠
讀書勉勵文章秀
踐禮勤修德業成
積善施恩民衆鑑
偉功萬歲繼承明

장공의 출생이 백주년을 맞이하여
원근에서 유림들의 축하소리 진동하네
화서선생 봉안에 기력을 다하였고
노산사 창건에 정성을 다하였네
독서에 면려하여 문장이 빼어났고
예의 실천 근수하여 덕업을 이루었네
적선하고 시은함은 민중의 귀감이니
위공이 만세토록 밝게 계승되리

鄭應麟將軍義擧殉國四三〇週年紀念

壬亂倭徒掠奪時
鄭公父子覺身危
盡心救國祈天誓
殫力圍親射矢馳
倡義募兵誠擊鬪
明軍協戰報寃讐
弟俱兄嫂被凶禍
忠孝捐軀萬世熙

임진란 왜적들이 약탈해 오던 때에
정응린 부자는 몸의 위험 깨달았네
진심으로 구국맹서 하늘에 기원하며
힘을 다해 부친호위 화살쏘며 달렸네
의병을 모집하여 정성다해 격투했고
명군의 협전으로 원수를 갚았다네
아우도 형수 함께 흉화를 입었으니
충효위해 몸을 던짐 만세에 밝혀지리

## 新羅和靜(元曉)大師

羅時慶北大師生
俗姓薛門靈特驚
唐入工夫巡察沮
義湘共宿髑甘觥
人間萬事唯心造
佛教根源覺柱甍
僞墜蚊橋非正道
英才睿出學文明

대사는 신라시대 경북에서 출생했고
속성은 설씨문중으로 영특함에 놀랐네
유학하려 당에 가다 순찰에 잡혀 저지됐고
다시 의상과 함께 가다 해골에 물 달게 마셨다네
인간의 만사는 오직 마음에서 지어지는 것
불교의 근원을 통째로 깨달았네
문교에서 거짓추락 정도는 아니지만
지혜로운 영재를 낳아 학문을 밝혔다네

## 偉哉忠武公李舜臣

壬亂忠公萬古明
六三戰勝獻衷情
安民竭力施恩誓
救國傾心盡命盟
火砲精攻倭敗走
龜船妙擊海橫行
閑山大捷何能忘
智勇超人偉業成

임진왜란때 충무공적 만고에 밝았으니
육십삼회 전승으로 충정을 다바쳤네
안민위해 갈력하여 시은을 서약했고
구국위해 경심하여 진명하길 맹세했네
화포의 정밀공격 왜적이 패주했고
거북선의 묘한 공격 바다를 횡행했네
한산도의 대첩을 어찌 능히 잇으리오
초인적인 지혜와 용기로 위업을 달성했네

讚柳王后及徐熙公韻

暴政弓王反將聯
新君推戴議論先
讓登太祖諸臣薦
合勢夫人易就筵
成廟契丹侵略入
徐公妙策犯軍旋
章威神惠盡忠智
救國安民昌業宣

구여왕의 폭정에 반대하는 장군 연합하여
신군을 추대코저 먼저 의논을 하였네
제신들이 천거하나 태조는 등극을 사양할 때
부인이 합세하여 쉽게 자리에 취임했네
성종 때 글안누가 침략하여 왔는데
서희공의 묘책으로 침범구을 되돌렸네
장위공과 신혜왕비는 지혜와 충성을 다하여
구구과 안민에 창성한 업적 베풀었네

章威─徐熙 공의 아호  神惠─太祖王建의 妃

讚鄭圃隱公忠節吟

圃翁崇德古今鮮
守護麗朝盡命專
金石忠情千載秀
竹松節義萬年連
程朱性學傳承篤
孔孟儒風慕效宣
誘勸相榮嚴拒絕
抛權守道可驚天

포은선생 높은 덕은 고금에 빛났으며
고려조정 수호코자 진명으로 전심했네
금석같은 충절은 천년에 빼어나고
소나무같은 절의는 만년에 이어졌네
정주자의 성학을 전승함에 돈독했고
공맹자의 유풍을 모효하여 베풀었네
천세버리고 도를 지킴 하늘도 가히 놀랐겠네

忠愍之功偉大魁
超人振力世聞雷
掠侵外寇征擒走
強奪元戎逐伐來
王與攻遼無理作
崔爲都統戰途開
李軍背叛回威島
逆襲皇兵竟滅摧

충민공의 공적은 위대함이 으뜸이니
초인적 진력으로 명성이 우뢰같이 들리네
침략하는 외구들은 정금하니 달아났고
강탈하는 원융을 축벌하고 돌아왔네
왕과 함께 요동공격 무리함을 지었으며
최영이 팔도도통사로 전쟁의 길 열었었네
이성계군이 배반하여 위화도서 회군하니
역습당한 황병이 마침내 꺾여 멸망했네

冶師俊德蓋韓天
不事二君忠節連
麗世登科宮闕入
鮮廷讓職故鄉遷
仁情每用應知正
禮義常存可道賢
後學養成傾總力
文材輩出繼儒全

야은선생은 덕이 높아 한천을 덮었으니
두 임금을 섬기지 않고 충절을 이었네
고려시대 등과하여 궁궐에 출입했고
조선 조정에 불러도 사양하고 고향으로 갔네
인정을 매용하니 응당 지식 바름이요
예의를 상존하니 가히 도가 어짐일세
후학을 양성함에 총력을 기울이니
문재를 배출하여 유학전통을 이었네

文簡清廉德業隆
麗朝及第李朝忠
漏房庇傘修家忽
階酒盆觴接客豐
道正心貞興禮俗
性仁潔白起賢風
餘開教授門徒集
四海揚名永不窮

문간공은 청렴하고 덕업이 융성하니
고려조에서 급제하고 조선조에 충성했네
장마에 방이 새어 우산쓰니 집수리 소흘했고
동이에 술담아 뜰에두니 접객이 풍족했네
도정하고 심정하니 예속을 일으키고
성품이 어질고 결백하니 어진 풍속 일어나네
여가에는 문도 교습제자들이 운집하니
사해에 양명이 길이 다함 없으리라

讚揚尹奉吉義士生涯

丈夫雄志出離鄉
年少功成後世芳
救國丹心千古赫
愛民執念萬邦昂
捐身大誼驚人類
爆殺倭魁懼敵皇
虹口雷聲當義擧
燦然日月史長光

장부가 웅지를 품고 고향을 떠나가니
젊은 나이에 공이루니 후세에 아름답네
나라를 구원하려는 단심은 천고에 혁혁하고
백성을 사랑하는 집념은 만방에 드높았네
대의 위해 몸 던져버리니 전 인류가 경탄했고
왜구괴수 폭살하니 적황도 두려웠으리
홍구공원 우뢰소리 정당한 의거로서
일월같이 찬연공적 역사에 빛나도다

萬古忠臣有死六臣

不成革命恨千秋
守主殉忠孰敢儔
朴子成公才學卓
琅玕淸甫烈情優
丹溪裂死無惶志
兪將軍身未屈頭
金碩變心乖大事
端宗復位敗亡劉

이루지 못한 혁명은 천추에 한이 되니
군주를 위한 충성다함 누가 감히 짝하리오
박팽년과 성삼문은 재주학문 탁월하고
유성원과 이개는 열정이 우월했네
하위지는 찢겨죽어도 두려움이 없었고
유응부는 장군답게 머리 굽히지 않았네
김질의 변심으로 대사가 어그러지니
단종의 복위계획 모두 실패 죽임을 당했네

追思蓬萊楊士彦先生誕辰
五百週年紀念

楊師岳降半千年
淸白遺風累代連
愛國忠情民保本
齊家孝悌族和筵
博文秀筆從神技
廉德施恩效聖賢
有備無憂修善政
崇古業蹟久承傳

양사께서 태어난지 반천년이 되었으니
청백한 유풍은 누대에 이어졌네
애국과 충정은 백성보호 근본이요
제가와 효제는 겨레화목 자리일세
박문과 수필은 신기를 쫓았고
염덕과 시은은 성현을 본받았네
유비무우는 참다운 선정을 닦음이니
숭고한 업적은 오래도록 이어가세

## 土亭先生業績讚揚

先生學德敬心長
深奧天文偉蹟光
開墾飢民貧救濟
養兵保國亂思防
抱川政事辭任義
牙縣臨官殉職彰
岳降半千崇慕宴
騷人詩競會溫陽

토정선생 학덕은 존경심이 오래이고
천문에 심오하여 위적이 빛났네
주린 주민 개간으로 가난을 구제하고
보국위한 양병으로 난을 미리 생각했네
포천의 정사에서 사임이 의로웠고
아산현에 임관하여 수직이 빛났네
탄신 오백주년 숭모하는 잔치에
시인들 경시하러 온양으로 모였네

## 追慕愚潭丁時翰先生

先生道學卓群賢
不黨非偏大義連
誠敬崇天彰記錄
正心繼聖載碑篇
朝廷屢命臨官謝
優老陞階始政遷
科擧親情眞踐孝
偉哉後進養成全

선생의 도학이 군현보다 뛰어나니
부당비편하여 대의를 이었도다
성경으로 숭천함이 기록에 빛나고
정심으로 성인이음 비편에 실려있네
조정의 누명에도 임관을 사양하고
우로로 승계되어 정계에 옮겨졌네
친정으로 과거보니 진정한 천효요
위대하도다 후진양성 온전했네

仁守堂生至百年
張門出嫁孝誠全
才能特秀倫文篤
處世端貞禮道虔
教子傾心慈訓義
舅姑竭力敬從賢
享齡卅四隣皆惜
追慕詩碑永久連

인수당이 출생한지 백년이 되었는데
장씨문중 출가하여 효성이 온전했네
재능이 특수하여 윤리학문 돈독했고
처세는 단정하여 예도를 공경했네
교자에 경심하여 사랑으로 후의했고
시부모님 힘을 다해 현명하게 경종했네
향년이 삼십사세로 주의 모두 슬퍼하니
추모하는 시비세워 영구하게 이어가리

義巖朱論介忠義烈精神宣揚

壬亂倭侵殉節身
當時誤謬訂宜新
從夫協戰扶民懇
誘敵捐軀救國眞
自古家經誠孝本
于今政事盡忠珍
義巖勇斷千秋鑑
頌德追崇萬歲伸

임란의 왜침에 순절한 몸으로
당시의 오류는 정정함이 마땅하네
남편따라 협전함은 간절한 부민이요
적을 유인 몸을 던짐 참다운 구국일세
옛부터 가정경영 성효가 근본이요
지금까지 정사에는 진충이 보배일세
의암의 용단은 천추의 거울이니
송덕을 추숭하여 만세토록 펼쳐가세

望菴逝去幾經年
赫赫功成感激天
學德修行隨古聖
孝忠實踐效先賢
火車製造攻倭破
軍米充當勝戰全
護國憂民衷意讚
鳳岩書院久存傳

망암선생 서거한지 몇년이 되었는지
혁혁한 공 세움은 하늘도 감격하리
학덕을 수행함은 옛 성인을 따르고
효충을 실천함은 선현을 본받았네
화차를 만들어 왜적 침공 격파하고
군량미 충당하여 승전을 이끌었네
호국우민하신 충의를 기리어
봉암서원을 오래오래 보존하세

尹公義擧不歸家
救國犧牲四海華
破賊行儀天地振
保民意志古今嘉
生前偉業千秋赫
死後高名萬代誇
虹口投身回八十
同胞追慕感懷加

윤공은 의거후에 집에 가지 못했으나
구국위한 희생은 사해에 빛났네
파적하는 행의는 천지에 떨쳤고
보민의 의지는 고금에 아름답네
생전에 위대업적 천추에 혁혁하고
사후에 높은 명성 만대에 자랑일세
홍구공원 투신한 지 팔십회가 돌아오니
동포들 추모행사 감회가 더해지네

古士藥峯追慕辰
清廉强直又施仁
從情守義逃居客
隨道誠忠復位臣
李适逆謀平定域
胡兵襲擊討征隣
如茲懿績卿公任
護國精神頌祝伸

고사 약봉선생을 추모하는 이때에
청렴하고 강직하며 인을 베푸셨네
정을 쫓고 의를 지키다 도거객이 되었고
수도하고 성충으로 관작이 복위됐네
이괄의 역모를 완전히 평정하고
호병의 습격을 토벌하여 물리쳤고
이와같이 큰 공 쌓아 경공책임 맡게되니
호국하는 그 정신을 송축이 펼쳐지네

圍公逝去幾經年
祝祭施行萬歲延
護國忠貞稀世絶
憂民節義古今連
儒宗大業從模聖
博學深源效範賢
文廟奉安追慕裏
彬彬史蹟燦然傳

포은공이 서거한 지 몇년이 지났는지
축제를 시행함이 만세토록 이어지길
호국충정은 희세에 빼어났고
우민 절의는 고금에 이어지네
유종의 대업은 성인 법도 쫓음이요
박학의 심원은 현인규범 본받았네
문묘에 봉안하고 추모하는 가운데
빈빈한 사적 찬연히 전해지리

## 壬亂七週甲有感

壬亂七回週甲辰
政爭繼續葛藤循
愚人過慾衰亡國
賢者誠心保育民
日帝蠻行橫暴虐
吾韓恥辱廢虛塵
當時慘狀常懷憶
武力經營富强伸

임진왜란이 七회째 주갑이 되었구나
정쟁이 계속되어 갈등이 순환됐네
우인은 과욕으로 국가를 쇠망케하고
현자는 성심으로 백성을 보육하네
일제의 만행으로 횡포가 잔학했고
우리 한국 치욕당해 폐허속 티끌로 변했네
당시의 참상을 상기하고 간직하여
무력과 경영을 부강하게 펴나가세

## 敬慕栗谷先生墓所參拜

先生偉業慕心明
布德行仁博學成
憂國養兵忠竭疏
愛民敎子禮知聲
文風固守賢師道
儒俗專承志士情
書院門前如讀聽
廟庭參拜盡精誠

선생의 위업에 모심이 밝아지고
포덕 행인하고 박학을 이루셨네
우국 양병론은 충성다한 상소였고
애민하고 교자위해 예지소리 들리네
문풍을 고수함은 현사의 도리요
유속을 전승함은 지사의 정이로세
서원의 문전에선 독서성이 들리는 듯
묘정에 참배함에 정성을 다하였네

吳閥旌閭幾百年
令人鄭氏孝心堅
親堂看病殫誠敬
媤母扶安獻篤虔
上系保存無享樂
子孫昌盛有歌絃
祈天得鯉衷情顯
每事成仁頌德宣

오씨문중 정려는 몇백년이 되었는가
영인 정씨의 효심이 굳건했네
친어머니 간병에는 경성을 다하였고
시부모님 봉양에는 돈독정성 드렸네
윗어른들 보존위해 향락이 없었고
자손들 창성하여 가현은 있었네
기천하여 잉어얻음 충정으로 나타나니
매사에 성인하여 덕베품을 칭송하네

永同詩會闢秋陽
追慕林公感慟長
孝順專心刪股赫
忠貞統一血書香
庚寅父卒苦堪族
甲午母傷難治鄉
教學節儀今世鑑
壯年惜別樹功芳

영동 시회가 양추에 열리니
임고을 추모함에 감동이 기네
효순에 전심하여 산고함이 빛나고
평화통일 혈서로 충정이 향기롭네
경인년 부졸에 가족들 고통이 난감했고
갑오년 모친부상 치료하기 어려웠네
교학과 절의는 금세에 귀감되고
장년에 떠났으나 세운 공이 꽃다웁네

## 讚堤川乙未義兵

堤川倡義憶斯州
大變連生乙未秋
姦賊倭軍奸宄誘
忠臣烈士復元謀
王權守護無能力
社稷兇侵對備愁
政勢危難儒彦起
官民覺醒國强收

제천의 병이 고을의 당시를 기억하면
큰 변란 연이은 을미년 가을일세
간적 왜군들은 구난을 유도했고
충신과 열사들은 복원을 도모했네
왕권을 수호하기 능력이 없었고
사직의 흉침에 대비를 근심했네
정세가 위난하니 유림선비 분기했네
관민들 각성하여 강우국으로 기르세

## 老圃堂柳洵先生追慕

老圃生于世廟時
四朝侍事以忠垂
童蒙受學勤誠守
弱冠登科愼篤持
道義倫常當代秀
詩文禮節早期知
在官護國愚民助
陰德施仁仰慕宜

노포당 선생님은 세종제때 나시어
네부 임금 모시면서 충의로써 베푸셨네
어릴적에 수학함에 근과 성을 지키셨고
약관에 등과하여 신과 돈독 가지셨네
도의와 윤상은 당대에 빼어 났고
시문과 예절은 일찍부터 알았네
재관시에 호국하고 우민을 도우시니
높은 음덕과 인 베품에 앙모함이 마땅하리

## 追慕寒岡鄭先生

寒師大德秀吾東
偉績彬彬孰敢同
孔孟儒源修擴裏
退南學統繼傳中
鄉民救濟殫誠力
門弟研磨盡傳功
自古生祠稀此見
著書禮說振佳風

한강선생 대덕은 오방에서 빼어나니
위적이 빈빈하니 누가 감히 같다하리
공맹자의 유학근원 닦고 확장하는 속에
퇴계 남명 학통을 계전하는 중이로세
향민을 구제함에 정성 노력 다하였고
문제를 연마함에 스승의 공 다하였네
옛부터 보기 드문 생사당 이곳에서 보게 되고
예설을 저서하여 가풍을 떨치셨네

## 追慕南坡張先生誕辰四百週年

南老生辰四百光
士林敬慕盡誠當
三淸洞稧仁心厚
六若堂居義氣祥
後學養成傳聖道
先賢教導繼橋樑
吟風翰墨紅塵遠
偉業宣揚萬世芳

남파선생 탄생한지 사백년이 되었으니
사림들이 경모하여 진성함이 당연하리
삼청동의 계조직은 어진마음 두터웁고
육약당에 거주하니 의기가 상서롭네
후학을 양성하여 성도를 전하고
선현의 교도를 한묵으로 이어가네
음풍과 한묵으로 홍진을 멀리하니
위업을 선양하여 만세토록 꽃피우세

追慕女流詩人吳淸翠堂

安城才媛瑞山迎
清翠堂文秀雅淸
學德東坡從盡力
詩風太白效傾誠
九臨失怙堪孤體
卅內終身顯善名
庶士難吟珠玉稿
萬人追慕此筵成

안성출신 재원을 서산에서 맞이하니
청취당의 문질이 청아하게 빼어났네
한덕은 동파좇아 힘을 다했고
시풍은 이백본따 정성을 다했네
구세에 부모잃어 고독한 몸 견뎌왔고
삽십안에 종신해도 착한이름 나타냈고
뭇 선비들 어려운 시 주옥같이 엮었으니
만인들이 추모하여 이 자리를 이루었네

# 挽詩篇

## 白凡金九先生逝去 (蔣總統挽)

樞星一夜落東城
天慟地悲水自鳴
別淚津津滄海溢
憤心疊疊泰山輕
堂堂大義生前業
烈烈精神死後名
千秋寃恨憑誰問
寂寞荒陵白日明

동역성의 큰별이 하루밤 사이 떨어지니
천지가 비통하고 유수도 목놓아 우네
이별 눈물 진진하여 창해가 넘치고
분한 마음 첩첩쌓여 태산 오히려 가볍네
생전에 하시던 일 대의가 당당하고
열열한 정신은 사후명성 더욱 높네
천추의 원한을 누구에게 물어야 하나
적막하고 거친무덤 햇볕만이 밝구나

## 三星李健熙會長挽 (庚子年十月念五日)

三星總帥聞升天
內外賓朋弔問連
卓越經營繁盛業
先驅技術積財錢
感歎世界生前蹟
哀惜邦家逝後傳
金藥難求王相壽
薤歌永別淚漣漣

삼성그룹 총수의 승천소식 들리니
내외의 빈붕들의 조문행렬 이어지네
탁월한 경영으로 기업이 번성되고
선구적 기술로 재산이 축적됐네
세계를 감탄케함은 생전의 업적이요
방가를 애석케함은 사후에 전해지네
금약으로도 못 구하는 왕상의 수명인가
상여소리 영원이별 눈물 줄줄 흐르누나

道翁學德不思庚
意外悲音耳忽驚
同會交遊心友誼
遠居隔阻近親情
詞文探究平生業
禮義嚴遵永世鳴
詩協任員任務卓
靈前號哭潛然行

도옹은 학과 덕에는 나이를 생각지 않더니
뜻밖의 비음에 문득 귀가 놀라네
같은 모임에서 교유하니 마음은 친구같고
멀리 살아 겨조하나 정만은 가까웠네
시무을 탐구함엔 평생토록 업으로 했고
예의를 엄준함은 영세에 울리었네
시협의 임원으로 임무수행 탁월하니
영전에 호곡하며 눈물 줄줄줄 흘리네

樞星昨夜落京城
悲慟乾坤水自鳴
少歲風波深海涉
中年大夢太山成
盡忠保國平生事
敎育文明竭力營
奉仕仁心施厚德
滿場別淚不忘情

지난 밤에 서울에서 큰 별이 떨어졌으니
하늘과 땅이 비통해하니 물조차 우네
소시엔 풍파속에 깊은 바다를 건넜고
중년엔 대몽실현 태산을 이루셨네
나라위해 충성다함 평생의 사업이요
문명위한 교육은 힘을 다한 경영일세
봉사하는 어진마음 후덕을 베풀었으니
자리가득 작별눈물 그 정을 잇지 못하네

## 東江趙守鎬先生哭挽

昨夜奎星落九天  
訃音忽至愕心連  
平生訓導眞君子  
四海交遊仰碩賢  
筆墨精通今世秀  
書論熟究古文傳  
門徒族戚悲哀裏  
薤露蕪詞感淚漣  

어제밤에 구천에서 규성이 떨어지더니  
부음이 홀지함에 놀라움이 이어지네  
평생을 훈도하신 참다운 군자이시고  
사해를 교유하신 추앙하는 석현일세  
필묵이 정통하여 금세에 빼어났고  
서론을 숙구하여 고문을 전하셨네  
문도와 친척들이 슬퍼하는 속에서  
무사와 상여소리에 감동눈물 이어지네  

## 堂叔姜櫶公哭挽

櫶公鶴駕已登天  
忽至悲音驚愕連  
聖廟殫誠崇意篤  
祖宗盡力孝心全  
修身奉仕稱君子  
遵義施恩頌大賢  
弔客親知追慕裏  
喪廳獻拜感情漣  

헌공께서 학가타고 이미 등천하셨으니  
문득 비음들으니 놀라운 마음 이어지네  
성묘에 정성다해 숭의가 돈독했고  
조종에 진력하니 효심이 온전했네  
수신하고 봉사하니 군자라고 칭찬했고  
준의하고 시은하니 대현으로 칭송하네  
조객과 친지들이 추모하는 속에  
상청에 헌배하니 정을 느껴 눈물 흐르네

艱登領首所期營
稟性清廉潔白貞
憂國衷情堅意志
愛民保護盡傾誠
文明發展殫心盛
經濟成長確固榮
忽至悲音皆慟歎
世人哀痛不禁驚

어렵게 오른 대통령으로 소기를 경영함에
품성이 청렴하고 결백정직 하였네
우국하는 충정은 의지가 견고하고
애민하고 보호함엔 정성을 다하였네
문명의 발전에는 탄심하여 응성했고
경제의 성장에는 확고하게 번영했네
문득 비음 듣고나니 모두가 통탄하고
세인이 애통하며 놀라움을 금치 못하네

## 窓友辛容達君挽

君與相知六十年
忽聞悲報愕心連
少時共學恒同席
晚境談諧互樂筵
論理分明諸事正
豪姿布德厚情全
青天鶴駕登仙路
薤露哀歌感淚漣

군과 함께 서로 안지 육십년이 되었으니
문득 비보를 들으니 놀란 마음 이어지네
소시에는 함께 공부 항상 자리 같이하고
노년에는 서로 농담 자리 함께 즐겨 왔네
논리가 분명하며 모든 일에 정확하고
호걸자태 덕을 펴니 두터운 정 온전했네
푸른하늘 학가타고 신선길에 올라가니
상여소리 슬픈노래 감동눈물 흐르누나

日海全斗煥大統領挽

昨夜樞星落浩天
日翁逝報愕心連
將軍在職殫誠踐
元首難任盡力全
混亂武珍強制壓
爲平行事怨聲堅
辱榮九十歸仙境
靑史何評後世傳

어젯밤에 추성이 하늘에서 떨어지더니
일옹의 서보에 놀란 마음 이어지네
장군으로 재직시엔 정성다해 실천했고
원수에 난임되어 진력함이 온전했네
광주의 혼란상태 강제로 진압함에
평화위한 행사인데 원성이 굳건하네
영욕의 구십세에 선경으로 돌아가니
천사에 어찌 평가 후세에 전해지리

延堂朴魯天先生挽

延翁厚德性多情
布惠施慈九耋生
筆墨傾誠針術秀
詩文盡力地官鳴
子孫敎育專心集
先廟常思敬奉呈
家族親知哀痛裏
薤歌惜別淚漣行

연옹께선 성품이 후덕하고 다정하여
은혜와 사랑 베푸시니 구십세까지 사셨네
필묵에 경성하며 침술에 빼어났고
시문에 진력하며 지관으로 이름났네
자손들 교육에 전심을 모았고
선묘를 상사하며 경봉을 바쳤네
가족과 친지들이 애통하는 가운데
해가로 석별하니 눈물 줄줄 흐르누나

小泉趙淳博士挽

泉翁鶴駕已昇天
忽至悲音自愕然
官界傾誠經濟盛
校壇盡力養材全
彬彬業績千秋續
赫赫文章萬歲傳
統一餘生專念裏
薤歌永別淚漣漣

소천선생 학가 타고 이미 승천하셨다니
문득 비음 듣고 나니 마음 절로 악연되네
관계에선 경성하여 경제를 융성시켰고
교단에선 진력하여 인재양성 온전했네
업적이 빈빈하니 천추에 이어지고
문장이 혁혁하니 만세토록 전해지리
평통원에 여생을 전념하는 속에
상여소리 영별하니 눈물 절로 흐르누나

武珍－光州의 古名

# 跋文

이번에 舍弟 白巖이 自作 詩集을 출판한다는 소식을 듣고 너무 반

가워서 跋文을 自請하여、 보고 느낀 대로 몇 줄 적어 보았다。 白巖은

어려운 시기에 출생하여 무수한 國亂속에서도 晝耕夜讀으로 不撤晝夜

노력하더니 학업은 대학과 대학원을 졸업하여 法學士 經營學、 碩士로

稅務士 자격을 취득하였고 겸하여 四書三經을 자습하였으니 新舊學文

을 겸비한 학자요、 사업은 大榮商會를 시작으로 新都娟織 工業社 京

都産業會社를 운영하여 왔으며、 지금은 (株)白巖의 代表理事會長으로

사업도 성공을 한 편이다。

봉사활동으로는 培正中高等學校 同窓會長 겸 獎學會長、 晉州姜氏

殷烈公派 大宗會長 및 상임고문 中央宗會 상임고문、 서울宗會 상임고

문 (사) 韓國道德運動協議會 會長 등의 重責을 맡아 헌신하여 왔다。 그

바쁜 중에도 시간을 쪼개어 서예를 지속적으로 硏磨하여、 五體를 通

達하고 書家協會, 書道協會, 書畫作家協會, 書藝文人畫 元老 總聯合

會 國際書法聯盟, 韓·中·日 서예 교류 단체 日月書壇, 甲子書回, 등

에 각종중책을 맡아 서화문화 발전에 공헌하여 왔으며, 귀한 상도 많

이 받은 것으로 알고 있으며 그 외 自筆 楷, 行, 隸, 草 千字文 및 名

文 桂句集과 墨場教本等을 출판하여 脚光을 받고 있다.

특히 1994년 백암빌딩에 眞墨書院을 개설하고 近 30년 동안

後進을 養成하여 왔으며, 韓國畵 및 漢詩와 經書教育도 著名教授를

초빙하여 교육하는 기회를 제공하고 있으며, 자신도 부족한 부분을

보완하여 名實相符한 詩, 書, 畫 三絶의 位相을 유지하고 있으니, 이

는 以文會友요 以友補仁이 아니겠는가? 처세는 一動一靜이 분명하

고, 예의범절이 遵道하여 사회에 귀감이 될 뿐 아니라 齊家亦時和氣

滿堂하고, 子孫健康至誠極孝하니 每事春風桃李花發之像이요 일가친척

간에도 愛和敦睦하고, 施惠重厚하며 奉祭祀 接賓客에 잠시도 소홀함

이 없으니 隣里仰視하고 朋友稱德하니 각박한 現世에 卓出한 君子요

衆人의 師表라 하겠다.

이번에 詩稿를 대략 살펴보니 一言半句도 허술함이 없고、법도에

합당하며 문장이 간결하고 意味深重하여 독자들로 하여금 느끼는 바

가 있을 것이다. 특히 卷初에 先祖考 遺詩를 일부나마 拔萃하여 등재

하였음은 以顯 父祖名으로 孝之終을 행함이라 하겠다. 훌륭한 시집을

발간함을 진심으로 축하하며 앞으로 무궁한 발전과 壽福康寧 및 행운

을 빌며 頭書없이 跋文을 마칩니다.

2022년 月 日

舍伯 研齋 姜思國

## ■ 學歷
- 釜山東亞大學校 法經大學 法學科 卒業(法學士)
- 同大學校 經營大學院 碩士課程 卒業 (經營學 碩士)
- 稅務士 資格取得

## ■ 書藝經歷
- 大韓民國書藝展覽會 入選 2回, 特選 2回, 招待作家
- 韓國書畵藝術大展 特選, 優秀賞, 綜合大賞 (文化部長官賞)
- 韓國美術文化大賞展 特選, 銅賞
- 韓國書藝文人畵元老總聯合會 常任會長
- 韓國書畵作家協會 總裁
- 韓國書家協會 理事, 監事
- 國際書法聯盟 韓國側 諮問委員

## ■ 著書
- 『楷書·行書·隸書·草書 千字文』
- 『名文佳句集』
- 『清潭公 桂雲公 墓誌銘』
- 『墨場敎本』
- 古稀展示圖錄
- 傘壽紀念展示圖錄

# 白巖 姜思賢 선생 프로필

## 백암 강사현  白巖 姜思賢

本貫: 晉州
堂號: 眞墨齋
生年月日: 1937年(丁丑) 10月 2日

姜思賢著

# 白巖研詩集

2022年 10月 24日 인쇄
2022年 11月 10日 발행

저 자 | 姜思賢

발행처 ㈜이화문화출판사

주 소 서울시 종로구 인사동길 12, 310호
전 화 02-738-9880
F A X 02-738-9887
홈페이지 www.makebook.net

값 30,000원

03810
9 791155 475355